KB042884

백수, 마왕

의 모습으로 이세계에

‹ 가끔은 치트인 유유자적 여행 ›②

옆 침대에서는 류에가
규칙적인 숨소리를 내며
곤히 자고 있었다.
……정말로 입만 열지 않으면
예쁜데 말이죠, 이 사람.

"……싫어…… 더 잘래."

류에

1000년 이상 살아온 엘프 여성.
성기사 겸 마도사. 요시키가 육성한
세컨드 캐릭터.

백수,마왕
Bored, Sacred and
Now a Devil!

의 모습으로 이세계에

〈 가끔은 치트인 유유자적 여행 〉

C o n t e n t s

백수,마왕
Bored, Sacrod and
Now a Davil!
의 모습으로 이세계에
{ 가끔은 치트인 유유자적 여행 }②

아이아츠시 지음
카츠라이 요시아키 일러스트
김장준 옮김

프롤로그

이른 아침.

아직 겨울의 찬 기운이 감도는 가운데, 양옆이 골짜기로 둘러싸인 광산 도시의 추위는 한층 거셌다.

그런 도시의 한 여관방에서 눈을 뜨자 옆 침대에서는 류에가 규칙적인 숨소리를 내며 곤히 자고 있었다.

눈을 감은 그 얼굴은 보는 사람을 무심결에 빨아들일 것만 같으면서도, 동시에 감히 접근하기 힘들 만큼 아름다웠다.

……정말로 입만 열지 않으면 예쁜데 말이죠, 이 사람.

믿어집니까? 이 엘프 아가씨가 사실 천 년도 넘게 살았고, 탈인간(脫人間)이라고 할 만큼 강한 성기사 겸 마도사입니다.

그러나 한편으로는 입만 열면 사고를 치고, 유령이 무섭다며 남의 이불에 파고들려고 하는 허당—.

……뭐, 그런 갭이 바로 그녀의 매력이라고는 생각하지만 말이지.

내가 만들고 키운 세컨드 캐릭터가 이런 귀여운 여자아이가 되어 있다니, 정말로 놀라울 따름입니다.

그렇게 마치 내 자식과도 같은 잠자는 공주를 바라보며, 나는 잠이 덜 깨서 아직 흐리멍덩한 머리로 최근 며칠 사이에 일어난 일을 회상했다.

마물 범람.

대량의 언데드와 광포해진 마물들이 폐광에서 물밀 듯 밀려 나온 이번 사건.

그리고 그 원인으로 생각되는 것은 에번스 폐광 최심부에 숨겨져 있던, 소녀의 유해로 만든 듯한 주물(呪物).

내가 어젯밤 꾼 꿈은 어쩌면 그녀가 하늘나라로 떠나기 전에 보낸 작별 인사이지 않았을까…….

"그럼 일어날까."

그런 약간의 감상에 젖으면서 이제야 조금 맑아진 머리로 활력을 불어넣었다.

그리고 옆에서 새근새근 자고 있는 우리 집 잠꾸러기 공주님에게로 다가가서 새로운 하루를 맞이하도록 귓가에 얼굴을 가져갔다.

나 원 참~, 자기 혼자 팔자 좋게 늘어진 이 얼굴 좀 보라지.

"야, 일어나. 아침이야~."

"……싫어…… 더 잘래."

당장이라도 울 것 같은 그 목소리에 싱겁게 웃으면서도 나는 가차 없이 이불을 확 들쳤다.

……또, 또, 또! 너 또 잠옷 벗고 자냐…….

가볍게 아침을 먹고 주물 정화를 보고하기 위해 숙소를 나서자 마차 여러 대가 무서운 속도로 눈앞을 지나갔다.

그 방향을 보자 우리가 묵는 숙소보다 훨씬 큰 저택이 있었다.

저곳은 분명, 이 도시와 주변 일대를 다스리는 영주의 저택이었지?

왠지 소란스럽고 사람의 출입이 많아 보이는데, 무슨 일이 있나?

"이런 이른 아침부터 다들 부지런하기도 하지."

"그런, 건가……?"

신경이 쓰였지만, 지금은 우리의 목적을 달성하기 위해 길드로 향했다.

길드에 도착해 안으로 들어가자 건물 전체에 묘한 긴장감이 흐르는 느낌을 받았다.

들뜬 것 같기도 하고, 어딘가 초조한 것 같기도 한 느낌…… 마치 학교 축제가 열리기 전날의 방과 후 같은 어수선한 분위기였다.

마물 범람이 끝나고 아직 복구 사업과 사후 처리로 바쁘긴 하겠지만, 그런 분주함에서 오는 분위기와는 성격이 달라 보였다.

"어쩐지 분위기가 이상한걸? 모험가보다는 직원들이 초조해 보여."

류에의 지적으로 마침내 그 위화감의 정체를 알아차렸다.

접수처 안쪽, 직원들의 구역에서 조금 급박한 목소리가 새어 나오고 있었다.

"오늘 안에 이번 사건의 총 피해액과 차후 갱도 가동률을 토대로 한 견적서를 준비해!"

"오늘 안으로요?! 날짜가 바뀌기 전에 말인가요?"

"아니야! 오늘 밤에 긴급회의가 열린다고! 그때까지 준비해!"

"실례합니다! 이번 마물 범람으로 달성한 의뢰 보수가―."

발등에 불이 떨어진 것을 넘어 이미 활활 타오른다고 해야 할까? 정신없이 바빠 보였다.

옳거니, 평소에는 차분하게 업무를 보던 그들이 이 어수선한 분위기의 발원지였군.

무슨 일인지 물어보고 싶지만, 가뜩이나 바쁜데 시간을 빼앗기도 미안해서 나는 먼저 이 도시의 길드장인 크롬웰 씨에게 가기로 했다.

역시 지난 대범람의 사후 처리와 이번 사건으로 잠도 제대로 못 잤는지, 크롬웰 씨의 얼굴이 약간 핼쑥해졌다.

그런 그에게 지금부터 뒤끝이 씁쓸한 보고를 해야 한다는 사실에 다소 죄책감이 들었다.

왜냐하면 그 소녀의 유해는 분명히 사람의 손으로 가공되어 설치된 것이었으니까.

「이런 게 있었어요」라고 보고하고 「아, 그러셨어요?」로 끝날 일이 아니었다.

나는 최심부의 상태를, 그리고 내가 본 광경을 세세한 부분까지 빠짐없이 보고했다.

"—이상이 에븐스 폐광에서 있었던 일의 전말입니다."

"……그 주물의 출처도 포함해서 조사를 진행해 보죠."

"주물이 아니라 불행한 산제물이야."

"그렇군요……."

보고한 결과, 역시나 길드에서도 추후 그 공간을 조사하겠다고 했다.

물론 그렇겠지. 그 장소는 인위적으로 만들어졌다. 다른 장소로 이어지지 않았는지 조사할 필요가 있었다.

뭐, 내가 보는 한 다른 출구는 없었지만.

아, 그래도 천장에 새 출구를 내 버렸지.

"그럼 이제 가 봐도 될까요?"

"아, 그 전에 드릴 말씀이 있습니다. 조사단과 함께 수도 본부에서 길드 총수님이 시찰을 오실 예정인데, 두 분을 꼭 만나 뵙고 싶다고 하셔서……."

"흠, 설마 나 때문인가?"

"아마도 그렇겠지요. 다름 아닌 창세기에 만든 카드를 꺼내셨으니……. 정보는 모두 본부로도 올라갑니다."

"그래? 하지만 제법 일찍 도착했는걸."

"옆 마을까지 『마물 마차』로 와 계셨다고 하더군요."

마물 마차? 말 대신 마물이라도 써서 끌게 하는 건가?

게임 시절의 이동 방법은 발품을 팔거나 칠성을 해치울 때 쓴 마킹 마법과 텔레포트 마법 세팅밖에 없었는데…….

이제는 그립기까지 하다. 그 마법은 같은 팀원이 아니면 쓸 수 없어서 이제는 사용은커녕 메뉴에 항목조차 나타나지 않는데…….

그러고 보니 그 때 Oink가 처음에 나랑 같이 가줬지.

그 후 속속 로그인한 팀원들이 먼저 마킹해준 덕분에 단시간에 모든 거대 보스 격파가 가능했다.

"정말 그립구만."

신기하게도 원래 세계에 남기고 온 가족에게는 외로움이나 걱정 등의 감정이 들지 않았다.

원래 가족 없이 못 살 만큼 가깝지는 않았기 때문일까?

오히려 이 세계에 온 뒤로는 게임 친구들을 생각하는 시간이 늘어난 것 같다.

"뭐가 그립다는 뜻이죠?"

"아뇨, 그냥 혼잣말입니다. 그럼 그 총수라는 사람과 만나면 되나요?"

"흠, 나만 가도 되지 않을까?"

"그것도 그런가? 하지만 일단 나도 근처에서 대기할게. 무슨 일이 있을지 모르니까."

보고를 마치고 면회 장소가 정해질 때까지는 편하게 있어도 된다고 하여 우리는 길드 홀에서 쉬며 주변 상황을 관찰했다.

"카이 군, 나는 잠깐 나갔다 올게. 어쩐지 어수선해 보이니까."

"그래, 그럼. 나는 여기서 잠깐 의뢰라도 보고 있을게."

그 소동이 있고 난 뒤라서 잡일 따위의 의뢰가 늘었을 것이다.

지금 바로 받을 생각은 없지만, 어떤 점으로 곤란을 겪고 있는지 알아 둬서 나쁠 건 없겠지.

"유통이 마비됐나…… 행상인도 움직일 수 없나 보지?"

게시판에서 의뢰를 하나하나 확인하는데 뒤에서 누군가의 험악한 분위기를 느끼고 몸이 반응했다.

내게 이런 능력이 있다니, 레벨 보정인가?

돌아보자 그곳에는 눈매가 조금 사나워진 청년, 해방자가 언짢은 분위기를 물씬 풍기며 서 있었다.

"……너, 들리는 말로는 마족이라며? 어떻게 태연하게 여기에 있을 수 있지?"

"마족 처음 봐? 생각보다 많아. 더 넓은 세계를 보도록 해. 예를 들면 더 북쪽. 서큐버스 같은 누나들이 제법 있어."

"웃기지 마! 나는 너를 안 믿어. 반드시 실체를 까발려주겠어……."

그렇게 해방자는 싱겁게 물러갔다. ……으음, 이름이 뭐였지? 렌이었던가?

마족이라는 단어의 뉘앙스에 무언가 느끼는 바라도 있었나?

아니면 자기 말고 다른 사람이 활약하고 추대받는 것이 역시 아니꼬워서 그런가?

게다가 그는 특별한 입장으로 이 세계에 소환되었으니까 그런 공적은 모두 자기 것이 되어야 한다는 생각이라도 가진 것일까?

"영웅 증후군 같은 건가……."

그 후, 도시의 상황을 듣고 다니던 류에와 합류했다.

류에는 류에대로 뭔가 도울 일이 없을까 싶어서 돌아다녔나 보지만…….

"이곳뿐만 아니라 도시 전체가 어쩐지 산만한 분위기야. 우리가 묵는 숙소 근처에 있는 그곳 기억해?"

"아, 영주 저택 말이지?"

"응. 거기 말인데, 급히 요리 재료를 사러 나가거나 모험가들에게 귀한 마물 부위가 없냐며 묻고 다니더라고. 아주 난리였어."

"그래? 귀한 손님이라도 오나 보지?"

하지만 마물 범람이 막 일어난 이 도시에 그런 지체 높은 양반이 올까?

……아니, 설마 크롬웰 씨가 말한 길드 총수는 아니겠지?

설마 그렇게 거물이야? 그야 온 대륙에 지부를 가진 거대 조직이라지만, 한 국가의 귀족이기도 한 영주가 응접 준비로 그토록 수선을 피우게 하는 지위라고?

"……류에, 총수가 오면 모쪼록 실수하지 않도록 조심해."

"괘, 괜찮을까……?"

이제야 사태의 중대함을 깨달았는지, 류에가 희미하게 어깨를 떨었다.

아, 왠지 불안이 밀려온다.

잠시 뒤, 길드로부터 면회 장소를 전달받았다.

지정된 장소는 평범하기 짝이 없는 찻집이었다.

실제로 그곳까지 가 봤으나 딱히 격식 있는 가게도 아니었다. 어쩌면 제법 소탈한 사람일지도 모르겠다.

나는 류에에게서 조금 떨어진 자리에 앉아 술 향기가 강한 파운드케이크를 먹으며 약속 상대가 올 때까지 시간을 보내기로 했다.

"그나저나 나 말고도 이곳에 온 사람이 있을까……?"

크롬웰 씨에게 보고하다가 옛날 일이 떠오른 탓인지, 문득 그런 생각이 들었다.

그 게임은 사람이 많이 떠나서 유저 수도 적었다.

하지만 마지막 그날은 많은 사람들, 평소에 플레이하지 않던 사람들까지 대거 접속해 있었다.

류에의 말에 의하면 나와 같은 처지, 더 나아가 류에와 비슷한 처지인 사람조차 발견하지 못했다고 한다.

새삼스럽지만, 나만 이 세계로 오게 된 원인을 꼽자면 역시 짚이는 것은 그날 입수한 어빌리티, 『찬탈자의 증거』 시리즈였다.

그때는 모든 시리즈를 세팅해도 아무런 효과가 없었지만, 만약 그 결과 내가 이곳에 온 것이라면……?

다소 황당무계한 느낌도 들지만, 그 밖에는 딱히 이렇다

할 일도 없었는데…….

그런 결론에 도달하려던 때였다.

류에가 앉은 자리로 흑발을 길게 늘어뜨린 여성이 다가가고 있었다. 옷단이 붉은 흰 정장을 입었고 팔다리가 날씬하게 뻗어 몸매가 좋은 여성이었다.

나는 곧바로 어빌리티 [오감 강화]를 세팅해 엿들을 준비를 했다.

이거 꼭 범죄자 같네.

"설마 정말로 당신일 줄은 몰랐어요."

"음? 네가 총수인가?"

"후후, 모르시겠어요? 역시 현실이 되면 한눈에는 못 알아보겠죠."

"현실……?"

응? 잠깐만, 흘려듣지 못할 말이 나왔는데?

"……저기, 저 모르시겠어요?"

"……창세기의 사람인가?"

"설마요. ……당신은 어디 출신이죠? 진짜 출신이요."

"출신…… 내가 눈을 뜬 곳은 북쪽 땅 끝자락에 있는, 얼음 안개의 숲이라고 불리는 장소였어. 혹시…… 신예기 사람인가?!"

아니나 다를까 대화가 미묘하게 어긋나 있었다.

이건 내가 나서야 한다. 아마도 그녀는—

"류에는 이 세계에서 태어난 존재입니다. 당신이 하는 말은 이해하지 못해요."

"응?! 두, 두 명 있어……?"

"두 명이라……. 그 말은 내가 퍼스트고 류에가 세컨드인 걸 아는 모양이군. 너, 누구야?"

"카이 군, 무슨 소리야?"

방금까지 나 이외의 플레이어를 생각하던 참이었는데, 설마 이 타이밍에 나타날 줄이야.

틀림없다. 이 여자는 나처럼 플레이어였던 사람이다.

나는 팀원을 제외하고는 다른 사람들과 대화조차 거의 나누지 않았다. 따라서 류에가 내 세컨드 캐릭터임을 아는 사람은 얼마 되지 않았다.

하지만 나는 이런 여성 캐릭터를 몰랐다.

흰 피부, 은근히 붉은빛이 도는 검은 눈동자에 오똑한 코. 립스틱을 옅게 바른 얇은 입술.

흠잡을 데 없는 미인이었다. 더욱이 특정 부위의 볼륨이 좋은 그 몸매는 남자로서 몹시 끌렸다.

이런 미인 캐릭터, 우리 멤버 중에 없었는데?

"……이쪽에서 지낸 시간이 길다 보니 못 알아볼지도 모르겠네요. 그럼 이러면 어떤가요?"

그녀는 그렇게 운을 떼고 목을 가다듬은 후 고운 입술을 움직였다.

나를 아는 듯한 말투에 조금 긴장하며 그 입으로 나올 말을 기다렸다.

그리고 그녀는 갑자기 억양을 바꿔ㅡ.

"오호~! 오랜만이야~! 본본, 잘 지냈어?"

"이 돼지가ㅡ!"

"삐기!"

그만 조건 반사로 차 버렸다.

100퍼센트다⋯⋯. 이 녀석은 돼지다! Oink다!

그러고 보니 그 캐릭터도 흑발에 흰 피부⋯⋯ 하지만 옆으로 퍼져 있었다.

이름값 하는 외모로 모 스탠드 얼론 콤플렉스에 빠져 있던 돼지다!

그런데 말랐어⋯⋯? 한 번 만든 캐릭터도 환경에 따라서 변하는 건가?

"여전히 너무하네요⋯⋯. 이래 봬도 일단 여자인데."

"그건 영혼이 몸에 맞춰졌다는 의미야? 아니면 진짜로⋯⋯?"

"그건 상상에 맡길게요."

솔직히 어느 쪽이든 상관없었다. 그저 기뻤다.

지금 나에게는 류에가 있었다. 하지만 그래도 같은 추억을 공유하는 존재가 없다는 것은 조금이지만 쓸쓸했다.

그런 상황에 이 웃기고 믿음직한 친구가 등장했다. 기쁘지 않을 리가 없었다.

오랜만에 느끼는 이 느낌. 아마 이 세계에서 이런 폭거를 용서해줄 상대라고는 이 녀석밖에 없지 않을까?

나는 자꾸만 들뜨는 마음, 웃고 떠들고 싶은 마음을 가라앉히고 만감을 담아 입을 열었다.

"오잉크, 하고 싶은 이야기가 산더미처럼 많아."

"저도 그래요. 게다가 이 사람 이야기도 듣고 싶고요."

내 말에 오잉크도 웃으며 대답하고 눈길을 내 옆, 류에에게로 돌렸다.

"저, 저기, 너 오잉크야? 엄청 말랐는걸?"

그런데 이때, 어리벙벙하게 이야기를 듣던 류에도 대화에 끼어들었다.

"저, 저를 아세요?"

"함께 자주 모험했잖아? 그 무렵에 비하면 말투도 많이 변했는걸."

"그, 그렇죠. 시간도 많이 지났고, 많은 일이 있었으니까요."

역시 류에도 오잉크를 알고 있었다. 그것은 전에 순과 다리아의 이름을 꺼냈을 때 류에의 반응으로 예상하던 일이었다.

하지만 하나 더 중요한 사실이 있었다.

그것은 오잉크가 류에가 아니라 나와 같은 상황이라는 사실이었다.

이건 즉…… 마지막 순간에 사용하던 캐릭터만 현실 세계의 인격을 가지고 이 세계에 떨어졌다는 뜻이 아닐까?

그런 가정에 다다르자, 생각이 얼굴에 드러났는지 오잉크가 입을 열었다.

"아마 본본이 지금 하는 생각과 제 생각은 같을 거예요. 나중에 단둘이서 이야기해요."

―이거다. 그녀는 게임 시절부터 지금처럼 내 생각을 정확하게 읽곤 했다.

모종의 재능, 문자만으로 오가는 대화임에도 불구하고 그녀는 쉽사리 사람의 마음속으로 파고들었다.

실제로 이렇게 얼굴을 맞대고 대화하자 그 대단함이 여실히 전해졌다.

"오케이. 왠지 엄청 낯설지만……."

"일단 신분상 총수니까요. 이래 봬도 얼마나 노력하는지 모를 거예요."

"그렇게 야윌 만큼? 그래, 그런 이야기도 포함해서 자세하게 들어 보자고."

§ § §

일단 목적은 이루었으므로 오잉크는 길드로 돌아갔고, 우리도 우선 숙소로 돌아가기로 했다.

방에 도착한 뒤 류에게도 감출 건 감추면서 두루뭉술하게 상황을 설명했다.

전에 나에 관해 설명했을 때와 거의 같은 내용이었다.

"그러니까 오잉크도 카이 군과 같은 상위 세계 출신이란 말이지?"

"그런 셈이지."

"그랬군…… 그럼 그 방면으로 나눌 이야기가 있다는 뜻이구나."

"미안. 마음 쓰게 해서."

"아니야. 나도 이 시대에 다른 동료가 있다는 것만으로 기뻐. 신경 쓸 것 없어."

그렇게 말한 류에의 표정은 정말로 빛이라도 날 듯이 밝아 보였다.

아무리 나와 만나 함께 밖으로 나왔다고는 해도 류에의 기억 속에 나는 없었다.

그것이 못내 아쉽긴 했지만, 어쩔 수 없는 일이라고 받아들일 수 있었다.

하지만 오잉크는 나와 달랐다. 류에의 추억 속에 분명히 존재하며 명확하게 기억하는 『동료』였다.

나와 같은 옛 기억을 공유하지 못하고 은근히 쓸쓸함을 느꼈을지도 모르는 류에가 옛 동료인 오잉크가 살아 있다는 사실에 기뻐하고 이런 식으로 웃는 것은 당연했다.

미안, 류에. 나중에 또 이야기하게 해줄 테니까 지금은 나한테 양보해줘.

여관에서 류에와 헤어진 나는 다시 길드로 걸음을 옮겼다.

길드에 도착하자 이미 오잉크는 이동한 뒤라고 하여 나도 지정된 가게로 향했다.

그 가게는 방금과는 분위기가 사뭇 달랐다. 상당히 진입 장벽이 높아 보였고 드레스 코드가 있어도 이상하지 않을 고급 레스토랑이었다.

오잉크는 벌써 도착했기에 나는 VIP 룸으로 안내받았다.

가게 안쪽의 구석진 곳, 타인이 듣지 못할 이야기를 하기에는 적격인 그 방에서 그녀는 우아하게 서 있었다.

"돼지는 출하한다, 이 자식아!"

"으앙~! ……하지 마세요."

그녀에게 달려가 의자에 앉히고 등받이를 잡고 거세게 흔들었다.

머리를 덜렁덜렁 흔들며 항의하는 모습이 참으로 재미있다.

"아, 나도 모르게……."

"저도 몸에 밴 이 버릇 때문에 못 살겠어요."

"프로 돼지로군. 그럼 요리 좀 주문해도 될까?"

나는 맞은편 자리에 앉아 메뉴를 살폈다.

흠, 역시 서양풍 요리가 풍부한 모양이다.

"네. 먹으면서 이야기하죠."

"그럼 포크소테와 포크 스튜와 포크 테린."

"귀축."

스타트 출하는 기본.

그리고 돼지에게 베풀 자비는 없다.

눈물 고인 눈으로 원망스럽게 바라보는 우리의 꿀돼지.

하지만 이렇게 보니 일본인, 특히 전통적 미인상에 가까운 대단한 미인이었다.

계란형 얼굴에 아름답게 자리 잡은 얇은 눈썹.

속눈썹은 너무 길지 않고, 그것이 도리어 단아한 기품을 자아냈다.

피부는 백인이라기보다 흰 황인종에 가까웠고, 입술은 지나치게 두껍지 않아 가늘며 단정한 모양새였다.

……뭘까? 이 일본 남성을 기필코 넘어오게 하겠다고 작정한 듯한 외모는.

실상은 아무리 꾸민들 돼지건만.

"역시 부끄럽네요. 그 모습으로 바라보니까."

"서로 미남미녀니까 말이야. 참고로 현실에서는 야쿠자라고 불린 적도 있습죠."

"현실에서는 이베리아반도에 살고 있었어요."

"이베리코 돼지 즐."

주문한 음식을 먹으며 요리 이야기와 추억담으로 이야기꽃을 피웠다.

그리고 마침내 본론으로 들어갔다.

그녀가 지금까지 무엇을 했으며 다른 플레이어들에 관해 아는 것이 없는지······.

"결론부터 말하자면, 900년 전에 끝을 고한 창세기라는 시대부터 살아온 사람은 제법 있어요. 그렇지만 신예기, 즉, 게임 시절의 사건을 『실존한 역사』로 기억하는 사람은 발견하지 못했죠. 그래도 저와 본본처럼 **플레이어**의 기억을 가진 사람을 두 명 더 찾았어요."

"우리 외에 두 명이라······ 그게 누구야?"

"그걸 알려주기 전에 먼저 제가 묻고 싶은 게 있어요."

내 의문을 해결하기 전에 그녀는 조금 말을 아끼며 물었다.

"본본이 이쪽에 온 건 언제쯤이죠?"

"한 1년 전이야."

"······그랬군요. 저는 30년 정도 됐어요. 정신을 차리고 보니 이 대륙 수도에 있었죠."

"뭐?! 오잉크 캐릭터는 분명 휴먼이었지? 나이는 안 먹어?"

류에는 종족이 엘프니까 용모가 그다지 변하지 않아도 그러려니 싶었다. 물론 그 점을 감안하더라도 그녀는 비정상적으로 늙지 않는다고 했지만.

"그러게요. 신진대사도 존재하고 보시다시피 체형도 바뀌지만, 어떻게 된 영문인지 늙지 않더라고요. 다만, 아무래도 불사는 아닌 모양이에요."

"잠깐. 그거 어떻게 시험했어?"

"피를 많이 흘렸더니 평범하게 생사의 경계를 오락가락했어요. 어쩌면 죽은 뒤 되살아날 가능성도 버릴 순 없지만……."

"절대로 하지 마! 절대로!"

"물론 저도 알아요."

무시무시한 짓을 시험하는 녀석일세……. 「부활 안 되네? 아깝다」로 끝날 일이 아니라고?!

"그나저나 30년이라……. 차이가 큰걸. 하긴, 그만큼 시간이 흘렀으면 살도 빠지고 말투도 달라지겠군."

"네. 정말로 얼마나 고생했는지 몰라요."

"내가 한번 맞춰 보마. 너, 상인으로 출세했지?"

"어떻게 알았죠?!"

이 녀석, 게임 시절부터 돈 모으기를 좋아했지.

되팔이부터 행상까지 광범위하게 장사를 하고 막대한 재산으로 자기 장비를 강화하는 플레이어였다.

장사 소질이 있다는 수준을 넘어서 오히려 그것이 본업이라고 해도 과언이 아닌 녀석이었다.

그래서 『자본주의 돼지』라고 불리곤 했지.

"그, 그러는 본본은 이쪽 세계에 많이 적응한 것 같은데…… 류에 덕분인가요?"

"그런 셈이지. 참고로 류에는 플레이어에 관한 기억이 없어. 그저 게임 시절 일은 그 시대를 살아온 인간으로서 기억하고 있지."

"그랬군요……. 류에와 같은 처지인 사람은 한 명도 보지 못했지만, 신예기를 마치 신화처럼 아는 사람은 있었어요. 그 사람들은 어쩌면 플레이어의 서브 캐릭터이거나 로그인하지 않은 사람의 캐릭터일지도 모르겠네요."

"아하…… 하지만 그렇게 따지면 왜 류에는 신예기의 사건까지 모두 기억하는지가 의문인데……. 그러고 보니 오잉크는 세컨드 캐릭터가 없었지? 어쩌면 나와 같은 처지인 사람의 서브 캐릭터만 류에처럼 되는 건지도 몰라."

순도 서브 캐릭터가 있었던 것으로 기억한다.

만약 그 녀석도 이쪽 세계에 와 있다면—.

"오잉크, 아까 하던 얘기를 마저 하자고. 우리 외에 두 명, 플레이어의 의식을 가진 사람이 있다고 했지? 대체 누구야?"

"순과 다리아예요."

그 대답을 듣고 벌떡 일어나는 바람에 식기를 떨어뜨리고 말았다.

내 얼마 안 되는 현실 세계 친구들이자 말년에(죽지는 않았지만) 다른 어떤 친구들보다도 오랜 시간을 함께한 이들이었다.

그 녀석들이 지금 이곳에 살고 있다!

만약 그 녀석들을 만날 수 있다면 내 추측이 맞는지 틀린지 확인할 수 있을지도 모른다. 어떻게 해서든 만나러 가야지!

그렇게 결의를 새롭게 다지고 있는데 왠지 오잉크가 다시 화제를 바꿨다.

"그래도 역시 고생하지 않으셨나요? 게임 시절의 돈도 보통 거래에서는 쓸 수 없고요."

"나야 뭐 스테이터스도 당시 그대로였으니까 몸으로 때웠지."

나는 그렇게 말하며 가볍게 팔을 들어 알통을 만드는 시늉을 했다.

실력 하나만으로 벌어먹는 이 시추에이션, 제법 좋아합니다.

"아…… 그럼 다음으로 더 중요한 이야기를 하죠. 꼭 알려 드려야 할 일이 있어요."

그렇게 말한 오잉크는 자세를 고친 후 진지한 얼굴로 이렇게 말했다.

"이 세계에는 저 말고 그 돼지는 없으니까 제가 오리지널이에요. 란란♪"

"출하한다, 이 자식아!"

이 사람도 왜 진지한 이야기 도중에 뜬금없이 장난을 치나 몰라.

그리고 그 얼굴로 귀엽게 『란란♪』 같은 소리 하지 마시죠.

"……농담은 넘어가고, 현재 이 세계가 어떤 상황인지 자세하게 들을 생각은 있으세요?"

"그래. 류에는 이 대륙 밖으로는 나가 본 적이 없는 모양이니까 가능하면 다른 대륙에 관해서도 알려줬으면 해."

오잉크도 한때는 류에와 마찬가지로 자신과 같은 처지에 놓인 사람을 찾아 여행을 다녔다.

그리고 다행히 류에가 활동하던 시대보다 이동이 편해 대륙 밖으로 나간 적도 있다고 했다.

그렇다면 들을 수밖에 없으리라.

그녀가 말하는 그 궤적의 일부를—.

§ § §

"먼저 지금 있는 이 대륙에 관해서 말하죠. 이미 눈치채셨으리라 생각하지만, 이곳은 게임 시절의 대륙과는 다른 곳이에요. 이 세계는 다섯 개의 대륙이 남반구에서 북반구를 향해 거의 세로로, 일직선으로 늘어선 세계예요."

오잉크가 말하기를, 이 대륙은 다섯 대륙 중 최북단에 위치한 대륙이었다.

류에가 전에 크롬웰 씨에게도 설명했지만, 창세기에 이곳에서 탄생한 나라가 이 세계 끝자락에 위치한 대륙 전체를 지금도 통치하고 있으며, 동시기에 태어난 길드가 모든 도시와 마을에 배치되어 나라를 견제하는 상태라고 했다.

원래는 휴먼을 주체로 태어난 『나라』라는 세력과 용신 타도를 위해 마족을 시작으로 각 종족의 찬동자를 모은 동맹이 변화한『길드』, 그리고 어디까지나 자신들의 힘으로 억누르겠다며 협력은 하나 동맹에는 참여하지 않은 일부 엘프들.

그리고 길드에는 한 종족이 지나치게 큰 힘을 쥐지 않도록 감시하는 역할도 있었다.

"옛날에는 이 대륙 북단, 류에가 살던 숲과 산을 넘어가면 마족이 사는 큰 마을도 있었지만, 오랜 세월로 그들도 모두 흩어진 뒤라 지금은 극소수가 살고 있는 정도예요."

"흠, 그럼 길드는 그 마을에서 시작된 거야?"

"그렇죠. 초대는 마족이 총수였고 후에는 엘프인 크롬웰 옹이 이어받았어요. 그리고 지금은 제가 뒤를 이었죠."

"역시 그 사람이 전 총수였군."

그렇지 않으면 대륙 전토에 류에의 창고로 이어진 신전을 설치하거나 술식을 새기진 못하겠지.

"그 사람은 총수의 자리에서 물러난 뒤로도 북단으로 이어진 이곳에서 지부장을 맡고 있어요. 사실 그 사람, 제 선생님 같은 분이에요. 정말로 머리를 못 들겠다니까요."

"사육사에게 감사의 마음을 잊지 않는 돼지의 귀감이군."

"싸싸? 싸싸?[1]"

아, 나도 모르게 그만……. 확인하고 싶어진단 말이야.

이렇게 이야기를 듣고 있으니 항상「란란꿀꿀」거리던 그

#1 싸싸? 란돼지 용어 중 하나.「싸울래? 싸울래?」의 줄임말.

오잉크와 같은 사람이 맞는지 조금 불안해져서…….

그래서 나도 모르게 확인해 보고 싶어진다.

류에가 겪은 천 년간의 고독. 그것과는 또 별개의 고독이 있었을 오잉크의 30년.

그녀는 지금 이렇게 높은 직위에 올라 사람들에게 둘러싸여 지내고 있었다.

하지만 그것은 단순한 30년과는 크게 다른, 고뇌에 찬 시간이지 않았을까?

현대 사회에서 살던 인간이 갑자기 이런 상이한 가치관을 가진 세계에 떨어졌다. 게다가 아무도 자신을, 그리고 살던 세계도 모르는 고립무원 상태.

나에게는 다행히 항상 곁에 있어주는 류에라는 마음의 버팀목이 있었다. 하지만 그녀에게는—.

"조금 탈선했네요. 이 대륙 밖의 이야기를 할까요?"

"아, 잠깐만. 휴식 겸 요리라도 먹자."

"후후, 그래요. 먹고 하죠."

지금 이렇게 자신의 지위를 확립하고 웃는 그녀에게 깊은 존경심을 느꼈다.

……절대로 입 밖으로는 내진 않겠지만. 왠지 분하잖아!

주문으로 나온 요리, 주로 돼지고기 요리를 맛있게 먹으며 오잉크에게 이야기를 계속하라고 말했다.

"귀축…… 먹긴 하겠지만요……."

"아~, 귀엽다. 동족상잔 돼지, 귀여워."

"왜 자구 괴롭혀어어어어어."

"설마 이걸 실제로 보는 날이 올 줄이야."

믿어지는가. 지금 눈앞에 있는 사람은 미인도에서 튀어나온 듯한 외모다.

그런 사람이 바보 같은 소리를 하면서 음식을 우걱우걱 먹고 있다.

"그럼 대륙 설명을 해 봐."

"정말 못됐어요. 실컷 놀려 놓고 딴청이야."

"빨리 좀 해주시죠? 총수님?"

"우우…… 역시 성격은 게임 시절이랑 변함이 없네요."

네. 롤플레잉은 안 하는 성격입니다.

"방금 다섯 대륙이 나란히 늘어서 있다고 했는데, 이곳은 최북단의 대륙 『엔드레시아』라고 불려요. 혹독한 환경에 맞춰 사람도 마물도 강인해져 격동의 시대인 창세기에서 중심이 된 땅으로, RPG에 나오는 최후의 대륙 같은 곳이에요."

"그럼 뭐야? 나는 주인공이 처음부터 마왕성 옆 동네에서 시작한 상태야? 이딴 망겜이 어딨어?!"

"치트키랑 에디터로 도배한 것 같은 상태면서 뭘 야단스럽게……."

듣고 보니 맞는 말이군. 이거 한 방 먹었네.

"칠성이 봉인된 땅 주변은 봉인에 대지의 힘을 빼앗기기 때문에 마물이 활성화하거나 기후가 변화해 환경이 거칠어져요. 게다가 이 땅에 잠든 건 타의 추종을 불허하는 힘을 가지고 용신으로 이름 떨친 상대……. 그 영향력은 대륙 전체에 미치죠."

"……그, 그래?"

"후후, 안심하세요. 아무리 저라도 그런 괴물을 상대하라고는 안 할 테니까."

미안. 그거 벌써 잡았어.

"그래도 한랭지에서도 자라는 식물, 그 밖에도 희귀한 마물 부위, 소금 등 특산품이 있으니까 교역으로도 충분히 살아갈 수 있지만요."

"그럼 이제 다른 대륙 이야기가 나오겠군?"

관련성을 확실히 가지고 이야기를 전개하니까 머리에 쏙쏙 들어온다.

의외로 이 돼지, 현실 세계에서 사람을 가르치는 일이라도 했던 것일까?

"똑똑한 학생은 좋아해요."

"너 같이 감이 좋은 돼지는 싫어해."

"으앙~!"

왠지 분해.

놀림 받는 와중에도 오잉크의 이야기는 진행됐다.

그녀가 자유롭게 움직일 수 있게 될 때까지의 이야기는 이번에는 생략하기로 했지만, 그래도 그 행동력, 그리고 포기하지 않고 옛 동료를 찾아다닌 근성은 칭찬할 만했다.

"이 대륙 바로 남쪽에 있는 『세미피나르』라는 대륙은 농업이 성한 땅이에요. 이곳처럼 북쪽에 위치한 대륙이지만, 옛날 그 땅의 칠성이 해방된 영향 때문인지 기후가 제법 온난해졌죠."

칠성 해방이 그 토지에 좋은 영향을 준다.

크롬웰 씨도 말했지만, 나는 아무래도 그것을 이해할 수 없었다.

"세미피나르와는 교역도 왕성해요. 곡물이나 쌀도 이곳에서 수입하죠."

"아, 어쩐지 여기에도 쌀이 많이 유통된다 싶더라. 게다가 맛있기도 하고."

"그 부분은 다음에 자세히 이야기할게요. 이래저래 이유가 있어요."

그 후로도 오잉크가 들려주는 바깥 세계 이야기가 이어졌다.

지금 있는 장소, 그리고 그 주변 사정을 어느 정도 알게 되어 마침 일단락 짓기 좋다고 느낀 나는 여기서 한번 화제를 바꾸기로 제안했다.

궁금한 점은 많았다. 하지만 우선 가까운 의문부터 해결해 나가자.

"그 렌이라는 소년과 칠성 해방에 관해 알려주지 않겠어?"

"아, 그거요……. 이미 만났다고 했죠? 이 대륙…… 아니, 이 세계의 현황과 관련된 중요한 이야기예요. 먼저 말하는 편이 좋겠네요."

참고로 류에와 용신에 관한 이야기는 아직 한마디도 하지 않았다.

그녀의 견해에 따라서는 앞으로도 비밀로 해야만 할 것이다.

"우리…… 뭐, 해치운 사람은 본본이지만, 마지막 날 잡은 7대 보스가 이 세계에서는 칠성…… 초대 칠성이라는 신화로 남아 있어요."

그녀는 여행 도중 낡은 책 한 권을 발견했다.

그 내용은 류에도 아는 『검사 카이본이 보이지 않는 신에게서 세계를 해방했다』는 신화였다.

하지만 주위 사람들에게 물어도 신화를 아는 사람은 적었고, 오잉크조차 이 책의 저자나 출처를 밝혀낼 수 없었다.

"전승에 남은 초대 칠성 말인데요. 본본이 마지막으로 쓰러뜨린 신만은 이름이 남아 있지 않았어요."

"흐음? 무슨 의미라도 있나? 그 신(웃음)에게."

"그건 모르겠네요. 하지만 초대라고 말했듯이 지금 이 세계에는 새로운 칠성이 잠들어 있다고 해요. 이 이야기는 아시죠?"

그 부분은 이미 크롬웰 씨에게 들었다.

그리고 무엇보다 당사자 중 한 명인 류에의 입으로도 창세기에 관해서 들었다.

그래서 당시 사람들이 봉인한 칠성을 해방하려는 움직임에 관해 알고 싶었다.

"렌은 이 대륙을 통치하는 엔드레시아 국왕, 즉, 이 나라에 소환된 일본인이에요. 그리고 그 목적은 칠성 해방이에요."

역시 일본인이었구나.

하지만 그는 게임 캐릭터가 아니라 정상적인 인간으로 이곳에 온 것 같았다.

그녀는 그 사정도 조사하고 있었다.

"일단 국왕의 의뢰로 그의 지원을 맡아서 저도 직접 그에게 질의응답을 했어요. 그 결과, 그는 『그란디아 시드』를 플레이하지 않았다고 하더군요. 에둘러 컴퓨터를 가지고 있었냐고도 물어봤지만, 그런 IT 관련 이야기에는 몹시 어두운 편이었고요."

그렇다면 맨몸으로 직접 이 세계에 끌려온 셈인가?

나나 오잉크도 그렇고, 원래 세계에서는 우리가 어떻게 되어 있는 걸까?

……뭐, 생각해 봤자 소용없지. 나는 지금 이곳에 있다.

그것이 전부라고 자신에게 되뇌고, 지금은 그것을 받아들였다.

"유도신문 수고했어. 그런데 지원이 무슨 소리야?"

"왕국 쪽에서 장비를 제공하거나 여행 동료를 붙여준 것 같은데, 거기에 길드에 소속된 사람을 한 명 붙이고 각 지부에서 어느 정도 의뢰 알선을 우선해주도록 뒤를 봐주고 있어요."

"대우가 제법 후한데? 왕국이 불러 놓고 굳이 외부 조직인 길드에 맡기는 건 무슨 이유야?"

"……역시 그렇게 생각하시나요? 왕국에도 다양한 세력이 있다는 뜻이죠. 그는 이를테면 용사예요. 그런 자를 특정 귀족 파벌 아래에 두면 파워 밸런스가 무너지고 말겠죠. 그래서 권력에 그다지 관여하지 않는 제 아래에 둔 거예요."

그렇게 말하는 오잉크의 얼굴이 조금 언짢게 일그러졌다.

그녀는 렌 군에게 협력하는 데 불만이라도 있는 것일까?

"말투가 묘한데? 해방자가 별로 마음에 안 드나 봐?"

"솔직히 말하면 그래요. 칠성 해방이 어떤 의미를 가지는지는 정확히 모르지만, 여행을 다닐 적에 다른 대륙에서 해방에 비협력적인 나라를 몇 곳 봤어요. 어쩌면 게임 시절처럼, 아니, 창세기처럼 다시 위협적인 존재가 되지 않을까 우려하는 나라도 있겠죠."

"하지만 해방된 곳에서는 대지가 풍요로워졌다는 보고도 있어."

"그렇죠. 그것도 사실이에요. 하지만 창세기를 살아온 사람의 이야기를 듣는 한 저는 이 모든 것이 미끼, 무언가를 숨기기 위해 인류에게 던진 미끼라는 생각을 떨칠 수가 없어요."

흠, 일단 오잉크도 해방에는 부정적인가 보다.

그렇다면 나와 적대할 일도 없을 듯하다.

내가 그 칠성 중 하나를 이미 죽여 버리기도 했고, 게다가 역시 플레이어 시선에서 말하자면 해방으로 땅이 풍요로워 진다는 것이 영 수상쩍었다.

"있잖아, 너한테 해 둘 이야기가 있는데 들어줄래?"

마음을 굳히고 오잉크에게 나와 류에의 만남을 알려주기로 했다.

그녀라면, 칠성 해방에 의문을 품은 그녀라면…….

그리고 무엇보다 지금도 나를 동료라고 생각하고, 또 내가 동료라고 생각하는 그녀에게라면…….

"……뭐죠?"

나는 입을 열었다. 류에가 봉인하던 용신과 거기에 얽힌 천 년간의 고독을—.

다른 이들에게 속고, 온기를 바라며, 사람과의 인연을 갈 망한 굴레의 역사를—.

§ § §

"……그랬군요. 저는 그곳에는 손을 대지 않으려고 지금까 지 그 숲에 대해 조사도 하지 않고 지냈어요……."

이야기를 다 들은 그녀는 침통한 얼굴로 낮게 중얼거렸다. 그 목소리에는 깊은 후회가 엿보였다.

아마 자신이 그 숲을 탐색했더라면 적어도 30년은 일찍 류에의 고독을 달래줄 수 있었던 게 아닐까, 하는 후회……

"하지만 류에가 지금 이곳에 있다는 말은…… 아무래도 렌은 선수를 빼앗긴 모양이네요. 서둘러 길드의 지원을 끊고 용신의 해방을 왕에게 보고해야 할까요?"

"아, 딱히 용신은 해방하지 않았어."

"네? 그럼 새로 봉인할 방법을 찾았나요?"

"아니, 죽였어."

"네?"

"그러니까 죽였다고. 내가."

입을 딱 벌리고 얼빠진 표정을 보이는 얼굴값 못하는 미인 아가씨. 그 입에다가 접시에 있던 고기 한 조각을 쏙 넣어 봤다.

아, 넣어주니 먹네.

"꿀꺽…… 뭐야, 그거. 무서워."

진심으로 무서운 것을 봤다는 눈으로 그렇게 말하는 오잉크에게 나는 사건의 개요를 설명했다.

"……하진하."

"돼지어가 나올 정도로 기가 막힌가?"

오잉크가 한 말은 「하아, 진짜 하아」의 준말로, 몹시 기막혀 한숨이 나올 때 사용되는 말이다.

"네. 이야기는 이해했지만, 단 두 방이라니……. 마지막 날 얻은 밸런스 파괴 어빌리티가 설마 이런 식으로 빛을 발할 줄은……."

"그리고 그 마지막 하루가 전설로 남았다니 더 놀랄 일이지."

"왜 본본만 전설로 남았는지 모르겠어요. 불공평하게."

"보스 앞까지 뛰어다니느라 수고 많으셨습니다~."

"싸싸?"

이건 「싸울래? 싸울래?」라며 분노를 드러낼 때 사용되는 돼지어다.

하지만 어감이 귀여워서 오히려 분위기가 누그러지는 듯 했다.

"아무튼 이렇게 칠성을 죽였는데 지금 대륙에는 특별히 큰 변화가 일어나지 않았어. 아직 경과를 지켜보는 상태야. 그쪽도 당분간은 상황을 살펴볼 거지?"

"그렇게 해야죠. 길드 쪽에서도 대륙 북부를 살펴보겠지만, 적어도 이 대륙에서 할 일은 이제 없어진 것 같아요."

"그러게. 칠성과 관련된 것도 없어 보이니까 나도 있을 이유가 없겠어."

"그럼 본본은 앞으로 어떻게 할 계획이죠?"

내 계획이라…….

처음에는 내가 왜 이런 곳에 떨어졌는지 알아보고 싶다는 마음이 강했다.

하지만 이렇게 나뿐만 아니라 오잉크, 그리고 슌과 다리아까지 이 세계에 있다는 말을 들었다.

그렇다면—.

"슌과 다리아는 지금 어디 있어?"

일부러 미뤄 둔 질문, 내 가장 친한 친구라고 할 수 있는 두 사람의 소재를 물었다.

적어도 슌과 만날 수 있으면 류에와 같은 처지인 사람이 왜 나타났는지 추리를 보강할 수 있을지도 몰랐다.

뭐, 그 녀석이 자기 서브 캐릭터와 접촉했다는 전제하의 이야기지만 말이지.

그리고 무엇보다도 내 단짝이라고도 할 수 있는 두 사람과 만나고 싶은 마음이 강했다.

"슌과 다리아, 말인가요……."

오잉크가 왠지 고개를 떨구고 말끝을 흐렸다.

그런 오잉크를 보고 최악의 사태가 머리를 스쳤다.

하지만 나와 같은 플레이어라면 그렇게 쉽게 죽으리라고는 생각하기 어려웠다. 그렇다면 왜?

"가르쳐줘. 부탁할게."

한 번 더, 이번에는 머리를 숙여 그녀에게 부탁했다.

그것이 설령 어떤 대답이든 상관없었다.

그러자 오잉크는 겨우 단념했는지 조용히 입을 열었다.

"제가 두 사람과 만난 건 한 번뿐이에요. 그때 슌과 다리아는 함께 있었죠. 두 사람 모두 이곳에서 두 대륙 아래에 있어요."

"세미피나르 대륙보다 더 남쪽이란 말이지……."

제법 멀다.

말로 표현하면 대륙 두 개. 하지만 그 대륙 하나하나의 규모가 원래 세계의 오스트레일리아 대륙 이상이라고 했다.

해로도 포함한다면 까마득한 거리였다.

하지만 아무리 멀리 떨어진 곳이라도 오잉크의 반응은 이해되지 않았다.

시간은 얼마든지 있으니 거리가 큰 문제가 되리라고는 생각할 수 없었다.

"부디 두 사람을, 다리아를 나쁘게 생각하지 말아 주세요. 둘은 지금 엘프의 나라에 있어요."

"그게 뭐?"

"류에의 이야기를 듣고 보니, 당시 그녀를 속이고 옭아맨 엘프의 씨족 『브라이트』가 세운 곳이 그 나라예요. 다리아와 슌은 지금도 그 나라의 요직에 앉아 있을 테니까요……."

그래…… 브라이트란 말이지.

그 이름, 똑똑히 기억했다.

"보복 삼아 나라를 공격하진 말라고? 우리가 싸우는 건

보고 싶지 않다. 뭐 그런 뜻이야?"

그 두 사람이라면 아마 지금도 함께 있겠지.

그리고 오잉크도 내 성격상 엘프의 나라에 아무런 보복도 하지 않고 그냥 넘어가리라고는 생각하지 못하는 것 같았다.

정답이다. 죽일 생각까지는 없더라도 용서해줄 생각은 추호도 없었다.

당시의 엘프들은 아마 이미 살아 있지 않을 테니까, 그 자손을 비난하는 것은 번지수가 틀린 일일지도 모른다.

하지만 그건 내 알 바가 아니다.

설령 조상이 저지른 죄라도 책임은 지게 하겠다. 단지 그뿐이었다.

아쉽게도 나는 뒤끝 있는 성격인 데다가 쓸데없이 기억력이 좋고, 더불어 원한이 시간과 함께 숙성되는 타입이거든.

"그 얼굴을 보니 평화롭게 끝낼 생각은 없어 보이네요."

내 생각이 얼굴에 드러났는지, 오잉크가 그렇게 지적했다.

"예나 지금이나 나는 『적이냐 같은 편이냐 둘 중 하나』니까."

설사 관계없는 사람이라도 무언가 곤란한 일이 있으면 손길을 내밀어줄 『같은 편』.

그리고 관계없는 사람이라도 나에게 어떤 식으로든 피해를 준다면 명확하게 『적』으로 인식한다.

결코 손길을 내밀어주지 않으며 위기가 닥치면 보란 듯이 비웃어 상대의 나쁜 점을 죽기 직전에 들이민다.

0 아니면 100. 중간이 없는 사고방식이었다.

"여전히 너무 극단적이에요……. 그래도 두 사람은 『같은 편』이죠? 그것도 가장 가까운 편으로요."

"그렇지. 그 녀석들이라면 알아줄 거야. 만약 내가 진심으로 나라를 상대로 전쟁을 벌인다면, 분명 나를 위해 자기 나라 정도는 배신해주겠지."

"대단한 자신감이네요. 두 사람은 저보다 먼저 이 세계에 와 있었다고 했어요. 현실 세계보다도 이쪽 세계에서 지낸 시간이 길 거예요. 그래도 두 사람이 따라와 줄 거라고 믿으세요?"

"뭐…… 만약 적대하게 된다면 그때는 수단과 방법을 가리지 않고 총동원해서 협력을 요청해 봐야지."

"……두 사람 모두 본본 정도는 아니지만 최고 레벨까지 육성한 강자들이에요."

잠깐. 나는 협력을 요청한다고밖에 안 했는데? 왜 협력을 요청한다=힘으로 밀어붙인다는 이야기가 된 거지? 부정은 안 하겠다만.

"제 레벨은 399입니다."

"뭐야. 그거. 무서워."

"아니, 이 세계에 오고 또 어빌리티가 늘었지 뭐야."

"……부탁이니까 세계를 상대로 싸움 걸지 말아주세요."

"해 달라는 뜻이군요? 다 압니다."

"진짜 하지 마요."

그보다 『책임지게 한다=전쟁』이라는 해석을 고쳐줄 수 없나? 나는 머리만 숙여주면 그걸로 족한데.

숙이고 싶지 않다면 그때는 무력을 행사하지 않더라도 언젠가 큰 문제에 직면했을 때 협력을 요청해도 손을 뿌리칠 뿐이다.

아마도, 지금 세계는 태동하기 시작했다.

가까운 미래라고는 단언할 수 없지만, 이윽고 다시 창세기 같은 시대가 도래할 것이라고 예상된다.

누가 뭐래도 전설상의 나는 『보이지 않는 신과 함께 사라졌다』고 되어 있었다.

그런 내가 지금 이렇게 이 세계에 나타났다면 함께 사라진 『보이지 않는 신』이 움직이기 시작했다고 해도 이상하지 않았다.

"어쨌든 고마웠어, 오잉크. 덕분에 이 대륙이나 이 세계에 관해서 대략적이나마 이해했어."

"도움이 되었다면 다행이에요. 본본, 앞으로 어떻게 할 생각이죠?"

"글쎄…… 이번에는 일부러 다른 대륙에 관해서는 그다지 자세히 묻지 않았고, 언젠가는 슌과 다리아에게도 가고 싶고……."

모처럼 이 광대하고 자유로운 세계에 왔으니까…….

함께 나아갈 소중한 동료, 류에와 만났으니까…….

"세계를 보러 가겠어. 칠성도 있으니까 다른 대륙도 겸사 겸사 보러 갈 거야."

"목적 없는 여행인가요? 좋네요. 저도 가고 싶을 정도예요."

"그럼 꿀돼지는 이제 어떻게 할 거야?"

"이번에는 마물 범람과 류에가 사용한 길드 카드에 관한 확인이 주목적이었는데, 어떡할까요? 모처럼 왔으니까 솔트 버그 방면까지 가 보는 것도 좋을지 모르겠네요."

"아, 그러고 보니…….."

기왕 간다고 하니까 그 도시의 사건도 보고해 둘까?

솔트버그 주변을 다스리는 영주와 그 아들의 만행, 그리 고 그것을 용인하고 영주 측에 붙은 종합 길드의 관리관.

그 사건 이후, 그가 스스로 상부에 보고하겠다고 했지만, 아무래도 믿음이 가지 않았다.

"그런 일이…….. 그 도시 길드는 실험적으로 모험가 외에 직공이나 상인 대상 의뢰도 모두 다루는 종합 길드로 만든 거였는데…… 그 탓에 욕심에 눈이 멀었나 보네요."

내가 이럴 줄 알았지. 역시 자기 보신에 빠졌나.

"그런 사정이 있었군. 그렇게 폭넓은 권한이 있으면 영주 도 입김을 넣고 싶겠지. 유착할 만도 해."

"인선을 잘못했네요. 저나, 국왕이나."

"영주 쪽은 나라에 소속한 귀족이니까 역시 단속은 어려워?"

"아뇨. 제가 국왕과 직접 담판을 지을게요. 실제로 솔트버그로 가서 사실 확인을 마치는 대로 인원을 대대적으로 갈아엎을 거예요."

"……저기, 총수란 지위는 이 대륙에서 권력이 어느 정도야?"

국왕이 무슨 옆집 아저씨도 아니고, 보통 그렇게 쉽게 담판을 벌일 상대가 아니잖아?

"길드는 형식상 엔드레시아 국왕의 토지를 빌려 쓰고 있지만 독립된 조직이에요. 예전 세계로 예를 들자면 삼권 모두를 견제할 수 있는 입장이라고 할까요?"

오잉크는 대수롭지 않게 그렇게 말했다.

"정말로……? 그거 임금님보다 높은 거 아냐?"

"상대가 귀족이 아니라면 거의 모든 실권을 쥐고 있는 상태고, 일부 귀족도 저희 편이에요. 지위가 높은지 아닌지는 몰라도 적어도 내전이 터지면 압승할 수 있다고만 말해 둘게요."

"너 배짱도 좋다. 길드가 그렇게 커?"

"일단 옆 대륙인 세미피나르까지는 제 담당이에요."

와우~. 나는 그런 사람을 아까부터 차고 때리고 했구나.

미안. 억지로 돼지고기 먹이고 엉덩이 걷어차고 머리 때려서.

"그럼 오늘은 이쯤에서 헤어질까? 정말로 하나부터 열까지 알려줘서 고마워."

"계산은 내가 한다~!"

"해라."

"생각했던 반응이 아닌데?!"

그야 너 돈 많잖아.

게다가 그 지갑, 찍찍이도 아니잖아[#2].

§ § §

"그럼 나는 숙소로 돌아가겠지만, 나중에 류에하고도 이야기해줘. 인식은 다를지 몰라도 류에에게도 너는 동료고 만나고 싶어 하던 사람이야."

"물론 그럴 생각이에요. 저도 궁금한 점이 있고, 대등한 동성 친구는 거의 없으니까요."

"암돼지의 친구라……."

"사과하시죠?"

"미안, 미안. 나도 모르게."

"어휴…… 하지만 만나서 정말 기뻤어요. 또 기회가 있으면 만나요."

"아, 맞다. 오잉크의 권한으로 내 길드 카드도 백은으로 만들어주면 안 돼? 일단 지금은 검정인데."

"특이한 색이네요. 권력은 그쪽이 더 높을걸요?"

#2 찍찍이도 아니잖아 일본 커뮤니티 「2ch」에서 유행한 찍찍이((벨크로) 지갑을 사용하는 남자와 그것을 창피해하는 여자의 대화. A: 계산은 내가 한다~ㅅ(찌지직) B: 하지 마!

"그럼 검정도 겸한 백은으로 해줘."

"새로운 카드를 만들라고요?"

"부탁할게, 이베리코. 도토리 줄 테니까."

"어쩔 수 없구냥……."

진짜? 그냥 해 본 말이었는데?

길드 랭크EX란 건 영 인지도가 없어서 만약의 상황에 영향력을 발휘할 수 없었다. 쉽게 말해 암행어사의 마패처럼 써먹을 수 없다는 뜻이었다.

렌 군 일행에게 보여줬을 때도 반응이 시원찮았기에 어떻게든 하고 싶었다.

"알겠어요. 앞으로 불편한 점도 있을지 모르니까 선행 투자도 겸해서 새 랭크를 만들어 둘게요."

"미안, 어려운 부탁을 해서. 별 건 아니지만, 나도 솔트버그 같은 사건이 있으면 또 보고할게."

"후후, 세상을 바로잡기 위한 여행인가요? 잘 부탁할게요."

이번에야말로 나는 오잉크에게서 등을 돌렸다.

마지막까지 어딘가 여유를 느끼게 하는 그녀는 내가 아는 오잉크와 조금 다른 인상이었다.

원래 현실 세계에서 아는 사이가 아니었으므로 다소 인상이 다른 것도 당연하다고 생각하지만, 그래도 생각하지 않을 수 없었다.

내 친구인 두 사람도 어딘가 변해 버리진 않았을까, 하고…….

§ § §

오잉크와 재회하고 하룻밤이 지났다.

어젯밤 이야기, 그리고 내 몸에 일어난 어떤 변화에 관해 생각하고 싶었던 나는 류에와 따로 행동하기로 했다.

아니, 정확하게 말하면 류에가 빨리 오잉크와 만나고픈 마음에 흥분하여 밤잠을 설친 것이 원인이었다.

그 잠꾸러기 공주님은 방에 두고 왔다.

하여튼 나는 혼자서 조용히 생각할 장소를 찾아 번화가를 벗어난 인적 드문 광장에 도착했다.

그리고 벤치에 앉아 메뉴 화면을 열었다.

오늘 아침에 눈치챈 그 변화에 무심코 한숨이 흘러나왔다.

"이게 대체 어떻게 된 건지……."

나는 에번스 폐광 최심부에서 웨폰 어빌리티 [악식]을 세팅한 채 『그녀』를 해방했다.

무기질을 파괴함으로써 낮은 확률로 무기 성능이 상승하는 어빌리티 [악식].

이미 사람이 아닌 물건으로 인식되어 [악식]이 발동한 것인지, 아니면 그녀가 하늘나라로 떠나 정식으로 토벌한 것으로 취급해 탈검이 그 힘을 빼앗은 것인지 이유는 알 수 없었다.

하지만 내 검은 그 사건 후 어느샌가 진화해 있었다.

【Name】카이본

【종족】휴먼

【직업】탈검사, 권투사 (50)

【레벨】399

【칭호】구세의 마왕 ←NEW

　　　신을 울린 자

　　　용제(龍帝)를 도륙한 자

　　　영혼의 해방자 ←NEW

【장비】

【무기】탈명검(奪命劍) 브랜디쉬 ←NEW

【머리】없음

【몸】여행자 코트 (검정)

【팔】레더 건틀릿 (검정)

【다리】레더 그리브 (검정)

【플레이어 스킬】어둠 마도 ←NEW, 얼음 마법, 불 마법

　　　　　　　검술, 장검술, 대검술, 찬탈(탈검 사용시)

　　　　　　　격투술

【웨폰 어빌리티】[생명력 극한 강화]

　　　　　　　[찬탈자의 증거(투)]

[찬탈자의 증거(요)]

[용신의 가호]

[컨버트 MP]

[악식]

[소나]

[원한의 공명] ←NEW

[] ←NEW

[] ←NEW

스테이터스를 확인하고 눈을 의심했다.

오랜 세월 애용했던 탈검이 진화하고 그 이름이 바뀌었기 때문이었다.

그뿐만이 아니었다. 무기가 변화한 영향인지 세팅 가능한 어빌리티 슬롯이 두 개 늘었다.

게다가 새로운 어빌리티를 하나 습득했고 어느샌가 무기에 세팅까지 되어 있었다.

더군다나 칭호도 변화하거나 새로운 것이 생겼고, 어둠 마법이 어느새 어둠 마도로 진화하는 등 많은 것이 변해 있었다.

무엇보다 놀라운 것은 진화한 무기의 스테이터스였다.

『탈명검 브랜디쉬』

찬탈자의 죄악으로 그 모습을 바꾼 마검.

절망을 빼앗고 원한의 목소리를 빼앗아, 그 끝에 구원할 길 없는 운명조차 빼앗는다.

그것을 죄악으로 규정하는 세계로부터 마검의 낙인이 찍힌 구제의 검.

공격력 666

마력 666

마침내 무기 자체의 공격력이 올랐다는 사실은 기뻤지만, 숫자가 꺼림칙했다.

666이 뭐야…… . 나더러 악마라도 되라는 말인가? 어서 [악식] 님의 힘으로 숫자를 늘리든가 해야지, 재수가 없으려니 원…… .

상당히 꺼림칙한 방향으로 변한 이 진화의 원인은 역시 그 변모한 소녀, 주물을 파괴한 영향일 것이다.

한눈에 봐도 저주니 원한이니 하는 것이 들어차 있을 것 같았으니까.

게다가 그 추측이 정답이라고 말해주듯, 입수한 어빌리티의 설명문은 다음과 같았다.

[원한의 공명]

자신과 가까운 곳에서 적의 목숨을 빼앗을 경우, 그 자리에 머무는 동안 공격력이 상승한다.

단, 시간 경과에 따라서 서서히 정신이 오염된다.

뭐야, 이거. 무서워.

다행히 [용신의 가호]에는 『정신에 기인하는 상태 이상을 막는다』는 효과가 있으므로 병용하면 단점을 없앨 수 있겠지만, 솔직히 이 새 어빌리티는 쓰고 싶지 않았다.

애초에 이미 화력 과다라고요.

"그래도 강해질 수 있는 데까지 강해지는 것도 재밌을지 몰라."

조만간 검이 스치기만 해도 상대방이 산산조각 나는 거 아니야?

무서운 상상을 하며 진화한 나의 단짝을 손에 실체화했다.

"너도 점점 모양이 마왕의 무기처럼 되어 가는구나."

단짝의 모습을 찬찬히 살펴보며 그런 말을 툭 뱉었다.

원래 검고 가느다란 심플한 모습이 마음에 들어서 쓰던 탈검이었다. 그런데 지금은 손에 들면 검은 오라를 발산했고, 새까만 칼날 표면은 희미하게 붉은 기운을 띠며 잎맥이나 혈관 같은 문양이 새겨져 있었다.

마검이라고 부르기에 더할 나위 없는 모습이었다.

"이건 이거대로 멋지긴 하다만……."

한 번 더 한숨을 쉬고 앞으로 어떻게 할지, 어떻게 여행할지를 생각하는데, 사람의 왕래가 적은 이 광장에 공을 끌어 안은 아이들이 찾아왔다.

하지만 아이들의 얼굴에서는 지금부터 놀겠다는 활기나 기대감 부푼 표정을 찾아볼 수 없었다.

그런 아이들이 먼저 와 있는 나를 보고 갑자기 울음을 터뜨렸다.

잠깐만, 내가 애들 울릴 법한 모습이야? 지금은 마왕 룩이 아닌데?

하지만 그것은 지레짐작이었나 보다. 오히려 아이들이 내쪽으로 달려왔다.

"마왕님~!"

"나쁜 사람 혼내줘~!"

……난 지금 평범한 모험가 스타일인데, 이미 그 호칭으로 정착됐나?

게다가 따지고 보면 마왕이 나쁜 사람으로 분류되지 않으려나?

"무슨 일이야? 그리고 형은 마왕이 아니란다."

"있잖아, 영주님 저택 근처에 큰 공원이 있는데……."

"거기서 노는데 마차들이 와서 여기에 마차를 댈 거니까 우리 보고 나가랬어."

"우리 공, 마차에 밟혀서 구멍 났어……. 이거 봐."

한 아이가 찢어져 납작해진 공을 꺼내 보여줬다.

"그 공원은 평소에도 너희가 노는 곳이야?"

만약 주차장 같은 곳에서 놀던 것이라면 그건 아이들의 책임이 되어 버리는데…….

그 순간, 나는 우리가 머무는 여관 주변을 떠올렸다.

영주 저택 근처라면 내가 머무는 여관에서도 가깝지 않던가?

생각해 보니 분명히 큰 공원이 있었지……. 밤에는 노점도 드문드문 들어서서 장사하던 것으로 기억한다.

그렇다면 정말로 이 아이들은 갑자기 나타난 마차 때문에 놀이터에서 쫓겨난 셈인가?

"자, 울음 뚝. 울지 말고 잠깐 빌려줘."

"마왕님, 고칠 수 있어……?"

"내 공, 다시 빵빵해져?"

"글쎄, 나는 마왕이 아니라…… 에이, 모르겠다. 잠깐 살펴볼게."

흠, 고무 같은 재질의 공을 실로 둘둘 감고 마지막에 동물 가죽 같은 것을 붙여 만든 듯했다.

……조금 비싼 농구공과 비슷한 느낌인걸. 이거 제법 고급이잖아?

뭔가 수리에 쓸 만한 도구가 없을까 하고 아이템 팩을 조사해 봤다.

"좋아, 이거다."

천천히 그것을 실체화하자 경차 보닛 크기는 될 법한 물체가 눈앞에 쿵 하며 나타났다.

"와?! 마술? 마법?"

"뭐야, 이거! 커다란 유리?"

"잠깐 기다려 봐."

희미하게 푸른빛을 띠고 반투명한 그것은 얇은 표피였다. ……얇다고는 하나 크기가 크다 보니 제법 두껍게 피부가 남아 있었다.

그것을 어둠 마술로 만든 나이프로 섬세하게 벗겨 냈다.

아, 이거 오징어 껍질 벗기기랑 느낌이 비슷하네. 중독될 것 같다.

뚜둑뚜둑. 찢어지지 않게 무사히 거대한 표피를 벗기는 데 성공했다.

응? 뭘 꺼냈느냐고?

『**용신의 박피(薄皮)**』

용신의 역린에 부착되어 있던 신체 조직.

방대한 마력, 그리고 지켜야 할 급소에 닿아 있던 탓에 막대한 마력과 강도를 함께 지녔다.

네, 튼튼할 거 같아서 꺼내 봤습니다.

그것을 재료로 사용해 어둠 마술로 수리하기를 10분 남짓…….

매끈한 흰 가죽으로 코팅된 공이 완성됐다.

마지막으로 장난기가 발동해『´･ω･`』을 그려 넣고 아이들에게 돌려주자—.

"와! 귀여워!"

"내 공이 고쳐졌어! 우와! 전보다 더 잘 튀어!"

"장난 아니다! 찌부러뜨리면 이상한 얼굴이 돼!"

아, 나도 좀 갖고 싶어졌다.

그나저나 나도 모르게 충동적으로 용신의 소재를 써 버렸지만, 문제없을까?

그렇게 생각하며 고쳐진 공으로 즐겁게 노는 아이들을 바라봤다.

······아마 누가 봐도 저런 공에 칠성의 육체가 사용됐다고는 생각하지 않겠지.

기뻐하는 아이들······. 아마 그 공은 이제 마차는커녕 어지간한 모험가가 온 힘을 다해 칼로 내리쳐도 흠집조차 안 갈 것이었다.

오히려 어떻게 내 마술로 가공이 됐는지가 의문이었다.

레벨 399의 재봉술은 용신에게도 통한단 말인가?

§ § §

"어라······ 카이 군······?"

이불 안에서 눈을 뜬 나는 뒹굴 돌아누워 그의 침대로 고개를 돌렸다.

침대에는 이미 아무도 없었다. 창문을 보니 이미 해가 중천에 뜨지 않았을까 싶을 만큼 밝은 빛이 쏟아졌다.

메뉴 화면을 열어 현재 시각을 확인하자 그 예상이 옳았음을 알게 됐다.

"너, 너무 오래 잤어. 카이 군도 없고……."

어제 카이 군은 조금 무거운 얼굴로 돌아왔다.

무슨 일이 있었는지 묻고 싶었지만, 내가 물어도 될 일이 아니라고 생각해서 카이 군이 잠들 때까지 나도 혼자 생각에 빠져 있었다.

내일은 오잉크와 무슨 이야기를 할까, 무슨 질문을 할까, 상담을 하나 해도 될까, 그런 생각을…….

할 일도 없어서 옷을 갈아입고 멍하니 침대 위에 앉았다.

그러다가 허기를 느끼기 시작해 여관 식당으로 가려고 침대에서 일어나려는 순간, 노크 소리가 났다.

"네, 누구시죠?"

"류에인가요? 저예요, 오잉크."

"오잉크?!"

그 목소리에 펄쩍 뛰어올라 문을 열자—

"죄송해요. 쉬는 중이었나요?"

못 알아보게 날씬해지고 대단히 아름다워진, 나의 소중한 동료가 웃는 얼굴로 기다려주고 있었다.

"아니야. 미안할 거 없어! 자, 들어와."

의자 하나 없는 방이라서 침대에 앉도록 권했다.

"어제는 제대로 인사도 못 했네요. 오랜만이에요, 류에."

"응. 정말로 오랜만이야, 오잉크!"

"어머나!"

기쁜 나머지 옛날처럼 그녀에게 뛰어들고 말았다.

음? 하지만 역시 옛날 같은 풍족함? 안정감? 그런 부드러운 감촉이 부족한 것 같은데…….

"푸둥푸둥하지 않아."

"그, 그렇죠. 자주 이렇게 안기셨던가요……?"

"항상 『오홋~!』하며 받아줬잖아."

"후후, 오홋~!"

괴상하지만 그리운 그 비명 같은 소리를 듣자 역시 오잉크가 맞다는 기쁨이 다시 밀려왔다.

오잉크다. 정말로 오잉크다.

"오잉크, 하고 싶은 이야기도, 묻고 싶은 이야기도 아주 많아."

"네. 뭐든 물어보세요. 또 뭐든 들어 드릴게요."

그녀는 상냥하고 무척 마음을 안정시키는 웃음으로 대답해줬다.

아아…… 정말로 바깥 세계에 나와서 다행이야…… 카이 군.

그녀는 많은 이야기를 들려줬다.

정신을 차리고 보니 수도의 왕성 안에 있었던 일이나 잡혀서 성의 감옥에 갇힌 일.

그녀도 역시나 처음에는 힘들었나 보다.

"—물론 그 후로 뼈 빠지게 일했어요. 그래서 저도 드디어 류에처럼 옛 동료를 찾으러 여행을 떠날 수 있었죠."

"그랬구나. 힘들었지? 오잉크."

위로의 말을 건네자 왠지 그녀는 불현듯 슬픈 표정을 보였다.

그리고 그 직후, 나는 그녀에게 안겨 있었다.

"힘들었던 건…… 류에잖아요."

"……아하하, 들었어?"

"밖으로만 눈을 돌리고 당신을 찾지 못한 저를, 용서해주세요."

괜찮아, 사과하지 않아도.

그런 식으로 생각해주는 것만으로도 나는 무척 기뻐.

게다가—

"괜찮아. 그곳에 있었으니까 나는 카이 군과 만났고, 밖으로 나올 수 있었으니까."

그래. 그 오랜 시간도 카이 군과 만나기 위해 준비된 것이었다고 생각하면 하나도 슬프지 않아. 괴롭지 않아.

그 말을 듣고 오잉크도 안심한 듯 손을 놓아줬다.

"본본이 잘 대해 주던가요?"

"물론이야. 조금 심술궂지만."

"그렇죠? 그 사람, 조금 심술궂어요."

그렇게 말하며 우리는 함께 웃었다.

목을 타고 올라오는 말이 자꾸만 흘러넘칠 것만 같아서, 나는 정신없이 입을 움직였다.

"오잉크, 잠깐 상담할 게 있어."

"무슨 일이…… 후후, 뭔데?"

그녀는 옛날 같은 말투로 물었다.

그것이 기뻐 조금 창피한 이야기를 쉽게 입 밖으로 꺼냈다.

"요즘 카이 군이 나를 여자로 보지 않는 것 같아!"

내가 함께 자려고 해도, 내가 옷을 갈아입는 모습을 봐도 딱히 의식하는 티를 내지 않았다.

"불만은 아니지만, 거의 가족처럼 취급해. 어떻게 하면 좋을까?"

오잉크는 나보다 훨씬 어른스러운 여성이었다. 이렇게 아름다운 그녀라면 분명히 남자의 마음도 잘 알 것이었다.

……응? 왜 몸을 떨지?

"복에 겨운 소리를…… 아뇨, 알았어요. 그러니까 거리가 너무 가깝다는 말이죠?"

"그래. 1년 동안 우리 집에서 살 때 매일 찰싹 붙어 있다 보니 감각이 무뎌졌는지도 몰라."

"하, 한 지붕 아래에서……? 아, 그럼 이렇게 해요. 두근거리는 상황을 연출하는 거예요. 예를 들면 밤에 방으로 놀러 가거나—."

"오잉크가 지금 앉은 곳이 카이 군 침대인데?"

"같은 방……이라고……?"

아까부터 오잉크가 우스울 만큼 표정을 획획 바꿔서 왠지 나까지 즐거워졌다.

"우, 우선은 너무 가까워진 거리를 조금 떨어뜨려 봐요. 먼저 각방을 쓰는 거죠. 이건 무조건이에요. 신선함이 사라지면 그건 이미 연인으로 발전하기 이전의 문제니까요."

"흐음…… 그래도 돈이 아깝지 않아?"

"그런 생각은 돼지나 줘요."

"오잉크, 아~ 해 봐."

"……류에도 제법 심술을 부리네요……."

후후, 말은 그렇게 하면서도 입은 벌리는구나.

하지만, 그래, 같은 방을 쓴다는 것도 문제인지 몰라.

내가 꺼낸 말이지만, 주머니 사정도 넉넉하니까 각방을 쓰는 게 낫겠어.

"그래서 아침에 깨우러 가거나, 밤에 가끔 놀러 가거나, 이렇게 침대 옆에 앉아 보거나 하는 거예요. 이런 건 항상 함께 있지 않고 가끔 하니까 상대방도 두근거리는 법이라고요."

"제, 제법 어려운데……."

그래도 시험할 가치는 충분히 있어!

게다가 계속 한방을 쓰면 서로 불편한 점도 많을 테고 말이야.

특히 카이 군도 남자니까 혼자 있고 싶을 때도 있을 것이다. 그런 이야기를 어디선가 본 적이 있다.

"하지만 지금은 무엇보다 함께 느긋하게 여행을 즐기는 게 가장 좋다고 봐요. 아마 앞으로 본본은 힘든 여행을 하게 될 테니까요."

오잉크는 문득 진지한 톤으로 그렇게 말했다.

"……그게 무슨 뜻이야?"

오잉크가 어제 카이 군과 둘이서 나눈 이야기 속에 그런 미래를 예감하게 하는 내용이 섞여 있었던 것일까?

나는 아직 아무 말도 듣지 못했는데…….

"앞으로 무슨 일이 있어도 두 사람의 안전은 보장된 거나 마찬가지겠죠. 그 사람은 강하니까 반드시 류에를 지켜줄 거예요."

그건 나도 잘 안다.

카이 군이 나를 소중하게 생각해주는 것은 잘 안다.

그리고 나 또한 어지간한 상대에게는 절대로 밀리지 않는다.

그래도 내 힘으로는 용신처럼 인간의 영역을 초월한 존재를 상대할 수 없다.

하지만 카이 군은 그런 상대조차 쓰러뜨릴 힘을 가졌다.

그리고 나를 위해서라면 그 힘을 주저 없이 발휘하리란 것도―.

그건 용신의 주박에서 해방된 내가 가장 잘 안다.

"그 사람이 얼마나 강한지는 나보다 류에가 더 잘 알겠죠. 그래도 옆에서 지탱해주는 사람이 없으면 아무리 강한 힘이 있어도 마음이 버티지 못해요."

오잉크는 그렇게, 자조하듯 말했다.

맞아. 생각해 보면 그녀도 나와 같은 신예기의 사람…… 그리고 카이 군과 같은 세계 출신이다.

강한 힘이 자신에게, 그리고 주위에 어떤 영향을 주는지 뼈저리게 알고 있을 테지.

그리고 그런 우리조차 손이 닿지 않을 만큼 어마어마한 힘을 그가 가졌다는 사실도…….

"그렇지. 혼자 있는 괴로움은 나도 잘 아니까."

"그렇죠……. 그러니까 지금은 그냥 곁에 있어 주세요. 괜찮아요. 본본은 분명 류에를 좋아해요. 이유는 말할 수 없지만, 이건 확실해요."

"그그그그, 그래?! 카이 군이 날 좋아해?!"

갑작스러운 말에 어쩔 줄 몰랐다.

서, 설마 카이 군이 오잉크에게 그렇게 말했나?!

카이 군도 참, 그런 말은 나한테 먼저 해줬어야지?!

"어디까지나 제 예상일 뿐이지만요."

"어? 뭐, 뭐야…… 난 또 그렇게 말한 줄 알았네."

"하지만 적어도 외모는 취향이 분명해요."

"음? 그게 무슨……."

아, 하지만 처음 숲에서 만난 날, 내가 로브를 벗었을 때 잠깐 넋을 놓고 있었지.

그건 즉, 『첫인상은 합격』이란 뜻이 아닐까?

"저도 다방면으로 협력할게요. 그러니까 류에도 본본 곁에 있어주세요. 설령—."

마지막에 오잉크는 불길한 말을 꺼냈다.

그것은 내 각오를 시험하는 것이었을까, 아니면…….

"설령 그 사람이 이 세계를 모두 적으로 돌리더라도……."

§ § §

예기치 않게 아이들과 친해졌지만, 원래는 이 진화한 무기를 검증하고 싶었다.

그러나 냉정하게 생각해 보면 지금까지도 툭 치면 죽던 상대에게 사용한들 위력 검증이 될 턱이 없었다.

결국 생각해 봤자 시간 낭비였나? 그렇다면 이 새로 늘어난 어빌리티 슬롯에 무엇을 세팅할지 생각하는 편이 건설적이지 않을까?

"마왕님, 왜 그래?"

그런 생각에 빠져 있는 나에게 공놀이를 하던 아이들이 몰려왔다.

"응? 아니, 잠깐 생각할 게 있어서."

문득 돌아보자 골짜기와 건물로 둘러싸인 환경 탓에 주변이 어두워져 있었다.

아이들을 오래 놀게 두기에는 썩 좋지 않은 곳 같았다.

"자, 어두워졌으니까 이제 집에 가자."

"뭐~?! 아직 낮인데?"

"그래도 이 주변은 어둡잖아? 적어도 다른 곳에 가서 놀아."

그럼 다른 곳을 같이 찾아 달라고 떼를 쓰는 바람에 어쩔 수 없이 아이들을 인솔하여 도시 산책을 가게 됐다.

나는 바로 큰길로 나와 마차에 점령당했다는 그 공원에 가 보기로 했다.

그러나 가는 도중, 가뜩이나 나를 알아보는 주민도 많은데 아이들까지 거느린 탓에 괜히 더 눈길을 샀다.

언제부턴가 눈덩이 불어나듯 등 뒤로 아이들이 늘어나는 기분이 드는데…….

"마왕님이다!"

"날아 봐!"

"변신해 봐! 마왕님."

"아, 미안. 마왕 타임은 하루에 한 시간밖에 못 쓰는데 오늘은 이미 써 버렸단다."

"에이, 뭐야~!"

뒤를 돌아보자 어느샌가 스무 명이 넘는 아이들이 뒤를 쫄래쫄래 따라오고 있었다.

이상하네. 솔트버그에서는 나이스 바디의 마족 누님들이 따라왔는데 말이야.

주위를 보자 아이의 부모로 보이는 사람들이 조금 미안한 기색으로 고개를 꾸벅였다.

으음, 함부로 대할 수도 없고 이걸 어쩐다…….

뒤에서 날아드는 질문이나 장난을 적당히 받아주며 내가 머무는 숙소 근처, 다시 말해 공원에 도착했다.

입구 부근을 보자 아이들 말대로 마차를 줄줄이 세워 안으로 들어갈 수 없게 막아 놨다.

게다가 내부 잔디밭에는 큰 텐트를 치거나 야영 도구를 꺼내 캠핑장을 벌여 놓았다.

누가 『이곳을 캠핑장으로 쓰겠다』고 선언이라도 했나?

"저게 아까 말한 갑자기 나타났다는 마차야?"

"응! 내 공도 터뜨리고 다른 사람도 막 쫓아냈어."

"방금 가게 사람이 여기서 싸웠어."

어른도 싸웠다는 말은 역시 아무런 예고도 없었다는 뜻이 겠지.

……갑자기 찾아온 손님이라고는 오잉크밖에 떠오르지 않는데…….

설마 이거, 수도에서 온 조사단이나 오잉크의 부하들인가?

"인기가 많으시네요, 마왕님."

"응? 오잉크?"

그때 설마설마하던 원흉(추정)인 꿀돼지가 등장했다.

역시 그랬군. 범인은 범행 현장으로 돌아오는 법이랬다.

"모두 들어라! 이 누나는 사실 못된 돼지고, 이 공원을 빼앗은 범인이다!"

"뭐~?! 그런 짓을 왜 해!"

"진짜 돼지야?! 나쁜 돼지야?"

"내 공을 받아라!"

"히, 히익!"

뒤에서 대기하던 마왕의 군세(동네 아이들)가 일제히 오잉크에게 몰려들었다.

하하하, 공공장소를 제 것인 양 다루는 돼지에게 정의의 철퇴(고기 망치)를 내려주마!

"이, 이러지 마세요! 저건 우리 마차가 아니라구요!"

"어? 그래? 그럼 왜 이런 곳에 있어?"

"류, 류에랑 얘기하고 있었어요. 조금 전까지."

"아…… 그러고 보니 부탁했었지."

미안, 완벽한 누명이었다. 말려야지.

"아, 이제 됐어. 누나도 반성했다니까 용서해주자."

"내가 착해서 참는다! 이제 나쁜 짓 하면 안 돼, 돼지 누나!"

"공원은 다 같이 쓰는 거야!"

다만, 오해는 풀리지 않았다.

성이 찼는지 해산하는 아이들을 보다가 다시 오잉크를 보자 왠지 방금 내가 고친 공을 응시하고 있었다.

"저 애가 가진 공, 본본이 만들었죠? 길드에서 팔아도 될까요?"

"너는 길드를 어떻게 만들 생각이냐……. 그건 그렇고, 결국 이 마차들은 뭐야?"

오잉크가 아니라면 달리 대규모 집단이 이 도시를 방문했다는 말이었다.

이런 바쁜 시기에 대체 누구일까?

오잉크도 진지한 얼굴로 마차를 관찰했다.

그리고 다가가서 그 객차에 새겨진 엠블럼을 확인하고 가볍게 한숨을 쉬었다.

아는 사람인가?

"귀찮아졌네요……. 이건 수도에서 상회를 운영하는 사람의 캐러밴 같아요. 아마 처음에는 영주 저택 안에 댈 생각이었겠죠."

"그런데 여기 세웠다는 뜻은……."

"네. 저희 마차가 영주 저택에 세워져 있어서겠죠. ……뭐, 그래도 공간은 충분히 남아 있지만요."

그럼 왜 이곳에 댄단 말인가?

혹시 그건가?『이런 녀석이랑 같이 못 있어! 난 여기서 나 갈 거야!』같은 상황?

……야, 이 캐러밴에 있는 사람 전부 누군가에게 살해당 하는 거 아냐? 괜찮아?!

"이 상회는 왕가로 들어가는 물품을 전문으로 다루는 곳 이라서 꽤 힘이 강해요. 그리고 귀족 중에서도 길드를 탐탁 지 않게 여기는 파벌이 있는데, 그 산하 상인이라서……."

흠, 왕실의 어용상인이라면 그만큼 고위직의 입김이 작용 한다, 이 말이지?

오잉크 본인은 왕에게 직접 이의를 제기할 수 있는 입장이 라고 하지만, 그것을 좋게 생각하지 않는 세력, 더 나아가 길드라는 조직이 왕가와 대등한 입장이란 사실을 용납할 수 없는 녀석들이 있단 뜻이겠지.

……권력을 가진다는 것도 꽤나 골치 아픈 일이다.

아래에 지켜야 할 부하나 조직원이 있으면 마음대로 움직 일 수도 없잖아?

"……그래서 결국 이거는 어떡할 거야?"

"여기서 충돌한다고 해결될 일이 아니에요. 제가 서둘러 도시를 떠나는 게 상책이죠."

마치 꿀돼지를 재촉하는 것 같아서 내키지는 않지만, 이 곳에서 풍파를 일으키면 피해를 입는 것은 도시 주민일 것 이다.

하는 수 없지. 아직 나누고 싶은 이야기는 많지만, 지금은 참고 서로의 목적을 위해 움직이도록 하자.

나는 다른 대륙을 돌기 전에 이 대륙의 수도 관광을, 그리고 꿀돼지는 시찰을 가기 위해 더 북쪽으로—.

서로 반대 방향으로 여행을 떠나는 이 상황, 뭔가 멋진데? 로망이 있어.

"그럼 나도 내일쯤 수도로 가면서 괜찮은 의뢰가 없나 찾아볼게. 일단 헤어지자."

"헤어진다는 말은 하지 마요. 잠깐 따로 볼일이 있을 뿐이니까."

오잉크가 토라진 듯 볼을 부풀리는 그 표정에서 옛 모습이 엿보였다.

"……예쁜 얼굴 다 망가지니까 바람 빼."

두 볼을 엄지와 검지로 누르자 푸쉭 김빠지는 소리를 내며 쭈그러들었다.

하하하, 이런 웃긴 얼굴이 더 어울리네.

손 안에서 비난 어린 표정을 지은 그녀를 보고 그만 참지 못해 피식 웃음이 샜다.

"……정말로, 성가신 사람이네요."

"천성이야. 봐줘."

"봐 드릴게요. 그럼…… 수도 길드에 연락해 놓을 테니까 그곳에서 새로운 카드를 발급받으세요."

"그래. 정말 하나부터 열까지 도와줘서 고마워."

"그만큼 뼈 빠지게 일해서 갚게 할 테니까 그런 줄 아세요."

그렇게 마지막으로 미소를 지은 그녀는 자신이 머무는 영주 저택으로 떠났다.

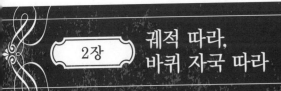

방으로 돌아오자 류에가 막 옷을 벗으려던 참이었다.

그래, 노크하지 않은 내 잘못이지. 그래도 옷을 벗으려면 문을 잠그는 게 맞지 않아?

내가 아니었으면 어쩔 뻔했어.

"뭐 할 말 없어?"

"몹시 흥분됩니다."

"됐으니까 다시 나가세요."

정면으로 날아든 베개를 얼굴로 달게 받으면서 한 발 뒤로 물러나 살며시 문을 닫았다.

슬슬 방을 따로 써야겠군.

숙녀로서의 자각이 움튼 것은 바람직한 일이었다.

나는 귀를 기울여 샤워실 문이 열리는 소리를 확인한 후 다시 방으로 들어갔다.

갈아입을 옷도 잊지 않고 챙겨 들어간 것 같았다.

이 방은 탈의실도 있으니까 삶은 달걀처럼 따끈따끈한 알몸 류에와 맞닥뜨릴 일은 없을 것이다.

다만 문제는…….

"벗은 옷을 그대로 던져 놓고 가면 쓰나……."

번뇌를 부르는 연옥색 허물이 고스란히 놓여 있었습니다.

이 아가씨는 무슨 속옷까지 푸른색 계통이랍니까?

"후우…… 내일은 길드에 가서 크롬웰 씨에게 이곳을 떠난다고 보고하고, 그 뒤에 의뢰를 찾아서…… 할 일이 태산이네."

마치 여행 계획을 짤 때와 같은 설렘 섞인 분주함을 느끼면서도 들뜬 마음을 조금 식히기 위해 여행 목적을 명확히 했다.

내키는 대로 여행하고, 가는 김에 칠성과 관련된 모든 지역을 돌아보는 것.

그리고 그 도중에 슌과 다리아를 만나는 것.

두 대륙 아래에 있는 두 사람, 그리고 그곳의 왕가인 엘프, 브라이트 일족.

류에게는 이 일을 말하는 편이 좋을까?

나와 마찬가지로 류에도 슌과 다리아를 소중한 동료로 생각했다.

그런 그들이 한때 자신을 속이고 고통을 준 자들이 세운 나라에 소속한 것을 알면 어떻게 생각할까.

그냥 지나갈 수 없었다. 그리고 나도 그냥 지나갈 생각은 없었다.

지난날의 잘못과 죄를 인정하고 류에게 정식으로 진심 어린 사과를 받아 낼 것이다.

그 외의 계획은 그때그때 생각하면서 가자.

자유로운 여행— 계획으로 꽉꽉 채워 넣으면 무슨 재미가 있으랴.

그때그때 목적지를 바꿔 가며 많은 비밀에 둘러싸인 이 세계를 한번 돌아보자.

"뭘 그리 실실 웃어?"

어느새 씻고 나온 류에가 내 얼굴을 들여다보고 있었다.

목욕을 마치고 나온 여성은 어째서 이리도 요염한가.

이 오빠, 생각지도 않게 설렜잖아.

"벌써 다 씻었어?"

"벌써는 무슨 벌써야? 30분은 들어가 있었을 텐데."

정말로? 내가 그렇게 생각에 빠져 있었나······.

여행 계획을 짜는 게 그만큼 즐거워서겠지. 그리고 즐거운 시간은 쏜살같이 지나가는 법이다.

어떡하지, 앞으로 매일 시간이 쏜살같이 지나가 버리잖아.

"류에, 앞으로 어떻게 할지 상담하고 싶어."

여행 동료인 류에에게도 내 멋지고도 엉성한 계획을 소개했다.

"그럼 우선은 수도로 가고, 그 뒤 항만 도시로 가서 『세미피나르』라는 대륙으로 건너가겠다는 거지?"

"그래. 그곳에서 대륙을 횡단해서 세 번째 대륙으로 가는 게 1차 목적이야."

"다리아와 슌이 그곳에 있단 말이지? 그 엘프의 나라에."

"……만약 싫다면 대륙을 우회하는 배라도 찾아서 다음 대륙에서 나를 기다려도 돼."

자세한 정보를 듣지 않은 더 남쪽의 대륙.

오잉크가 출처 모를 서적을 발견한 곳도 그 대륙이라고 했다.

하지만 그런 미지의 땅으로 류에를 혼자 미리 보내기도 불안했다.

"아니, 괜찮아. 마음 쓰게 해서 미안해."

억지로 참는 것처럼 들리지는 않았지만, 정말로 괜찮을까?

나는 다시 한 번 그 엘프 왕족, 『브라이트』란 이름을 류에에게 꺼냈다.

"역시 지금 왕족이 류에가 있던 부락의……?"

"왕족의 이름을 들어 보면 그런 것 같아."

오잉크에게 들은 브라이트라는 가명(家名).

솔트버그 길드장인 크롬웰 씨의 풀 네임에는 『리히트』라는 씨족명이 들어가 있는데, 리히트도, 브라이트도, 그 뜻은 같은 『빛』이었다.

류에가 말하기로는 창세기에 엘프를 통솔하던 씨족 중에

서도 특별히 발언력이 강한 것이 이 둘이었다고 했다.

"좋아, 그럼 1차적인 목적지는 이 대륙 수도, 『라크』로 잡자."

"수도라……. 역시 사람이 많겠지? 재밌는 일도 많겠어."

다음 날 아침, 오늘은 일찍 일어나 준 류에와 함께 방을 뺐다.

여관에서 나오자 어제부터 공원을 점령하던 단체가 주민들과 승강이를 벌이고 있었다.

상회의 대표자일까? 광택이 흐르는 재질의 옷을 몸에 걸쳐 척 보기에도 돈이 많아 보이는 퉁퉁한 남자였다. 그런 그가 척 보기에도 저는 악덕 상인입니다, 라고 광고하는 듯 징글맞게 웃으며 주민들에게 거만한 몸짓으로 무슨 말을 떠벌이고 있었다.

"우리가 이곳에 있는 이유는 영주님의 저택에 들어갈 수 없기 때문입니다! 길드의 손님인지 뭔지 모르겠지만, 오늘날까지 이 도시에 공헌해 온 저를 무시하고 이곳으로 내쫓은 결과가 이 꼴이지요!"

"영주 저택에는 아직 공간이 많이 있을 텐데……."

"제가 압니까? 아무튼 저희가 빨리 철수하길 원하시면 되도록 서둘러 대신할 호위를 마련하세요. 도시 복구에는 이 것저것 필요한 물자가 많지 않습니까? 이 도시에 항상 금속을 가져오는 건 누구였나요? 바로 저희 카플 상회죠."

"하, 하지만 지금 숙련된 모험가를 그렇게 많이 차출하면……"

와우, 사람은 겉만 보고 알 수 없다는 말을 정면으로 깨부수는 사람이 있네.

만약 저 인간에게 스테이터스가 있다면 틀림없이 『소인배』와 『악덕 상인』 칭호가 붙어 있을 것이다.

그나저나 대신할 호위라…… 결원이라도 생겼나?

"모험가가 뭐 그리 잘났다고……. 얼마 전에도 가도에 있던 저희에게 피해가 나오지 않았습니까? 고작 도시 하나 지켰다고 들뜰 때가 아니잖아요? 이미 예정이 대폭 지체됐단 말입니다. 상황을 좀 알고 말씀하시죠."

저기, 그 도시를 지킨 공로자 아가씨 한 명이 옆에서 부들거리고 있습니다만?

참으세요, 류에 씨. 우선 그 허리춤에서 손부터 뗍시다.

"도, 도시를 지킨 우리를 저런 식으로 모욕하잖아. 말리지 마, 카이 군."

"아니, 말리지 않으면 저 녀석 의뢰를 못 받잖아? 우리 둘이라면 결원이 몇 명이든 커버할 수 있고, 저 녀석들도 빨리 밖으로 보낼 수 있지 않겠어?"

뭐, 썩 내키지는 않지만.

그래도 여기서 소란을 피워 일이 복잡해지는 것보다는 나을 것이었다.

오잉크에게 받은 도움이 한둘이 아니니까 이 정도는 해야지.

"그런가……. 나는 솔직히 저런 인간은 호위하고 싶지 않아……. 그래도 카이 군이 하겠다면 따를게."

진심으로 싫은지, 웬일로 언짢은 표정으로 목소리를 어둡게 깐 류에게 나도 모르게 손을 뻗었다.

착하지, 착해. 그만 기분 풀어줘.

감촉 좋은 머리를 매만지며, 우리는 다시 길드로 향했다.

§ § §

"그럼 이 도시를 떠나시는군요……. 저는 아직 두 분께, 세미엘 님께 아무런 감사도 하지 못했는데……."

"그 본심은?"

"폐광 조사가 끝날 때까지 만일의 사태에 대비해주셨으면…… 헉?!"

누가 오잉크의 선생님 아니랄까봐 제법 교활하고 사람을 잘 부리는 모양이었다.

하지만 처음에 한 말도 본심이겠지. 누가 뭐래도 그에게 류에는 떠받들어야 할 사람이자 기도를 받칠 위대한 신앙 대상이기도 하니까.

굳이 따지자면 할아버지와 손녀라고 하는 편이 와 닿지만, 사실은 반대죠.

"세미엘이라고 부르지 말아줘. 나는 류에라는 이름이 좋으니까."

"실례했습니다. 그럼 류에 님, 카이본 님은 이후 어디로 가실 예정이십니까?"

"저희는 지금 이 도시에 있는 상회 녀석들의 호위로서 따라갈 테니까 함께 수도로 갈 듯싶습니다. 만약 상대측에서 불만을 제기할 때 뒤를 봐주실 수 있을까요?"

"음…… 카플 상회의 요구는 랭크B 이상 모험가 일곱 명이었습니다만…… 두 분이라면 문제없겠죠. 그런데—."

랭크B라면 제구실을 하는 정도를 넘어 중견이라고 해도 무방한 모험가였다.

해방자 렌 군의 랭크가 B라는 사실을 생각하면 틀림없이 강력한 전력일 것이다.

단순히 수도까지 가는 데 그토록 강한 호위가 필요할까? 결원이 생겼다고는 하나, 자신이 데려온 호위도 아직 더 있을 텐데…….

아무래도 나에게는 순전히 길드를 곤란하게 하려는 심보 같았다.

"저기, 두 분을 고용하기에는 보수가 너무……."

"역시 B랭크 일곱 명보다도 S랭크 이상 두 명이 더 비싼가요?"

"네, 그야 그렇죠. 하지만 알겠습니다. 제 쪽에서 제안해

보겠습니다."

이번에는 이동하는 김에 받는 의뢰일 뿐이므로 보수 금액에 구애될 생각은 없었다.

굳이 말하자면 이동수단으로 말을 빌리고 싶다는 정도의 심정이었다.

아니, 사실 그게 주목적입니다.

참고로 승마 경험은 없습니다. 이 몸뚱이면 어떻게든 되겠죠, 뭐.

잠시 후, 크롬웰 씨가 나와 류에가 대기하는 응접실로 갑옷과 서코트를 입은 기사를 데리고 왔다.

"기다리셨죠? 카플 상회 캐러밴 경비 주임을 맡은 왕국 기사단 소속 로건 씨입니다."

"이 두 명이 보충 인원입니까……? 최소 랭크B 일곱 명의 전투력이 요구됩니다만, 이 두 분의 실력은 어찌 됩니까?"

조금 피로한 얼굴을 한 로건 씨는 우리에게 인사하기보다도 앞서 불안한 목소리로 크롬웰 씨에게 물었다.

아, 이 사람, 고생깨나 하고 있구나. 아마도 마음에 여유가 없지 않을까?

그 마음 이해한다. 아주 잘 이해한다. 타인에 대한 배려보다도 먼저 자기 일을 우선으로 생각하게 되지.

게다가 왕국 기사단 소속이라면 상회 호위는 그의 정식

임무가 아닐 것이다.

익숙하지 않은 일을 떠맡고 부조리한 명령을 받아 지금에 이른 것이다.

그런 그의 처지가 뇌 속에 저절로 그려졌다.

농담이 아니라, 정말로 이 사람, 그만큼 피곤에 절은 얼굴이다.

"안심하십시오. 류에 님은 백은장 모험자이시고—."

"뭐라고요?! 제, 제가 맡은 예산은 기껏해야 B랭크 모험가를 고용할 정도밖에……."

"괜찮습니다. 이동용 말을 빌려주신다면 그걸로 족합니다."

처음으로 내가 말을 꺼내자 이제야 그는 자신이 아직 이름도 밝히지 않았다는 사실을 떠올렸는지, 허둥지둥 자세를 바로 하고 우리 쪽으로 돌아섰다.

"인사가 늦었습니다! 방금 소개받은 왕국 기사단 가도 경비대 대장 로건이라고 합니다. 설마 백은장 소유자와 같은 임무를 맡게 되리라고는 꿈에도 생각하지 못했습니다. 제 생애 최대의 영광이자—."

"나는 류에야. 너 재미있는걸? 그렇게 긴장하지 않아도 돼. 잘 부탁할게."

류에 씨, 장황하긴 하지만 소개는 끝까지 들어줍시다.

저 사람 조금 슬퍼하잖아요.

하지만 확실히 조금 과장된 반응이라고는 생각했다.

오잉크 본인은 왕과 직접 이야기하는 일도 있다지만, 기사단과 길드 구성원이라면 피차 조직의 말단이었다. 그런데 이토록 정중한 대응이 돌아올 줄은 몰랐다.

아, 그래도 백은장은 말단 취급이 아닐지도 모르겠구나.

뭐, 어쨌든 쌍방의 구성원이 살벌한 관계가 아닌 것 같아서 다행이다.

"말은 반드시 준비하겠습니다! 그럼 금일 정오, 도시 남쪽 문으로 와주시기 바랍니다!"

"알았어. 그럼 앞으로 잘 부탁해, 로건 군."

류에가 그렇게 말을 건네자 로건은 황송하다는 듯 팔다리를 곧게 뻗어 퇴실했다.

"……나 아직 자기소개조차 안 했는데."

정말로 고생이 많으신가 보군요, 로건 씨.

길드 로비로 돌아오자 특이한 일행이 보였다.

해방자 렌 군과 그를 따르는 세 명의 소녀였다.

아마 그와 연령은 비슷하겠지만, 새삼 다시 보니 세 명 모두 상당히 눈길을 끄는 용모였다.

얼핏 봐도 기가 셀 듯한 금발 투 사이드 업 소녀.

술집에서 나를 물고 늘어진 여자아이였다.

그리고 다른 한 명은 조금 연상인지 여성스러운 몸매를 가진 소녀.

수녀 같은 옷에 베일을 쓴 아이였다.

그리고 마지막으로 눈이 반쯤 감긴, 무척 졸려 보이는 조그만 소녀.

여기까지라면 딱히 특이한 조합이 아니겠지만, 그런 해방자 일행 곁에는 우리 꿀돼지까지 있었다.

무언가 옥신각신……까지는 아니더라도 조금 귀찮은 표정으로 렌 군과 이야기하는 게 보였다.

"조금 전에도 말했지만, 규칙은 규칙이에요. 이번 일은 긴급 소집으로 행한 대규모 작전입니다. 보수는 기본적으로 사전 계약대로고 성과에 따른 상여금은 없어요. 그 대신 마물 부위는 개인이 취득할 수 있다고 설명했을 텐데요?"

"그래도 렌의 활약은 다른 사람과는 비교도 안 된다고! 돈보다도 길드 공헌도, 포인트가 갖고 싶단 말이야!"

"총수, 내가 비록 길드에 소속된 지 아직 얼마 되지 않았지만, 실력은 이미 증명했다고 봐. 부탁할게. 조금 더 랭크를 높여줄 수 없을까?"

흠, 아무래도 보수에 불만이 있는 듯했다.

그러고 보면 나와 류에는 처음 의뢰를 받은 단계에서 상당한 액수를 제시받았는데, 다른 모험가와는 금액이 달랐나?

구체적인 금액은 뭐…… 자릿수가 한 손으로는 한참 모자라다고만 말해 두겠다.

하지만 길드 포인트란 것은 받지 않은 것으로 안다.

류에는 애당초 더 올라갈 곳이 없는 S랭크, 그리고 나도 정규 랭크에서 벗어난 EX니까 그런 것이겠지만.

"……길드 랭크는 단순한 힘만으로 오르는 게 아니에요. 쌓아 올린 신뢰나 직원의 신용, 또는 실력자에게 인정받을 무언가가 있어야 하죠. 그저 힘, 수행한 일의 숫자만으로 올라갈 수 있는 곳은 B까지예요. 조금 더 생각해 보세요. 본인이 지금까지 해 온 일을 말이죠."

그래그래, 신뢰와 신용이 있어야지! 그럼 나는 어떻게 EX가 된 걸까요?

왠지 렌 군에게 미안한 마음마저 들었지만, 그것과 그가 승격할 수 없는 것은 별개의 문제였다.

의외로 길드의 평판이 좋지 않은가?

"……그럼 당신한테 신뢰받으면 되겠어?"

"글쎄요. 그건 어떨까요?"

"작작 좀 해! 우리는 국왕 폐하의 명령으로 움직이고 있다고!"

"저기…… 두 분 모두 그만하시는 게……. 죄송합니다, 오잉크 총수님."

흠, 보아하니 저 수녀 같은 여자아이가 모험가 길드에서 파견된 아이인가?

왠지 저 아이도 저 아이대로 고생하고 있을 것 같아……. 잠깐 도와줄까?

"안녕, 오잉크. 왠지 시끌벅적한데?"

"보…… 카이본, 이야기는 마치셨나요?"

"그래. 그것보다 랭크 정도는 올려줘도 되잖아? 내가 추천해주지. 기뻐해, 렌 군."

일부러 씨익 웃어주자, 아니나 다를까—.

"……됐어. 가자."

"아, 잠깐…… 흥!"

"죄송했습니다."

"……다음은 어디로 가?"

그럼 그렇지. 내 도움으로 랭크를 올리는 건 싫은가 보다.

"덕분에 살았어요, 본본. 이제 출발하시는 거죠?"

"맞아. 무사히 카플 상회의 호위로 들어가는 데 성공했어. 이제 놈들은 오늘 안으로 솔트버그를 뜰 테니까 너도 무리해서 서두를 필요 없어."

"아뇨, 저도 오늘 안으로 떠날 생각이에요. 가능하면 일찍 시찰을 끝내고 수도로 돌아가고 싶으니까요."

"시찰이라……. 수시로 직접 돌아봐?"

"네. 역시 지방은 제 눈길이 닿지 않아서 일부 귀족, 주로 저희에게 호의적이지 않은 영주와 연결되기 십상이니까요."

"그래서 그걸 뭉개고 다니는 거야?"

"누가 들으면 오해하겠어요. 그냥 갱생의 길을 제시할 뿐이라구요. 영주 쪽은 나중에 제가 직접 담판을 벌이는 식이지만요."

이 녀석, 수고스럽게 매번 그런 짓을 하고 다니는 거야?

차라리 녀석들의 우두머리를 없애 버리는 편이 낫지 않은가?

"결벽증도 좋지만, 어느 정도는 눈을 감는 편이 좋지 않아? ......방치했다가 한꺼번에 일망타진하는 식으로 말이야. 너 그런 거 잘하잖아."

"......지금 제게는 그럴 능력이 없어요. 적어도 왕국 측에 그걸 보조해줄 권력자가 있지 않고서야......."

"호오."

즉, 이미 그럴 구상은 되어 있다?

그리고 그 상대는 단독으로 타도하기 어려울 정도로 높은 지위에 있다?

오잉크 본인은 왕과 직접 대화할 수 있을 정도로 우호적인 관계를 맺고 있는데도 불구하고, 상대는 그 배후에서 꾸준히 활동하며 지금도 이렇게 지방 영주를 산하로 끌어들여 파벌을 넓히는 인간인가.

왕가와 인연이 있는 사람인가?

브라이트 일족도 그렇고 이 대륙 왕가도 그렇고, 귀족이란 건 참 골치 아프다.

"뭐, 맞는 말이긴 해요. 제가 결벽증이 심한 것도 원인 중하나겠죠."

"피해가 나오지 않을 때까지는 눈감아줘. 그렇게 해서 잘 돌아간다면 결국 인간은 그런 생물이란 뜻이지."

"……정말로 이쪽 세계나 저쪽 세계나 사람 사는 곳은 똑같네요."

세계는 달라도 인간의 근본이 그리 쉽게 변하려고?

새하얀 사람만으로 구성된 나라는 절대로 존재하지 않는다.

물이 너무 맑으면 고기가 살 수 없다.

그것은 아마 그녀도 알고 있을 것이다.

알면서도 그녀는 추구하게 되는 것이리라.

어쩌면 문명사회의 종착점일지도 모를 예전 세계를 알고 있기에 아직 완성되지 않은 이 세계를 조금이나마 이상에 가까워지게 하기 위해…….

그녀의 이상을 나는 모른다. 하지만 언젠가 보고 싶다고는 생각한다.

나와 같은 처지의 인간이 이 세계에서 무엇을 이루려고 하는지를—.

"아, 그래도 부탁이니까 왕가에는 해코지하시면 안 돼요?"

"알았어, 알았어. 어차피 내가 적극적으로 관여할 생각은 없어. 그럼 슬슬 시간이 됐으니까 우리는 가 볼게."

"안전한 여행이 되길 빌어요."

"너도. 수도에서 잠깐 체류할 생각이야. 타이밍이 맞으면 관광 안내라도 부탁할게."

"후후, 알았어요. 그럼 다녀올게요."

"도나도나도나 돈~." [#3]

"송아지 아니거든?! 란란은 돼지 님이라구, 알겠어?!"

이분 점점 탄력이 붙으시네.

오잉크와 헤어진 나는 어느샌가 사라진 류에를 찾으려고 주변을 돌아봤다.

그러다가 로비 구석, 미니 신전 앞에 쪼그리고 앉은 류에를 발견했다.

"이제 가자, 류에. ……뭐 하는 거야?"

"응? 이 미니 신전에 먹을 걸 바치는 참이었어. 아이템 박스에 넣을 수 있는 양에는 한도가 있으니까."

"아, 그렇군. 그럼 나도 몇 개 바치고 갈까?"

이것만은 우리의 특권이군요.

그보다 우리 외의 사람은 공물이 바로 사라지는 사실에 의구심을 품지 않는 것일까?

뭐, 오랜 세월 존재한 것이다 보니 그냥 그러려니 하는 것일지도 모르겠다.

의외로 현 총수인 오잉크도 모르는 거 아닐까?

#3 "도나도나도나 돈~." 1940년대 유대인 작곡가 Secunda Sholom이 작곡한 『Donna Donna』 노래 가사. 각 나라별로 가사가 번안되어 불리고 있으며 일본에서 많은 인기를 얻었다. 도살장으로 끌려가는 송아지의 체념과 구원에 대한 갈망이 담겨 있으며, 나치 독일의 탄압을 받는 유대인의 애환을 빗대어 표현하였다고 한다.

§ § §

약속 장소인 솔트버그 남문으로 가자 영주 저택 옆 공원에 머물던 마차들이 이미 대기하고 있었다.

객차를 끄는 마차가 한 대, 짐마차가 세 대였다.

호위병으로 보이는 사람들이 여섯 명 있었다. 모두 로건 씨와 같은 갑옷을 입었다.

모집 인원은 일곱 명이었으니까 이 캐러밴은 원래 열네 명의 기사들이 호위하고 있었다는 말일까?

마차 네 대를 지키는 것치고는 너무 엄중하다는 기분도 드는데……. 혹시 왕국 기사의 숙련도가 별로 높지 않나?

"카이 군, 왕국 기사는 여자가 많은 걸까? 로건 군 말고는 여섯 명 모두 여성들 같아."

"듣고 보니 갑옷이지만 묘하게 체격이 작네. ……여자 맞군."

류에의 말을 듣고 비로소 깨달았다.

모두 풀 페이스 헬름을 뒤집어썼지만, 갑옷 형태를 보니 여성이란 점은 틀림없었다.

……굳이 콕 집어 말하진 않겠지만, 저 불룩한 부분은 주문 제작인가?

아니면 처음부터 규격이 정해져 있는 것일까?

"오래 기다리시게 해서 죄송합니다!"

"아, 로건 씨. 저희도 지금 막 왔어요."

그때, 객차에서 경비 책임자인 로건 씨가 나왔다.

아마 안에서 카플과 일정이라도 의논하고 있었겠지.

그리고 보니 그는 갑옷 위에 서코트를 입었는데, 자세히 보면 갑옷의 의장(意匠)이 다른 여기사들과는 달라 보였다.

남녀의 차이가 아니라 근본적인 차이였다. 이렇게 말하긴 뭣하지만, 그의 갑옷이 다른 기사들의 갑옷보다 급이 낮고 질이 떨어져 보였다.

하지만 그는 호위 책임자이기도 하며 가도 경비대 대장이라는 직책도 가지고 있지 않던가.

뭔가 이상한 느낌도 드는데…….

그런 내 시선이 그의 갑옷과 그녀들의 갑옷 사이를 오가는 것을 눈치챘는지, 로건 씨도 조금 말하기 꺼려하는 눈치로 설명해줬다.

"눈치채셨나 봅니다. 부끄럽습니다만, 저를 제외한 인원은 모두 카플 님과 친밀한 공작 각하의 사병입니다. 왕국 기사단을 겸임하고 있죠."

"사병이 왕국 기사를 겸임한다고요? ……공작 각하가 국왕 폐하의 친지라도 되나요?"

"폐하의 이복형제십니다."

여기사만 모은 사병? 여러모로 좋지 않은 상상이 드는데…….

설마 공작 각하께선 매일 밤마다 『큿죽#4 기사』를 갈아치우고 계시는 건가?

"애초에 말입니다, 이번 호위 요원을 여성으로만…… 현장에 익숙하지 않은 사람으로만 선발하니까 이런 피해가……."

"음? 여자는 약하다고 말하고 싶은 거야?"

그의 이야기를 듣던 우리 집 큿죽 기사…… 아니지, 여기사님이 다소 못마땅하게 끼어들었다.

하긴, 너에게는 적용되지 않는 이야기지.

게임 시절에는 성별에 따른 차이가 거의 없었지만, 지금은 다른 걸까?

"아니, 류에, 그런 뜻이 아니야. 로건 씨 말씀은, 그녀들은 원래 전투 외의 목적도 겸해서 이곳에 있다는 거군요?"

"……네. 분명히 그런 측면도 있을 겁니다……. 아차, 실례했습니다. 하필 임무 전에 이런 이야기를—!"

아뇨, 아뇨. 필요한 이야기다마다요.

의뢰인의 됨됨이를 아는 것은 중요한 일이죠. 덕분에 우리 집 기사님에게 주의를 줄 수 있으니까요.

"류에, 알았지?"

"좋았어, 내가 강하다고 증명하면 되는 거지? 로건 군, 검을 뽑아."

"이야기가 왜 그렇게 돼?!"

#4 큿죽 「큿, 죽여라」의 준말. 만화 등에서 싸움에 패한 여기사의 단골 멘트.

촙을 한 방 먹인 다음, 머리를 감싸며 원망스러운 눈길을 보내는 류에게 경고했다.

"다시 말해 카플은 여자의 적이라는 소리야. 알아들었어?"

그 말을 바르게 이해했는지, 숫기 없는 처녀의 얼굴이 보란 듯이 붉어졌다.

그래, 이래서 아빠는 네가 걱정이란다.

"그럼 이제 각자 위치로 갈까요?"

그 후 나는 카플을 태운 마차 옆에서 말을 타고 경계를 맡게 됐다.

역시 첫 승마임에도 불구하고 이 몸은 비명을 지르는 일 없이 그 독특한 흔들림에 적응했다.

이 말도 타기 전까지는 거친 콧김을 내뿜으며 제법 기질이 거칠어 보였지만, 지금은 마냥 온순한 데다 내 말을 알아듣는 것처럼 순종적이었다.

그 뭐냐, 한순간 말고기 육회를 생각해서 그런가? 갑자기 얌전해졌다.

"……그나저나 역시 마음에 안 들어."

나는 검에 [오감 강화]를 세팅해서 주변이 아니라 마차 내부에 귀를 곤두세우고 있었다.

S랭크인 류에가 가장 능력이 높다는 이유로 카플의 마차에 동승했고, 나는 아직 자기소개도 하지 못한 채 마차 옆

으로 배치됐다.

즉, 지금 저 마차에는 카플과 류에, 그리고 다른 두 기사가 타고 있었다.

조금 전부터 들려오는 소리는 왠지 곤란해하는 기사의 목소리와 기분이 한껏 좋아진 카플의 목소리였다.

그리고 전혀 말을 하지 않는 류에가 짜증스럽게 혀를 차는 소리…….

마차 바퀴 소리에 섞여 무언가가 간헐적으로 바닥을 때리는 소리도 들렸다. 아마 그것이 류에가 다리를 떠는 소리이겠거니 싶었다.

그런 그때, 내 강화된 청각이 새로운 말소리를 포착했다.

『그나저나 설마 이 대륙에 백은장이, 그것도 이런 아름다운 분이 계실 줄은 몰랐군요.』

『……제 미숙함은 제가 압니다. 밖에 있는 제 동료에게 늘 폐만 끼치고 있죠.』

『게다가 겸손하시기까지! 흠, 길드에 두기에는 아까운 인재군요.』

『……일이라면 하겠어. 하지만 그 외의 일은 할 생각 없어. 불필요한 대화는 삼가주실까.』

『후후후…… 좋습니다. 어이, 너희는 이리 와라—.』

나도 들어본 적 없는, 등줄기가 얼어붙을 듯이 어둡고 싸늘한 류에의 목소리에 그녀의 기분이 이미 빙점을 넘어 절대영도까지 도달했음을 짐작했다.

……휴식에 들어가면 마음껏 어리광을 받아주자.

하지만 지금 상태로 볼 때 카플은 길드에는 좋은 인상이 없으나, 그 구성원— 우리를 특별히 싫어하는 느낌은 없었다.

하기야 여자를 좋아하는 이상 류에게 호의적으로 대하는 것은 이해하지 못할 것도 없었다.

그러나 애당초 왕가의 어용상인이 될 만한 수완가라면 길드와 험악한 관계를 유지하는 것이 얼마나 큰 손실로 이어질지 쉽게 상상될 만도 한데……

가장 좋은 방법은 어느 정도 왕가, 이 경우 공작에게 빌붙으면서도 길드에도 최소한의 예의를 보여 양호한 관계를 유지하는 것이다.

흠, 오잉크도 한때는 상인이었다고 본인이 말했고, 그런 외모를 가졌다.

여자를 밝히는 카플과 한바탕 문제가 있었다고 봐야 하나?

"학을 뗄 만큼 심하게 차였거나, 아니면 장사로 학을 뗄 만큼 심한 손해를 입었거나, 둘 중 하나겠지."

나도 제법 쓰레기라고 자부하지만, 장사에 관해서는 오잉크가 훨씬 지독한 짓을 한다.

게임 시절, 그 녀석 혼자 시세를 장악해서 현금 거래 업자조차 궁지로 내몬 이야기는 지금도 전설로 전해질 정도다.

§ § §

"카이 군…… 나 지쳤어……. 나도 말 타고 갈래. 마차는 이제 싫어……."

"그래그래, 착하지. 잠깐 누워서 쉬어."

"그럼 카이 군은 앉아. 자, 베개가 되는 거야."

그 후로 일몰 직전까지 행군한 캐러밴은 가도 옆 설원에서 야영을 하기로 했다.

마차를 중심으로 둘러싸듯 텐트가 설치됐고, 나와 류에, 그리고 로건 씨와 여기사 한 명이 가장 바깥쪽에서 경계를 서며 휴식을 취하게 됐다.

그나마 마물 퇴치용 마도구가 있기에 신경질적으로 예민하게 굴 필요는 없으리라.

어쨌든 나도 이 외곽 쪽에 개인 텐트를 설치하고 안에서 류에를 달랬다.

무릎베개는 남자의 로망이라고 생각하는데, 입장이 반대가 아닐까요?

허벅지 위로 기분 좋은 무게를 느끼면서 편안하게 눈을 감은 류에의 머리를 쓰다듬었다.

착하지, 착해.

어유, 딱하기도 하지. 자리 배치가 정해졌을 때 「내가 그곳 분위기를 얼려 버리겠어」라고 공연히 큰소리치는 바람에…….

그 결과, 바로 옆에서 기사를 상대로 성희롱에 가까운 커뮤니케이션을 취하는 카플에게 도리어 자신이 얼어 버리게 됐다.

"아아, 거기, 거기……. 아, 귀는 만지면 안 된다?"

마치 고양이 같은 그 모습에 내 마음까지 씻겨 나가는 기분이었다.

그렇게 편안한 시간을 보내고 있는데, 텐트 밖에서 누가 말을 걸어 왔다.

"카이 공, 류에 공, 야간 경비에 관해 의논하고 싶습니다."

"아, 들어오세요."

놀라지 마시라. 사실 이 텐트, 여섯 명은 가뿐히 수용할 수 있을 만큼 거대하다.

게다가 프레임도 접이식이라서 설치도 간편하게 뚝딱. 류에가 말하길 『가장 좋아하는 물건』이라나?

오랜 세월 동안 변함없이 이어진 생활에 지쳐 가끔 이 텐트로 숲 속에서 캠핑 흉내를 내며 기분을 달랬다는 것이다.

그 말을 듣고 무심코 머리를 쓰다듬은 것은 어쩔 수 없는 일이 아닐까.

"그럼 실례하겠— 저, 저기, 바쁘시다면 나중에 해도……."

"아. 류에, 손님이야."

"응? 아, 어서 와, 로건 군. 그리고 으음…… 너도 호위를 맡은 아이였나?"

"……일어나라는 뜻이거든요?"

"으악!"

사람 무릎에 누운 채로 건들건들 손만 들고 인사하다니, 부끄러운 줄 알아야지.

다리를 빼서 머리를 떨어뜨려 버렸다.

"경비를 의논하러 오셨다고 했죠?"

로건 씨 뒤에는 여성 한 명이 따라와 있었다.

지금은 갑옷을 벗어서 그 용모를 확인할 수 있었다.

몸집이 작아 류에보다 약간 키가 작았고, 아직 얼굴에 앳된 티가 남은 소녀였다.

……기사란 건 아무나 될 수 있는 게 아닐 텐데? 상당히 재능이 있는 아이인가?

"아, 저는 거의 일하지 않았으니까 여러분보다 오래 설게요."

"아니, 균등하게 나누자. 몸집을 보아하니 마차에 타고 있던 아이지? 심로가 클 텐데 무리하면 안 돼."

"우…… 네."

흠, 그녀도 피해자란 말인가.

듣기로 그녀는 아직 수습 기사이며 공작 저택에서 잡무를 처리한다는 것 같았다.

그리고 그녀도 류에와 마찬가지로 쌓인 것이 많았는지, 조금 위로해주자 감정을 토해내다시피 푸념을 털어놓았다.

"저는…… 이런 일을 하려고 왕국 기사가 된 게 아니에요.

힘들게 수습 기사가 됐는데, 그게 여자라서 뽑혔을 뿐이었다니……."

"자네도 괴롭겠지. 나중에 내 부대로 편입할 수 있을지 건의해 보겠네."

"로건 대장님…… 선배들은 이상해요. 이번 임무도 거의 자발적으로 지원한 거였어요. ……그야 그, 경우에 따라서는 급료가 늘어난다는 모양이지만……."

"응? 어떤 경우지? 마물을 해치우면 받는 돈이 늘어나나?"

순수한 류에의 질문에 그녀는 얼굴을 붉히고 고개를 숙였다.

아하. 즉, 그런 일로 팁을 받는다는 말이로군.

이거, 공작 직할 부대는 상당히 비리에 찌들어 있겠는데?

"역시 아직 『레콘 공작』 주변에 있는 왕국 기사들은 변함이 없나 보군……."

"애초에 로건 대장님은 저희와 관할이 다르니 이런 일과 무관하시겠죠……."

"음…… 지금이야 기사단이 국왕 폐하의 직속 부대지만, 옛날에는 우리도 상당히…… 그랬다고 하더군."

관할은 달라도 같은 왕국 기사, 그리고 서로 박복한 신세.

두 사람은 성별도 연령도 달랐지만, 완전히 의기투합한 것 같았다.

그 후, 결국 야간 경계는 일출까지 두 개의 조로 나뉘어 서기로 했다. 나는 졸음을 완벽하게 차단할 수 있기 때문에 단독으로, 그리고 나머지 세 명은 교대로 쉬면서 반대편을 경계하기로 했다.

멍하니 모닥불을 바라보면서 검에 세팅한 [기척 감지]로 주위를 살피는데, 뒤에서 누군가가 다가오는 것을 느꼈다.

"카이 군, 저쪽은 아무래도 두 명이면 충분해 보여. 지루할 것 같아서 놀러왔어."

돌아보자 그곳에는 마치 밤샘을 즐기는 아이 같은 표정을 짓고 있는 류에가 있었다.

좋았어. 그럼 이 오빠가 심심풀이로 자고 싶어도 잘 수 없게 되고, 혼자서 화장실에 가기도 무서워지는 이야기를—.

"아까 말인데, 내가 마차 안에 있는 동안 잠깐 카플이 오잉크 이야기를 꺼냈어."

"음, 보나 마나 좋은 소리는 안 했겠지."

"그야 뭐 그렇지. 하지만 방금 로건 군에게서도 옛날 오잉크가 세운 전설을 몇 가지 들었어."

옛날에 세운 전설, 소위 말하는 무용담인가?

그건 나도 궁금하다. 결국 오잉크가 예전에 어떤 일을 했는지 듣지 못했으니까.

"오잉크는 옛날 왕성의 상인이었다고 해. 임금님도 오잉크를 좋게 봐서 성에서 독립한 후로도 잘 대해줬다는 모양이야."

그리고 그녀가 지나온 또 하나의 궤적이 밝혀졌다.

그것은 그녀가 한때 비품 유통을 조사해 기사단 내부의 부패를 고발했다는 내용이었다.

상인은 명백하게 열악한 상품을 속여 팔고 있었고, 일부 기사 대장에게는 입을 닫는 대가로 뇌물을 건넸다.

당연히 그 비품을 사용하는 기사단은 상처가 끊이지 않았다. 그들은 얼마 가지 않아 노후화되는 비품을 또 새것으로 바꾸며 동시에 약까지 팔아넘겼다.

당시의 권력자들은 기사단을 마치 돈이 열리는 나무나 양식장처럼 사유화했다.

그런 곳에 오잉크가 더 저렴하고 성능이 좋은 상품을 가져와 지금 사용하는 비품의 열악함을 주장했다고 한다.

오잉크가 일찍이 국왕 아래에서 일한 영향인지, 그녀의 말을 어느 정도 신뢰하던 왕은 당장 검증에 착수했다.

그 결과, 조직이 크게 개편되어 많은 부대장이나 단장이 영지를 몰수당했고, 이윽고 조직 체계가 변해 왕이 직접 왕국 기사단 정점에 서게 됐다.

하지만 그럼에도 오잉크의 일격은 카플, 그리고 레콘 공작에게까지는 미치지 못했다.

당시 기사단을 이끄는 원수 자리에 있던 레콘 공작이 꼬리 자르기로 카플과 함께 그 숙청을 벗어난 것이다.

그래도 공작 산하에서 사리사욕을 채우기에 바빴던 부패

귀족들을 몰아내고 힘을 약화시킨 것은 엄연한 위업이었으며, 지금도 기사단에는 오잉크를 신봉하는 사람이 많다고 했다.

물론 공작이 뒤에서 조종했다는 뚜렷한 증거가 없기에 이건 어디까지나 오잉크와 일부 귀족들 사이에서 떠도는 소문에 불과하다는 모양이지만.

어쨌든 그 후 머지않아 현재의 왕이 즉위했고, 오잉크와 선왕이 시작한 귀족 숙청을 헛되이 하지 않기 위해 지금도 힘을 쏟고 있다는 듯했다.

"이처럼 오잉크가 대단한 일을 했다는 이야기야."

"아하, 그래서 상인으로 있을 수 없게 된 거군."

그녀가 저지른 일은 털면 먼지가 나올 상인들에게 공포를 심어줬고, 그 결과 당연하게도 그녀는 업계의 압력을 받게 됐다.

그런 그녀를 거둔 것이 당시부터 이미 왕가와 양호한 관계를 맺고 있던 길드의 크롬웰 씨였다.

이 이상 오잉크에게 귀족 사회의 어두운 면을 보여주지 않도록, 조금이라도 추한 분쟁에서 떨어뜨려 놓고자 당시의 왕은 오잉크를 크롬웰 씨에게 맡겼다.

아마 선왕도 자신이 억누르던 일파가 자신이 사라진 후 오잉크에게 위해를 가하지 못하도록 떨어뜨려 놓고 싶었으리라.

그리고 그런 우여곡절 끝에 그녀는 세계를 돌아보는 여행에 나섰다.

……이렇게 이야기를 듣고 보니 그녀의 놀라운 행동력을 새삼 실감했다.

그런 격동의 인생을 보냈는데 살이 안 빠지고 배기겠는가.

그렇게 동료의 과거 위업으로 상상의 나래를 펼치며 밤은 조용히 깊어 갔다.

아침이 밝았다. 결국 마물의 습격은 없었다. 구태여 말하자면 캠핑장 중앙에서 남사스러운 교성이 들려오는 정도였다.

……그냥 마물이나 확 나와 버리지.

얼마 지나지 않아 다른 멤버들도 깨어났고, 빈말로도 맛있다고는 못 할 샌드위치를 지급받아 아침을 때운 뒤 이곳을 떴다.

참고로 오늘은 류에가 불만을 토로하는 탓에 마차에 타지 않고 나와 함께 말에 올라타서 마차와 나란히 달리고 있었다.

"카이 군, 말 타는 솜씨가 좋구나? 나는 잘 못 타는데."

"그럼 타 본 적은 있나 봐?"

"숲에도 살고 있으니까. 정확히는 말이 아니라 마물이지만."

솔트버그 인근에 말 마물이 있었는데, 설마 그건가?

의뢰로 몇 마리 사냥한 적이 있었다.

실은 류에의 친구였다— 같은 결말은 아니겠지?

"그 마물은 아주 총명해. 더군다나 맛도 아주 좋아."

"그, 그래?"

아니었나 봅니다.

이렇게 류에는 마차에 타지 않고 나와 함께 있었지만, 그래도 카플의 관심은 류에게 향하고 있는지 도중에 객차의 창이 열렸다.

"류에 공, 그런 곳에 있으면 불편하지 않습니까? 이쪽으로 자리를 옮기시는 게 어떠신가요?"

남의 등을 보고 그런 곳이라니, 기본적인 예의가 없군.

"아니, 사양하지. 나에게는 분명 여기가 세상에서 가장 편한 곳이야."

이 사람이 부끄러운 줄도 모르고 무슨 소리를?!

류에는 지금 내 등에 안겨 타고 있었다.

류에의 특정 부위가 일정 수준에 닿지 않았다는 것이 못내 아쉬웠지만, 그것을 차치하고서라도 부드러운 몸을 밀착시킨 덕분에 내심 제법 가슴이 두근거렸다.

"허어, 그거참…… 그럼 똑바로 호위해주시기 바랍니다."

카플은 인상을 살짝 찌푸리며 조금 딱딱한 말을 남기고 창을 닫았다.

그렇게 평화롭게 가도를 따라가자 전방에 작은 마을이 보이기 시작했다.

오늘은 일찌감치 중계 지점인 저 마을에서 쉬고 내일 아침 수도로 떠날 계획이었다.

"오, 생각했던 것보다 건물이 많아 보여."

"나도 중계 지점이라고 하길래 더 작은 마을을 생각했어."

뒤에 있는 류에와 말을 나누는데 대열 전방에 있던 로건 씨가 속도를 늦춰 우리 옆으로 왔다.

"카이 공, 류에 공. 호위는 우리와 같은 숙소에서 무상으로 묵을 수 있습니다만, 어떻게 하시겠습니까?"

"류에, 어떻게 할까?"

"으음, 조금 편하게 있고 싶어서 그런데 따로 묵어도 될까?"

"그렇겠죠……. 두 분을 답답하게 해드려 정말로 죄송합니다."

"아뇨, 그렇게 신경 쓰지 마세요. 그럼 저희는 마을에 도착하면 자유롭게 행동해도 되겠죠?"

로건 씨는 고개를 끄덕이고 다시 선두로 돌아갔다.

서코트를 펄럭이며 자유자재로 말을 모는 모습은 기사의 풍격을 느끼게 했다.

그런 그 또한 국왕과 공작이라는 양대 권력의 틈바구니에 끼어 어깨를 펴지 못하고 있으리라 생각하면 조직 사회에 대한 기피감을 떨칠 수가 없었다.

잠시 후, 마을에 도착한 우리는 카플이 묵을 숙소 앞에서 헤어졌다.

캐러밴에 탄 다른 사람들과는 다른 장소에서 묵는 것은

예상한 일이었고, 카플의 곁에는 아니나 다를까 호위 기사가 붙어 있었다. ……아니, 이 경우에는 공작의 사병이라고 부르는 편이 나을지도 모르겠다. 그는 두 여성을 대동하고 숙소로 들어가려는 참이었다.

"아이고, 내 정신 좀 봐. 백은장 모험가님을 다른 이들과 같은 숙소에 묵게 하다니! 사양 말고 이곳에서 묵고 가시지요."

"나는 이 사람과 일 이야기나 일정을 상담하고 싶으니 사양하겠어."

"……거기 자네, 괜찮으면 자네도 함께 묵고 가도 괜찮아. 어떤가?"

"류에의 입장도 이해해주십시오. 만에 하나라도 밖으로 새어나가면 안 될 이야기도 있습니다. 제안은 감사하지만 사양하죠."

사실 그런 이야기 없습니다.

그나저나 이 인간은 그렇게까지 류에와 가까워지고 싶은가?

뭐, 백은장이니 뭐니 하기 이전에 우리 아이가 좀 귀엽지. 이해한다.

"……흥, 그럼 아무쪼록 늦게 오지나 말—"

"카이 군, 가자. 배가 고파서 못 견디겠어."

류에가 말허리를 끊어 버리며 입을 열었다. 나도 거기서 대화를 끊고 일행과 헤어지기로 했다.

하지만 그냥 가기도 서운해 소소한 장난을 쳐 보았다.

"그래, 어젯밤은 쭉 망만 봤으니까. 슬슬 나도 못 참겠어. 점심도 먹어야지."

"도? 그거 말고 또 뭘 먹지?"

우리는 목청을 높여 다 들으라는 식으로 선언하며 떠났다.

……그저 도발한 것뿐입니다. 딱히 무슨 짓을 할 생각은 없다고요.

숙소를 찾으면서 마을을 구경했다.

멀리서 봤을 때에는 건물도 많고 마을 같아 보였지만, 이렇게 가까이서 보니 여관이나 상회 사무소, 창고가 대부분인 그냥 중계 지점이라는 느낌이었다.

인구만 따지면 평범한 마을과 다를 바 없을지도 모르겠다.

그리고 역시 상회의 영향력이 강한 곳이라서 그런지 마을 안에 행상이나 노점을 연 사람도 없어 어딘지 모르게 썰렁한 느낌이 들 정도였다.

하지만 그런 상황 속에서도 점포를 가진 가게가 적지만 존재했다. 나와 류에는 그런 가게들 중 선물 가게에 들르기로 했다.

아니, 정정하겠다. 류에가 참지 못하고 어슬렁어슬렁 그 가게로 들어가 버린 것이었다.

이해한다. 마음은 이해한다. 가게 앞에는 특이한 도구나 별난 모양의 지팡이 등 잡동사니 같은 것이 쌓여 있었다.

마치 만물상, 오히려 잡동사니 가게라고 하는 편이 그럴듯한 그 모습은 신기하게 사람을 끌어들이는 마력을 가진 듯 보였다.

"카이 군, 이건 뭘까? 짧은 지팡이 같은데……. 봐, 갈고리처럼 구부러진 끝에 공이 달려 있어."

"아무리 봐도 마사지 도구네. 이런 걸 왜 팔지?"

그렇게 알려주자 류에는 그 끝부분을 나에게 꾹꾹 들이밀었다.

아니야. 그렇게 쓰는 거 아니야. 나는 그것을 빌려서 실제로 시연해 보였다.

그러자 류에는 흥미가 생겼는지 자기 어깨를 공으로 꾹꾹 누르기 시작했다.

"……별로 시원하진 않은걸?"

원래 다 그런 법입니다.

그리고 다른 뜻은 없지만, 풍만한 가슴을 가진 분은 어깨 결림에 시달린다고 합니다.

가게 앞은 그런 잡동사니만 진열되어 있었지만, 실내에는 멀쩡한 민속 공예품이나 자잘한 장식품, 개중에는 액세서리까지 팔고 있었다.

모처럼 왔으니까 류에에게 선물을 사주는 것도 나쁘지 않겠다.

잠시 천천히 골라 볼까?

"응? 카이 군, 액세서리에 관심 있어?"

"아니, 류에게 뭔가 사줄까 해서."

"정말이야?! 그럼 나는 머리 장식이 좋은데……."

머리 장식이라…….

류에는 머리가 길어서 잘 때 말고는 머리핀이나 끈으로 머리를 반 묶음 하고 다녔다.

지금은 눈 결정 모양의 디자인인데, 새로운 장식이라…….

류에의 옷이나 머리 장식은 내가 게임 시절에 애용하던 장비 색과 관련이 있는지 청색 계통이 많았다.

그렇다면―.

"이건, 어때?"

"오? 조금 비싸 보이는데 괜찮겠어?"

내가 고른 것은 푸른색을 띤 어두운 은색에 차분한 질감을 가진 날개 모양 바레트#5였다.

하지만 류에의 머리 장식은 두 개다. 좌우 양쪽에 달고 있으므로 균형을 맞추기 위해 하나가 더 필요했지만 보이지 않았다. 가게 주인에게 재고가 없는지 물어봤다.

"아, 죄송합니다. 저희 가게 상품은 모두 어디선가 흘러들어 온 물건인지라 출처도 모릅니다. 그런 만큼 뜻하지 않게 횡재를 만날 수도 있지만요."

"그런가요……."

#5 바레트(barrettes) 머리 장식용 핀. 헤어 슬라이드 또는 헤어 클립이라고도 불린다.

"카이 군, 나는 하나라도 괜찮아. 닮은 거라면 어딘가에 또 있겠지."

처음 하는 선물도 만족스럽게 골라주지 못한다는 것이 속상했지만, 없는 것을 어쩌겠는가.

나는 그것을 하나 사기로 했다.

물건이 좋다 보니 가격이 5만 룩스나 했지만, 그럴 가치는 있다고 생각했다.

"그건 전에 신출내기 행상인이 가져온 물건입죠. 이건 엄청난 힘을 품고 있다, 착용한 사람을 수호하는 가호가 깃들어 있다면서 말입니다."

"호오, 그런 대단한 물건인가요?"

"아뇨. 아마 지어낸 말일 겁니다. 적어도 이걸 가져온 사람은 장사로 쪽박을 차고 꾀죄죄한 행색이었습죠."

……묻지 말 걸 그랬다.

가게를 나온 뒤 내가 직접 류에의 머리에 바레트를 달아줬다.

기존의 눈 결정 장식은 빼서 돌려주려고 했으나—.

"카이 군에게 줄게. 그거, 내가 좋아하는 거야. 소중히 가지고 있어 줘."

"음? 괜찮겠어? 그럼 어디 한번……."

"……달 필요는 없어."

알다마다요. 장난이고말고요.

"그런데 아까부터 묘하게 카이 군이 잘 대해주고 찰싹 붙어 있는데, 미행하는 사람이 있어서 그래?"

"역시 눈치채고 있었구나? 하지만 머리 장식은 정말로 선물하고 싶어서 산 거야."

"후후, 알아. 방금 얼핏 보였는데, 저건 카플의 기사로군."

그랬다. 카플 일행과 헤어지자마자 기사 한 명이 몰래 우리의 뒤를 밟고 있었다.

우리의 동태를 보고할 가능성도 있으므로 이렇게 연인이라고 주장하듯 달라붙어 걷고 있었지만…….

"먼저 숙소를 정할까? 아마 그걸 확인하면 돌아갈 테니까."

"우리의 소재 확인이 목적이라는 말이지?"

문제는 그것을 확인해서 어쩔 작정이란 것이었다.

여관이 밀집한 지역에 접어든 순간 나는 류에와 함께 처음으로 눈에 띈 숙소로 들어갔다.

들어가자마자 접수원이 맞아줬지만, 이곳에 묵을 생각은 없다며 조금 팁을 주고 차만 얻어 마신 뒤 밖으로 나왔다.

이제는 그 기사의 모습이 보이지 않았다. 아마 보고를 위해 돌아갔으리라. 그렇게 생각하자 마음이 한결 편해졌다.

"바로 이렇게 속여서 따돌린 뒤에 숙소를 정하자는 계획이지."

"잔머리가 좋은걸! 역시 카이 군이야."

어허, 잔머리가 아니라 머리가 좋은 거다.

그 후 우리는 무사히 숙소를 정하고 외식을 하러 나갔다.

"아, 배부르다……."

숙소로 돌아와 오랜만에 1인실…… 음? 그러고 보니 류에의 집에서 살 때 이후로 처음이 아닌가?

어쨌거나 오랜만에 1인실을 얻은 나는 옷을 죄다 벗어 던지고 잠옷으로 갈아입었다.

밤에 류에의 뚱딴지같은 잠꼬대가 들리지 않는 것이 조금 아쉬웠지만, 드디어 그 자유분방한 아가씨도 개인실의 필요성을 이해한 것 같았다. 그 성장에 고개를 깊이 주억거렸다.

나는 침대에 드러누워 그 상인, 카플에 관해 생각했다.

그 작자는 류에에게 눈독을 들인 모양이지만, 다행히 류에는 백은장 모험가니까 강압적으로 나오지는 않을 것이었다.

그러나 오늘 숙소를 조사한 것을 보면 뭔가 수작을 부릴 생각인지도 모르겠다.

나는 내가 성인군자는커녕 일반적인 이성을 가진 성인조차 아님을 자각하고 있었다.

바로 그렇기에 류에의 존재는 내 외적 이성 회로와도 같았다.

"만약 나에게서 그 녀석을 빼앗으려는 녀석이 있다면, 그 때는……."

그런 날이 오지 않기를 간절히 기도한다.

§ § §

추위에 몸을 떨며 눈을 떴다.

아, 내가 그대로 잠들어 버렸구나.

일어나려고 하는데 팔에 무언가가 사르륵 스치는 감촉이
전해졌다.

"왜 여기 있냐?"

세상에 이럴 수가, 스페어 키라도 빌려왔는지 류에가 침대
에 기대어 자고 있는 것이 아닌가?

창문을 보자 창틀 사이로 아침 햇살이 새어들고 있었다.

얘가 어느새 들어왔대?

어깨를 흔들어 깨우자 류에는 귀엽기 그지없는 소리로 웅
얼거리며 얼굴을 들었다.

"우웅…… 카이 군, 무슨 일이야……? 기껏 방을 나눴더
니, 쓸쓸해졌어?"

아직 잠이 덜 깼는지 눈을 게슴츠레하게 뜬 류에가 입을
헤벌리며 웃고는 내 팔을 잡아당겼다.

"카이 군도 참 못 말린다니까……."

"못 말리는 건 너예요."

잘 알아둬. 텔레비전이랑 류에는 때리면 고쳐져.

참고로 액정 텔레비전을 때리면 돌이킬 수 없는 일이 벌어
지니까 조심합시다.

그런 고로 에잇!

콩, 하고 가벼운 진동을 주자 흐리멍덩하게 눈을 뜬 류에
의 움직임이 멈췄다.

"……변명하자면, 나는 어젯밤 카이 군 방에 놀러 왔어."

머리에 손을 올린 채 주절거리는 꼴이 참 우스꽝스러웠다.

류에는 내가 먼저 자고 있어서 그 얼굴을 들여다보고 있
었다고 했다.

아침 식사를 마치고 캐러밴 부대의 숙소로 갔다. 그들은
마침 짐마차를 확인하는 중이었다.

오늘도 하늘은 쾌청했다. 이야기를 들으니 오늘 안에는
무사히 수도에 도착할 전망이라고 했다.

그때 로건 씨가 하늘만큼이나 환한 표정으로 나타났다.

"벌써 오셨습니까? 좋은 아침입니다, 두 분!"

"그래, 잘 잤어? 로건 군, 기운이 넘치는걸?"

"안녕하세요? 무슨 좋은 일이라도 있었나 봐요?"

로건 씨는 입이 근질근질한지 우리에게 다가와서 목소리
를 조금 낮추고 입을 열었다.

"실은 어젯밤, 카플 공이 숙소에서 쫓겨나는 바람에 부득
이 저희 숙소에 댄 마차에서 주무셨다고 합니다. 원래 호위

대상이 그런 일을 당했다고 떠벌리면 안 된다는 것은 압니다만……"

"그만 『천벌이다, 색정광 놈. 꼴좋구나, 그대로 얼어 죽어라!』라고 생각해 버렸군요?"

"그건 나도 같은 생각이야!"

"그, 그렇게까지는 안 했습니다?! 그냥 이번 일로 조금은 뉘우쳤으면 하는 거죠."

"그나저나 카플은 왜 또 숙소에서 쫓겨난 거지?"

"아무래도 누군가를 만나러 가려고 한 모양입니다. 그런데 그 사람을 찾지 못하고 돌아오니 이미 문이 닫혀 있었다고……."

"그런 한밤중에 외출을 해? 뭘 하러 갔는지 원……."

아, 그거야 분명 거시기한 일을 하러 갔겠죠.

옳거니, 제대로 속여 넘긴 데다 그런 일까지 벌어졌단 말이지?

바람직한 일이다.

마을을 출발해 길을 절반 정도 지났을 무렵이었다.

우측으로 숲이 보이기 시작했을 때, [기척 감지]와 [오감 강화]가 어떤 생물의 반응을 포착했다.

나는 곧바로 선두로 달려가 로건 씨에게 보고했다.

"전방 삼림 지대에 마물로 여겨지는 반응이 있습니다. 한

번 여기서 멈춰주세요."

"예! 전체, 제자리에 대기! 호위는 전열을 갖춰라!"

로건 씨는 우리를 신뢰하는지 주저 없이 호령을 내렸다.

그러자 여성 기사들이 조금 허둥대면서도 짐마차를 에워싸듯 각자 지정된 위치에 자리 잡았다.

무슨 이유에서인지 오늘은 모두 헬름을 벗고 있었다.

설마 보기 좋다는 이유로 벗긴 것은 아니겠지?

로건 씨 외의 기사들은 모두 새하얗게 질린 표정으로 허리춤의 칼을 뽑았다.

카플의 마차에서도 갑옷이 조금 벗겨진 기사가 튀어나오고 있었다.

"못 봐주겠군. 카이 군, 내가 끝내고 올게."

류에는 그렇게 말하자마자 말에서 사뿐히 뛰어내려 곧바로 검을 뽑았다.

푸르스름한 날을 가진 초월적 무기 『신도 〈용선〉』.

용신을 봉인하기 위한 요체가 된 지고지상의 검이었다.

나도 말에서 내려 웨폰 어빌리티 [소나]를 세팅하고 지면에 검을 세워 찔러 넣었다.

원래 실내에서 사용해 보이지 않는 파동을 반사시켜 그 장소의 구조나 적의 위치를 알아내기 위한 이 어빌리티는, 역시 실외에서는 그 효과를 만족스럽게 발휘하지 못하고 움직이는 물체의 수만을 알려주는 데 그쳤다.

"류에, 200미터 앞 숲에서 나와! 총 열아홉 마리, 할 수 있겠어?!"

"괜찮아. 문제없어."

류에는 확고한 자신감을 실어 대답하고 마법을 발동했다.

"〈바락〉."

류에가 작게 중얼거린 그 마법은 나도 잘 아는 것이었다.

게임 시절 Ryue를 사용할 때의 플레이 스타일은 시작부터 대규모 마도로 일망타진하거나 마도사 고유의 보조 마법과 성기사 고유의 보조 마법을 걸고 스스로 적진으로 돌격해 육탄전을 벌이는 것이었다.

본디 방어에 중점을 두고 화력은 마법이나 마도로 보충하는 구성이었기 때문에 물리 공격의 화력은 별 볼 일 없었지만, 중첩된 보조 마법으로 그것을 보조함으로써 올라운드에 대응하는 캐릭터였다.

지금 발동한 『바락』은 성기사 고유 보조 마법으로, 그 효과는 상당히 특수한 것이었다.

『자신에게만 부여 가능.
모든 스테이터스를 ×% 상승시키고 HP 자동 회복을 부여한다.
물리 공격에 성(聖) 속성 부여, 효과 시간과 능력 상승치는 자신의 마력에 비례해 변동한다.』

마지막 한 문장이 그 효과를 특수하다고 불리게 만드는 원인이었다.

마도사를 서브 직업으로 설정하지 않는 한 정말로 쥐꼬리만 한 효과밖에 얻지 못하는 마법— 하지만 그 마력 수치는 장비 능력치도 반영되기에 나는 그것만을 위해서 최고 클래스 마력 상승 효과나 어빌리티를 가진 장비를 모았을 정도였다.

그 결과, 류에의 화력은 게임 시절 카이본에게 버금갈 정도였고, 어떤 의미에서 최강의 캐릭터였다.

"하지만 이미 옛날 검을 잃어버렸다고 했는데…… 아!"

그러고 보니 지금 가진 검도 무식하게 마력이 높았지.

……설마 지금 류에가 나한테 버금갈 만큼 강하진 않겠지?

어쩌면 인간의 영역에서 일탈해 버렸을지도 모를 성기사님은 검을 들고 숲에서 튀어나올 적을 기다렸다.

그 뒷모습에서는 평소 그녀의 분위기가 티끌만큼도 느껴지지 않았다.

예를 들자면, 그래, 새파랗게 날이 선 얼음 칼날— 류에는 그런 차가움과 날카로움을 느끼게 했다.

이윽고 숲에서 마물 무리, 붉은 오라를 두른 대형 멧돼지 같은 마물들이 나타났다.

그때였다.

후방에 있던 캐러밴 부대에서 이곳까지 들릴 정도로 큰 비명과 고함 소리가 들려 왔다.

"이런 말도 안 되는 일이! 전원, 마차를 한 곳에 모아 바리케이드를 만든다!"

"왜, 대체 왜! 가도에 왜 이런 것들이 나오는 거지?!"

"이럴 리 없어! 어떻게 이런 숫자가……!"

"당황하지 마라! 우리 임무는 호위다! 카플 공을 모시고 후방으로 물러나라!"

공황 상태에 빠진 사병들과 평소 모습에서는 상상할 수 없는 로건 씨의 노성이 울려 퍼졌다.

확실히 그 오라를 두른 모습은 보통 마물이라고 부르기에는 너무나도 무시무시했다.

주위 반응으로 그 마물이 두려움을 사는 강력한 존재임을 짐작하며, 나는 검을 고쳐들고 류에게 가려고 했지만―.

"거기서 보고만 있어. 조금 스트레스가 쌓여서 마법 제어가 잘 안 될지도 몰라."

그 순간, 지축을 뒤흔들며 돌진하는 마물들 앞에서 대지가 순식간에 청백색으로 변했다.

그것은 틀림없이 얼음이었다. 하지만 단순히 얼어붙기만 한 것이 아니었다. 깨끗하게, 순식간에 바닥을 평평하게 덮은 그 얼음은 오히려 잘 닦은 거울 같았다.

당연한 수순처럼 마물들은 일제히 미끄러졌고, 그 관성을 줄일 수도 없이 그저 무방비한 상태로 류에에게로 미끄러져 왔다.

그 순간 류에가 검을 바닥에 꽂으며 힘이 실린 목소리로 마법을 읊었다.

"〈사우전드 파이크〉."

다음 순간, 마치 땅에서 무수한 창이 솟아나듯 얼음이 변화했다.

이미 자기 의지대로 방향을 바꿀 수 없는 마물들은 일제히 그 처형장으로 미끄러져 들어왔다.

울려 퍼지는 원망 어린 비명과 얼음을 더럽히는 붉은 물보라.

하지만 그럼에도 그 모진 목숨을 거두기에는 부족했나 보다. 마물들은 그 거구를 피로 적시면서도 얼음가시를 꺾고 다가왔다.

그러나—.

"저 녀석…… 가시 방향까지 계산했던 거야?"

가시로 인해 감속하고 진로가 바뀐 마물 열아홉 마리는 류에 앞에 도착할 무렵에는 깔끔하게 세로 일렬로 정렬해 있었다.

그리고 류에는 그 타이밍을 계산해서 자기 몸을 활처럼 당기며 혼신의 찌르기를 내질렀다.

단순한 찌르기는 아니었다. 팔을 쭉 뻗은 순간, 그 칼날이 얼음에 덮이며 흡사 거대한 창으로 변해 눈 깜짝할 사이에 마물을 전부 한 번에 꿰어 버렸다.

처음부터 끝까지 모든 것을 계산하여 마술과 검술을 융합한 전법.

그것은 의심할 여지가 없는, 방대한 시간 동안 싸워 오며 신의 영역에 달한 무(武)의 집합체였다.

……아아, 이거 틀림없이 나보다 한 수 위다.

나는 발끝에도 못 미칠 수준의 탁월한 전투 센스와 마술 조작에 진심으로 존경심을 품었다.

§ § §

"백은장이란…… 이토록 강력한 힘을 가진 사람이었군요."

"하하, 아마 우리 집 류에 씨가 특별한 걸 겁니다."

"그렇군요……. 지금 이 대륙에는 백은장이 없어서 실제로 얼마나 강한지는 사실 저도 자세히는 모릅니다."

마물 퇴치를 마친 류에가 돌아오자 호위들이 모두 환성과 만세로 기쁨을 표했다.

듣자 하니 마물의 이름은 『레드 보어』이며, 모험가 랭크로 따지면 딱 본래 요구되던 B랭크가 집단으로 뭉쳐야 겨우 처치할 수 있는 수준이라고 했다.

하지만 이번에 나타난 것들은 명백하게 무리의 우두머리

급 체구에 광화(狂化)까지 한, 그야말로 재앙이란 말이 어울리는 상대였다.

그리고 그 수는 열아홉 마리— 솔직히 모두가 죽음을 각오했다.

아마 며칠 전 마물 범람으로 도시로 가지 않고 숲 속에 숨은 녀석들이 다른 마물을 잡아먹어 힘을 비축한 것이리라 로건 씨는 추측했다.

"이 일은 국왕 폐하께도 보고하겠습니다. 가까운 시일 내에 기사단을 총동원해 숲을 청소해야 한다고 진언해 보죠."

그나저나 지금 이렇게 내가 책임자인 로건 씨와 대화하는데, 공로자인 류에 씨는 어디서 뭘 하고 있냐면—.

"월 600만 룩스! 어떻습니까! 제 전속 호위가 되어주실 수 없겠습니까?"

"거절하지. 설사 억만금을 준다고 해도 나는 누군가의 밑에 들어갈 생각은 없어."

"그럼 왜 하필 길드입니까! 그 비루한 여자를 따르고 있지 않—."

다음 순간, 수천 개의 얼음 칼날이 카플을 둘러쌌다.

……지금 아무것도 없는 공간에서 출현했지?

땅바닥조차 매개로 삼지 않고 공기 중의 수분을 변성한 것인가?

"오잉크를 모욕하면 누구든 용서하지 않아. 그 입 다물어."

그러자 카플도 겨우 자신이 다가가 손을 대려고 한 자가
어떤 인물인지 이해했는지 얼굴이 하얗게 질려 털썩 주저앉
고 말았다.

　류에 씨, 오잉크는 저도 자주 괴롭히는데 용서해주시면
안 될까요?

캐러밴 부대가 행군을 재개한 지 네 시간이 흘렀다.

그때까지는 눈이 드문드문 쌓인 광야가 펼쳐져 있을 뿐이었지만, 여기저기에서 적게나마 농경의 흔적이 보이기 시작했다.

이 혹독한 환경에서도 농업에 종사하는 분들에게 존경심을 품으면서 더욱 앞쪽을 봤다.

가도 끝에서 서서히 그 모습을 드러내는 거대한 외벽은 마치 원형 무대를 겹쳐 올린 것 같은 모양새였고, 흡사 다단 케이크를 연상케 하는 특이한 모습은 내 호기심을 자극했다.

그곳의 꼭대기에 보이는 것이 아마도 왕성이 아닐까?

"와…… 수도가 이렇게 으리으리해졌다니……."

"류에는 수도의 존재 자체는 알고 있었지?"

"응. 당시에는 아직 나라 이름도 정해지지 않았었지만……. 엄청 크네, 그 빙산보다도 훨씬……."

그 빙산이란 아마 용신을 봉인했던 빙산이겠지.

역시 이렇게 자신이 살던 대륙의 중심, 자신과는 달리 천

년 동안 발전하고 성장한 나라의 위용을 보고 여러 생각이 드는 것 같았다.

머지않아 도시 정문에 도착하자 도시와 가도 사이를 흐르는 깊은 해자(垓字) 위로 거대한 도개교가 걸려 있었다.

이 대륙에는 다른 나라도 없을 테니까 아마 마물을 막기 위함이지 싶었다.

아니면 무슨 유사시에 대비하기 위함일까?

"카이 공, 류에 공, 저희는 이대로 위층에 있는 상회까지 카플 공을 모시고 가겠습니다. 두 분은 먼저 길드에서 보수를 수령하십시오."

"마지막까지 따라가지 않아도 괜찮아요?"

"네. 두 분께는 폐를 끼쳤으니까요. 다음에 정식으로 감사인사를 드리러 찾아뵙겠습니다!"

"아, 만약 괜찮다면 누군가 길드까지 안내해줄 분을 소개해주시면 고맙겠는데……."

"이거 실례했습니다. 수도는 처음이셨군요? 그렇다면……."

아직 도개교를 건너기 전인데도 도시의 경관을 보고 길을 헤맬 것을 빠르게 확신해 버렸다.

그도 그럴 게 이 인파를 보라. 무슨 행사라도 열리나 싶을 정도로 사람이 왕래하고 있었다.

시골에서 도쿄로 상경한 사람이 시부야에 놀러 가면 곧잘 이런 생각을 하곤 하죠.

네. 저도 그랬습니다.

"걱정도 팔자야, 카이 군. 내가 또 길드를 찾아줄게."

"그리고 또 길을 잃어서 사창가로 들어가고?"

"윽!"

이 사람은 솔트버그에서 전과가 있었다.

얌전히 로건 씨에게 타개책을 제시받기로 하자.

로건 씨는 한 기사, 어제 함께 야간 경계를 선 수습 기사를 데리고 왔다.

"이 사람에게 안내를 맡기려고 합니다."

"맡겨주세요. 저는 이 도시 출신이니까요."

헬름을 쓰고 있어도 숨길 수 없는, 앳된 티가 남은 그 목소리에 말로 형언할 수 없는 기분이 들었다.

뭐랄까, 흐뭇하기도 하고 걱정스럽기도 한 그런 오묘한 기분……

우리는 그녀의 안내를 받으며 거리를 나아갔다.

추운 계절인데도 사람이 많고 활기가 넘치는 분위기에 통치자의 우수함을 간접적으로 알 수 있었다.

사실 만약 폭군, 암군이었다면 진작 오잉크가 실각시켰을 듯하지만……

"이곳 하층은 제가 사는 구역이에요. 일반 가정, 주로 농가나 작은 상점을 운영하는 사람이 많죠."

"어쩐지 이 부근의 정경이 따뜻하다 싶었어. 후후, 즐겁게 뛰어노는 아이들 좀 봐."

류에 말대로 어딘가 사람 사는 냄새가 나며 편안함을 주는 마을 풍경이었다.

건물이 주로 따뜻한 색깔의 벽돌로 이루어지기도 하여 대단히 차분하면서도 향수를 느끼게 했다.

"다들 즐거워 보여. 아이들은 추운 줄도 모르지. 지금 나로선 눈 놀이는 생각도 못 할 일인데."

눈사람을 만들거나 눈싸움을 하거나…….

지금 돌이켜보면 어떻게 그런 고행이나 다름없는 놀이를 했는지 신기할 따름이다.

자고로 눈이 많이 오는 지방에서 자란 어른은 다 이렇게 생각하는 법이다.

겨울이나 눈을 좋아하는 건 초등학생까지라고!

단, 우리 고향에는 어른도 즐길 수 있는 눈 놀이가 있었다고 한다.

가마쿠라[6]라고 해서 눈으로 만든 돔 같은 것이 있는데, 그 안에 들어가서 뜨겁게 데운 술을 쭉 들이켜면…… 음, 그건 좋은 것이지.

도중에 술병을 눈에 묻어서 식혀 먹거나 하면서 말이야.

"……일본주라도 있었으면 딱 좋겠는데."

내가 중얼거린 소리를 놓치지 않았는지, 작은 기사 아가씨

#6 **가마쿠라** 눈으로 만든 움집. 주로 정월 대보름 행사에 사용된다.

가 희소식을 알려줬다.

"일본주라면 쌀로 빚은 술 말인가요? 그거라면 있어요."

"어? 정말?"

애주가인 나로서는 정말로 기쁘지 않을 수 없는 소식이었다.

정말로 그립다. 팀원의 고향 지방 특산주를 사거나, 반대로 내가 좋아하는 고향 술을 선물로 보내거나 했는데……

지금 생각해 보면 얼굴도 모르는 사람과 그런 교류를 가질 만큼 사이가 좋았구나 싶다.

"어디서 구할 수 있는지 꼭, 꼭 좀 알려주실 수 없겠습니까?"

"아아아, 아, 그게, 저기, 아아—."

무심코 그만 그녀의 손을 덥석 잡아 버렸다.

놓칠 성싶으냐. 자, 그 술이 어디 있는지 어서 말해 보아라.

"으…… 카이 군, 그 손 놔. 내 기분이 안 좋아져!"

"그렇게 솔직하게 질투하니 오히려 시원해서 좋네."

그럼 대신 잡겠습니다.

"앗, 내 손을 잡으란 소리가 아니라……. 창피하니까 이러지 마!"

하층을 나아가자 완만한 오르막길이 나왔다.

그 앞에는 거대한 아치가 있었고, 그곳을 넘어가면 중층이라고 했다.

중층은 우리 같은 모험가, 그리고 왕국 병사나 순찰병이

지내는 곳이 많으며, 술집부터 길드, 병사 대기소에 여관, 무구점 등 전투에 종사하는 사람을 위한 구역이었다.

하기야, 구획을 명확하게 나누는 편이 문제도 적을 것이다.

이토록 깔끔하게 구획을 정비하고 주민들도 거기에 따르며 도시가 정상적으로 운영된다는 것은 아마 경찰 조직, 이곳의 경우는 길드나 기사단이 제구실을 한다는 증거가 아닐까.

"일본주는 술집에도 있지만 비싼 편이라서 레스토랑에 가야 좋은 물건을 즐길 수 있어요."

"그렇군요. 그럼 어디 추천하는 곳이라도 있나요?"

"길드 2층에 레스토랑이 있으니까 그곳에 가 보세요."

오호라, 길드 직영점인가? 아직 저녁을 먹기에는 이르지만, 빨리 먹을까?

나와 류에는 그녀의 안내를 받으며 중층을 나아갔다. 역시 길드 본부가 있기 때문인지 모험가로 보이는 인물이 많이 보였다. 성품이 조금 불량해 보이는 사람부터 묘한 위풍이 서린 전신 갑옷을 입은 사람까지, 그 모습도 천차만별이었다.

그 광경에 오랜만에 무심코 예언이란 이름의 망상이 떠올랐다.

"류에 씨, 여기서 오랜만에 예언을 하나 하지."

"오? 뭐야? 어떤 일이 일어나지?"

지금까지는 모두 미묘하게 비껴 나간 내 클리셰 예측.

하지만 이번에야말로 이벤트를 맞춰주마.

"우선 길드 직영 레스토랑에서 식사를 해. 그리고 내가 부탁한 술이 나오는 거야."

"알았다! 그걸 본 다른 손님이 시비를 걸어서 술을 내놓으라고 하는 거군?"

"아니. 어느 정도 마신 뒤, 내가 화장실이 급해져서—."

"지리는 거야?! 안 돼, 참아야지."

"……끝까지 들어."

그런데 실은 저, 술을 한 모금 마신 순간부터 화장실에 가고 싶어지긴 합니다.

실제로 나오지는 않지만……. 대체 왜 이런 걸까?

"그래서 내가 화장실에서 돌아오면, 아니나 다를까 웬 남자가 류에게 치근덕거리고 있는 거지."

"……항상 이상한 남자가 나한테 치근덕거리는 기분이 드는데."

듣고 보니 그렇군요.

솔트버그의 영주 아들, 마인즈밸리의 술집 주정뱅이와 렌 군, 거기다가 카플까지.

"멍청한 남자를 끌어들이는 페로몬이라도 나오고 있나?"

"뭐라고? 나한테 이상한 냄새가 나?"

류에가 나에게 다가와서 머리를 비볐다.

흠…… 뭔가 좋은 냄새가 납니다.

여자 특유의 냄새인지, 아니면 샴푸나 향수인지 꽃향기를 닮은 은은하고도 달콤한 향기가 났다.

"구체적인 감상을 바라는가?"

"가능하다면 간략하게 부탁해. 부끄러우니까."

"좋은 냄새가 납니다."

"그럼 카이 군은 멍청한 남자다!"

아니, 이 사람이?

§ § §

"그럼 저는 여기서 이만 가보겠습니다."

"잠깐만요. 마지막으로 이름을 알려주실 수 있을까요?"

지금까지 그녀의 이름을 들을 기회가 없었다.

멋진 정보를 알려주었는데 이름 정도는 알아 두고 싶었다.

"아차, 제가 정신이 없어서…… 제 이름은『소피라』라고 합니다."

"소피라 씨란 말이죠? 이것저것 알려주셔서 고맙습니다."

"소피라, 로건 군에게 꼭 상담해야 한다? 전입할 수 있기를 빌게."

"네. 고맙습니다! 그럼 전 이만."

이렇게 우리는 그녀와 헤어졌다.

무사히 도착한 길드는 중층에서 상층으로 이어진 언덕길

바로 옆에 있었다.

다른 건물들과는 비교도 안 될 정도로 거대한 길드는 지금도 계속해서 수많은 사람들을 삼키고 뱉어 내고 있었다.

마치 거대한 역, 그것도 러시아워처럼 맹렬히 오가는 사람들을 보고 나나 류에나 퍼뜩 나서지 못했다.

"부, 북적북적한걸……. 카이 군, 여기에 들어가는 거지?"

"그, 그래. 우선 오잉크에게 부탁한 카드를 받고 그 뒤에 숙소를 정하자."

"길드 레스토랑에서 먼저 식사를 하는 편이 좋지 않을까? 이 사람 수를 보면 어쩌면 이미 줄을 섰을지도 몰라."

듣고 나서 깨달았다.

길드 직영이라면 길드 소속 사람도 이용할 테니까 당연히 붐비려나…….

언제까지고 서 있을 수만도 없으므로 우리도 이 인간의 물살에 뛰어들기로 했다.

건물 안으로 들어간 순간, 그 넓이에 감탄사가 터져 나왔다.

올려다보니 천장이 뚫려 있어 2층까지 훤히 보였고, 예상대로 그 2층도 사람으로 넘쳐났다.

그리고 이곳 1층으로 말할 것 같으면 이미 다른 도시의 길드와 같은 역할을 하는 건물이 맞는지조차 의심스러운 넓이와 사람 수를 자랑했다.

접수처 앞 행렬에 정직하게 서 봤자 차례가 돌아오려면 상당한 시간이 걸릴 듯했다.

"엄청난데······. 이게 대부분 모험가야, 카이 군······. 이렇게 많았구나."

"접수처에 줄을 서면 시간이 너무 걸리겠어. 잽싸게 안내인한테 이걸 보여주고 올게."

나는 내 길드 카드, 특별한 의미를 가진 검은색 카드를 꺼냈다.

이걸로 어떻게든 먼저 용무를 볼 수 있으면 좋겠는데―.

"그럼 지금부터 카이본 님께 주어지는 랭크의 권한과 효력을 설명하겠습니다."

"부탁합니다."

정말로 가능했다, 행렬 스킵.

아니, 정확히 말하면 나는 곧바로 접수처 안쪽으로 안내받았고, 지금 있는 이 길드 부장실까지 오게 됐다.

오잉크가 부재중일 때에는 부장인 그녀가 사실상 수장이라고 하지만, 그녀는 오잉크와 달리 다소 눈매가 차가운 인상의 여성이었다.

으음, 안경을 씌우고 싶다. 그리고 여성용 정장을 입히고 싶다.

The 능력 있는 비서의 완성이다.

"현시점을 기해 카이본 님은 긴급 시 오잉크 님의 오른팔,

즉, 저와 동등한 명령권을 가지시게 되었습니다. 이로써 모든 길드 지부에서 지부장에게 지시를 내리거나 길드 관련 시설을 자유롭게 이용하실 수 있습니다."

"오오…… 효력이 엄청나군요. 그런데 길드 밖에서는요?"

관련 시설 모두라면 설마 길드 직영 레스토랑에서도 공짜로 먹을 수 있나……?

자기 돈을 쓰지 않고 먹는 밥은 분명 맛있을 것이다. 틀림없이 1.5배 정도는 더 맛있을 것이다.

하지만, 하지만—!

노동 뒤에 마시는 한 잔만은 자기 돈으로 마시는 편이 맛있단 말이지.

그냥 내면 될 일이긴 하지만.

그리고 중요한 건 길드 밖에서 가지는 효력이었다.

EX랭크로는 일부 지역 한정이기는 하나 귀족에 버금가는 권력을 발휘할 수 있었다.

그러나 그것만으로는 내 몸의 자유, 그리고 무엇보다도 『걸핏하면 이상한 사람이 들러붙는 아무개 씨』를 지킬 수 없었다.

그야 폭력으로 해결할 수는 있겠지.

그렇지만 그렇게만 살아가기란 어렵다. 인간 사회에서 야수가 살아갈 수 없는 것과 마찬가지로…….

그리고 무엇보다도 나는 류에를 시작으로 이 세계에서 새롭게 만든 사람과의 연결 고리를 부수고 싶지 않았다.

그러므로 폭력 외의 힘, 타인에게 간섭받지 않을 힘이 필요했다.

물론 생각 없이 무턱대고 권력을 휘두를 생각은 없지만, 괜히 참았다가 한계를 맞이할 바에야 스스로 자유롭게 풀어주는 편이 나를 위한 일이자 주변 사람을 위한 일이기도 했다.

이렇게 무덤덤해 보이지만, 내심 최근 며칠 사이의 일로 상당히 스트레스가 쌓여 있었다.

지금 기분을 예로 들자면, 그래, 사랑하는 딸을 따라다니는 스토커 남자를 찾았지만 손을 댈 수 없는 그런 상태였다.

"아직 확실히 약속드릴 수는 없지만, 길드 밖에서는 오잉크 님과 동등…… 즉, 이 나라의 공작 작위와 거의 맞먹는 권력을 가질 수 있도록 협의 중입니다. 아직 국왕 폐하로부터 증서를 받지 못했지만, 아마 통과될 것으로 생각됩니다."

……네?

뭐야? 꿀돼지, 길드 수장인 것도 모자라서 이 나라 공작에 맞먹는 권력을 보장받았어?

"그리고 옆 대륙 세미피나르는 이미 귀족제가 폐지되고 대륙 의회라는 조직에서 선발된 영주가 각 지방을 다스리는 형태로 운영되고 있습니다. 카이본 님께는 그 영주와 같은 권한이 주어집니다."

"옆 대륙에서까지 유효하군요……."

조만간 갈 생각이었으니까 이 효력은 정말로 고마웠다.

오히려 어차피 떠날 나에게 공작과 동등한 지위를 휙 던져줘도 되는지 걱정스러울 정도였다.

……흠.

"이건 그런 의미인가?"

전에 오잉크는 말했다. 『적어도 왕국 측에 그걸 보조해줄 권력자가 있지 않고서야』 훼방꾼을 배제할 수 없다고.

그리고 지금 내가 공작과 동등한 권력을 가지도록 왕국에 협의 중이라고 했다.

이것인즉, 오잉크는 『EX랭크를 겸한 S랭크 같은 지위를 원한다』는 내 소원을 들어주는 대가로 자신의 목적— 적을 배제하는 데 협력하라고 말하는 것이리라.

"그런 의미라뇨?"

"아뇨, 아무것도 아닙니다. 그럼 저는 현재 부장의 권력과 세미피나르 영주의 권력을 가졌다는 말이군요?"

"예. 그쪽에서 실제로 특정 장소를 통치하고 싶다면 별개지만, 행동의 자유를 보장하는 정도라면 문제없습니다. 또 저와 같은 대우이므로 오늘부터 체류 기간 동안 이곳에 있는 내빈용 방을 이용해주십시오."

"네? 그래도 돼요?"

"오잉크 님으로부터 그렇게 지시받았습니다. 부담 없이 사용하십시오."

숙소를 잡을 수고를 덜었다.

이야~, 정말 지극정성이라서 몸 둘 바를 모르겠습니다.

참고로 길드 관련 시설 이용에 관해서는 동반자 세 명까지는 나와 같이 자유롭게 사용할 수 있다고 들었다.

좋았어, 두 사람의 식료가 굳었다— 라고는 죽어도 말하지 못하지만…….

"그럼 마지막으로 이것을 받으십시오. 길드 랭크SS, 연금술사가 만든 블루 다이아몬드를 함유한 특제 길드 카드입니다."

"잘 받겠습니다."

건네받은 물건은 보석이라도 들었을 것 같은 네모난 상자였다.

그것을 열자 조명을 반사하며 푸르게 빛나는 아름다운 카드가 나타났다.

도금……은 아니군. 원래부터 이런 색을 내는 재질이겠지.

손으로 차가운 촉감을 느끼며 그것을 빛에 비추자 희미하게 내 이름이 떠올랐다.

"그럼 현시점을 기해 저도 카이본 님 아래로 들어가겠습니다. 지시할 일이 있으시면 뭐든 말씀만 하십시오."

"동등한 입장 아니었나요?"

"아뇨. 오잉크 님께 『최고의 예를 갖추어 맞이하라』고 연락받았습니다. 단독으로 이 조직, 그리고 이 나라를 전복할

정도의 인물이라고 하시며……."

"……그 자식이?!"

누가 들으면 오해할라?!

§ § §

"아, 돌아왔네."

"미안. 오래 기다렸어?"

"괜찮아. 지금 잠깐 의뢰를 보던 중이었어. 그 왜, 또 숙박비를 벌어야 하잖아?"

"아, 그거 말인데, 길드에 있는 방을 자유롭게 써도 좋대."

그 말을 하자마자 류에의 눈빛이 기쁨으로 차오르는 것을 나는 놓치지 않았다.

『숙박비가 들지 않는다=돈을 벌지 않아도 된다=일하지 않아도 된다』는 공식이 순식간에 성립되었을 게 뻔했다. 너는 그렇게 빈둥대고 싶니?

"그, 그럼—"

"그래도 일은 제대로 해야 해. 노는 데 익숙해지면 끝이야."

"으으…… 모처럼 카이 군과 관광할 수 있을 줄 알았는데……."

회심의 일격.

휴일에 아버지가 갑자기 일하러 가 버린 아이 같은 얼굴하지 마세요. 응석을 받아주고 싶어지잖아요.

하지만 그런 아이에게도 엄격하게 가르치는 것이 내가 이상으로 생각하는 아버지상이므로 여기선 딱 부러지게 말하겠습니다. 말하고말고요.

"그럼 이 도시에서 할 의뢰는 한 사람당 하나. 그 후에는 오잉크가 돌아올 때까지 관광."

딱! 딱 부러지게 응석을 받아줍니다!

그 순간, 마치 우중충한 하늘에서 먹구름이 날아가 버린 것처럼 환한 표정을 짓는 우리 집 아빠바라기의 모습에 덩달아 나까지 기뻐졌다.

으음, 남자 구워삶는 솜씨가 천부적이구나, 너.

"카이 군."

"왜 불러, 류에 씨."

"말로는 이러쿵저러쿵해도 상냥한 네가 정말로 좋아."

"아부해도 소용없어. 나 먼저 방 보러 간다."

솔직하게 그런 말을 하는 너도 충분히 멋지고 매력적이야.

일단 머리라도 쓰다듬고 볼까? 괜히 쑥스러워서 이러는 건 아닙니다.

"아, 바레트 떨어질라, 그만."

길드가 준비해준 방을 두 개 사용해서 나는 내 방에서 옷을 갈아입었다.

일단 도시 안에서 지내기 위한 평상복도 준비해 놨지만, 도무지 검정 계통에서 빠져나오지 못하겠다.

그런 고로 오늘도 어김없이 올 블랙입니다.

이제부터 레스토랑에 갈 예정인데 드레스 코드는…… 뭐, 길드 사람이 이용하는 가게니까 문제없겠지.

방에서 나오자 마침 류에도 옷을 갈아입고 나온 참이었다.

사실상 로브를 벗었을 뿐이었지만.

이곳은 길드 4층이며 오잉크의 집무실과 응접실, 내빈용 VIP룸만으로 구성되어 있었다.

보통은 사람이 출입하지 않는 장소임에도 불구하고 방은 꼼꼼하게 청소까지 되어 있었다.

단 하나 불만이 있다면 배당된 방 문에 『PIG룸』이라는 플레이트가 걸려 있다는 점이었다.

누가 돼지야, 누가!

"레스토랑은 2층이었지?"

"그럴 거야."

이 층에는 계단이 두 개 있는데 그중 하나가 2층으로 직통, 다른 하나가 길드 1층으로 직통하는 조금 특이한 구조였다.

2층에 도착하자 그곳에는 이미 많은 손님들이 줄을 서 있었다.

이 레스토랑으로 직통하는 입구가 있어서 길드를 거치지 않고 직접 이곳을 찾는 사람도 많기 때문이었다.

그 구조로 길드라는 조직이 얼마나 주민들과 밀착되었는지를 짐작할 수 있었다.

설마 『오늘은 아빠가 의뢰한다!』 같은 대화가 오가나?
……무슨 의뢰인지 원—.

아무튼 나는 조금 전에 받은 길드 카드를 들고 행렬 옆을 유유히 지나쳤다.

아아, 이 우월감과 죄책감, 끝내준다. 이런 프리 패스는 좋은 것이다. 그렇게 약간의 특별 대우를 기대하며 접수원에게 말을 걸었다.

"실례합니다, 두 자리 부탁해요."

조금 겉멋을 부려 푸른 카드를 손가락에 끼워 제시했다.

한 번은, 한 번은 해 보고 싶었다, 이거! 하지만—.

"죄송합니다. 현재 가게가 많이 붐비고 있어서요. 맨 뒷줄에서 차례를 기다려주세요."

"……네?"

그 무정하다고도 할 수 있는 한마디에 갑자기 주위 시선이 신경 쓰이기 시작했다.

보, 보지 마. 날 그런 눈으로 보지 마, 보지 말라고!

고개를 떨군 채 터벅터벅 줄을 따라 되돌아가자 류에가 혼자 덩그러니 줄을 서고 있었다.

위로해주십시오, 이 불쌍한 촌놈을! 주제에 맞지 않는 권력을 얻고 들떠 있던 멍청이를 위로해주십시오!

"카이 군, 지금 기분이 어때?! 당당하게 걸어가더니 돌아왔네? 막 부들부들 떨리고 그래?!"

류에가 활짝 웃는 얼굴로 상처에 소금을 후벼 넣었다.

잠자코 줄을 서 있길 잠시…… 행렬이 조금씩, 정말로 조금씩 줄어드는데 가게 안에서 한 점원이 혈색이 바뀌어 뛰쳐나왔다.

음, 참으로 신사적인 풍모가 아니라 할 수 없다. 나도 저런 식으로 늙고 싶다.

그런데 그 미래의 내가(희망 사항) 내 앞에 멈춰 섰다.

"대, 대단히 죄송합니다! 저희의 통보가 미흡하여 카이본 님께 큰 실례를 범했습니다. 이 일을 뭐라고 사과드려야 할지……."

아, 잠깐. 이 카드, 효과가 늦게 나타난다?

이 상황은 솔직히 좀 창피하다.

나는 주위의 주목을 모으며 이번에야말로 가게 안으로 안내받았다.

실내는 레스토랑이라기보다는 조금 세련된 패밀리 레스토랑 같은 분위기여서 친근감이 들었지만, 점원으로 보이는 초로의 남성은 그런 객석이 모인 플로어를 가로질러 사람이 적은 통로로 들어갔다.

"죄송한데, 어디로 가고 있는 거죠?"

"카이본 님은 이 레스토랑 2층, 길드 전체로 보자면 3층으로 안내해드리겠습니다."

"응? 방금 내려올 때 3층으로 가는 길은 없었는데……."

류에의 말대로 지금까지는 3층으로 가는 계단을 본 적이 없었다.

"그러실 테죠. 3층으로 가려면 이 통로를 지나거나 한 번 길드를 나가서 상층 측으로 오지 않으면 들어올 수 없습니다."

아하, 그래서 이 길드가 중층과 상층 중간에 있었나 보다.

그렇다면 우리가 지금 안내받는 곳은 같은 레스토랑이라도 급이 높은, 상류층을 위한 장소란 뜻인가?

이 도시는 하층, 중층, 상층, 그리고 왕성, 총 네 개의 구역으로 나뉘었다.

상층은 예상하다시피 귀족이나 귀족을 상대로 장사하는 대형 상회를 위한 구역이었다.

그런 상층에 입구가 있다면 지금 안내받는 곳은 대단한 고급 레스토랑이겠지.

"번거로운 구조인걸? 평범하게 지으면 될 텐데."

"후후, 맞는 말씀입니다. 하지만 아직 길드와 일부 귀족 사이에 그만큼 간극이 있다는 뜻이지요."

복잡하구나. 하지만 레스토랑의 집객 능력은 확실한 듯했다.

계단을 올라가자 통로 끝에서 고상한 웃음소리가 희미하게 들려 왔다.

플로어를 들여다보자 『조용한 북적임』이라는 모순된 말이 떠오르는 광경이 펼쳐졌다.

"장사가 상당히 잘 되나 보군요. 간극이 있다는 말이 무색한걸요."

"천만의 말씀입니다."

다소 어울리지 않는 복장을 한 우리를 배려해서인지, 안내받은 곳은 다른 손님들이 보이지 않는 완벽한 개인실이었다.

잠깐, 그냥 개인실이 아니라 여기 VIP석 아냐?

"카이 군, 저 위에 달린 조명을 봐. 저건 마술로 만든 얼음 결정이야."

"……저 샹들리에가?"

"대단해. 얼음이 녹지 않는다는 것은 일정 주기로 마력을 충전한다는 뜻이야. 꽤나 호사스러운 마도구인걸?"

"역시 류에는 마도구에 관심이 있나 봐?"

"그런가……? 구조나 술식을 조사하는 걸 좋아하긴 해."

"류에는 의외로 학자 타입인가?"

아무래도 큰맘 먹지 않고는 들어올 수 없는 곳 같았다.

오히려 미안하고 송구할 지경이었다.

나 괜찮을까? 테이블 매너를 마지막으로 써 본 지 몇 년은 됐는데…….

"이곳은 외부의 시선이 닿지 않는 두 분 만의 공간입니다. 마음 편하게 즐기시기 바랍니다."

남자는 마지막으로 그 말을 남기고 조용히 방을 나갔다.

"좋아, 그럼 메뉴를 정할까?"

잠시 후, 나는 완성되어 나온 요리에 입맛을 다시며, 맞은편에 앉은 배고픈 아가씨에게 간단한 테이블 매너를 가르쳤다.

"나이프와 포크를 이렇게 두면『다 먹었습니다, 다음 요리를 가져와 주세요』라는 의미야."

"으음…… 무슨 암호 같아."

"하하하, 그렇지. 그래도 기억해 둬서 나쁠 건 없어."

"그런가? 참, 슬슬 술을 부탁해 보자."

"아, 맞아. 깜빡 잊고 있었네."

역시 긴장했던 걸까? 바로 오늘의 주인공인 일본주를 주문하고자 메뉴를 펼쳤다.

와인이나 기타 주류를 제치고 첫 장에 주르륵 나열된 상상 이상의 메뉴 수에 나는 그만 쾌재를 부를 뻔했다.

하지만 그 이름 때문에 조금 눈썹을 찌푸렸다.

『야마하이 혼죠조(本釀造)#7 〈돼지 목에 진주〉』

『설중저장(雪中貯藏) 히야오로시#8 〈부타니시키(豚錦)〉』

『쥰마이 긴죠슈#9 〈도토리 키 재기〉』

#7 혼죠조(本釀造) 일본술 중에서, 양조용 알코올 첨가량이 백미(白米) 1톤에 알코올 120리터 이내인 청주.
#8 히야오로시(ひやおろし) 가을에 출시되는 사케.
#9 쥰마이 긴죠슈(純米吟釀酒) 정미율 60퍼센트 이하의 백미를 사용하여 양조용 알코올을 첨가하지 않고 저온에서 천천히 발효시킨 술.

누가 붙인 이름인지 안 봐도 뻔하다.

그나저나 설마 오잉크는 일본주 양조 지식까지 가졌나?

아니면 과거에 렌 군처럼 소환된 사람이 있어서 그 지식을 유용한 것일까?

일본주가 이 세계에 탄생한 경위를 생각하고 있는데 문득 옆 페이지가 눈에 들어왔다.

다른 상품들과 달리 캐치프레이즈와 함께 한 페이지를 통째로 사용해 소개한 그 술의 설명문은 다음과 같았다.

『쥰마이 다이긴죠#10 〈인연(絆)〉』

길드 총수 오잉크 님이 선사하는 천상의 술. 소중한 날, 특별한 사람과 함께⋯⋯.

그 힘이 들어간 선전 문구에 넘어가서 주문했다.

잠시 후, 호박색 병을 든 점원⋯⋯ 소믈리에? 가 나타났다.

일본주를 와인처럼 취급하는 것이 어색했으나, 나는 그에게 이 술에 관해 물었다.

"일본주는 옆 대륙 세미피나르에서 전래하였습니다만, 본점에서 취급하는 일본주는 모두 이 대륙에서 탄생한 상품

#10 쥰마이 다이긴죠(純米大吟醸) 정미율 50퍼센트 이하의 백미를 사용하여 양조용 알코올을 첨가하지 않고 저온에서 천천히 발효시킨 술.

입니다. 하지만 그중에서도 이것은 오잉크 님이 직접 제작에 참여해 몇 년이나 자신이 납득할 수 있는 맛을 만들기 위해 힘쓰셨다고 전해집니다."

"그것참…… 대단하네요."

자신이 납득할 수 있는 맛이라면 오잉크도 일본주를 좋아했던 것일까?

게임 시절에 술 이야기가 나온 일이라고는 내가 멤버들이 사는 지방에 어떤 술이 있는지 물었을 때뿐이었는데.

"따라드릴까요? 아니면—."

"아, 내가 할 테니까 괜찮아."

류에가 그렇게 말하자 소블리에는 류에에게 병을 건네고 퇴실했다.

이야~, 류에에게 술도 받아 보고 호강이군.

자고로 술이란 미인이 따라주기만 해도 훨씬 그 가치가 있는 법이지요.

"정이 넘친다~."

"응? 그게 무슨 말이야?"

술자리에 빠질 수 없는 우스갯소리입니다. 나도 류에에게 술을 따르고 건배를 위해 팔을 뻗었다.

"무사히 수도에 도착한 기념으로!"

"크게 성장한 이 나라를 위해!"

가볍게 잔을 부딪히고, 나는 그 투명한 『인연』을 한 모금 마셨다.

그 순간, 마치 주마등처럼 옛 추억이 뇌리를 스쳤다.

멤버들에게 지방 술에 관해 물은 일, 채팅으로 나를 『중독자ㅋ』라며 놀리던 일, 그리고— 답례로 그들에게 보낸 내가 좋아하는 술을…….

"이 맛…… 이 맛의 술을 일부러 만들어서…… 『인연』이라고 이름 붙였다고……."

과일처럼 풍부한 향과 단맛, 그리고 마시기 쉬운 부드러운 목 넘김.

마치 새파랗게 날이 선 칼과도 같은 인상의 술.

확실하다. 이건 그 술이다. 내가 멤버들에게 보낸, 내가 좋아하던 그 술이다.

"카이 군?! 뭐야? 왜 갑자기 울어? 마음에 안 들었어?"

"아니, 괜찮아. 술이 **이상한** 곳으로 들어갔을 뿐이야."

내 마음은 이상한 곳이거든요.

고맙다, 오잉크. 네가 이 세계에 있어 줘서 정말로 고맙다.

술의 여운에 빠져 둘이서 잔을 주거니 받거니 하며 행복한 시간을 보냈다.

마주 앉은 류에가 술맛을 즐기듯 잔을 홀짝였고, 나도 그것을 보면서 술을 조금씩 혀 위로 굴렸다.

……이런 식으로 단둘이 조용히 마실 때에는 안주도 필요

없구나.

그런 새로운 발견을 하면서 새롭게 맺은 인연을 실감하고 그것을 목으로 넘겼다.

"맛있지? 카이 군."

"그래. 정말로 맛있어."

나는 어찌도 이리 복에 겨운가. 인연을 두 가지나 동시에 맛볼 수 있다니―.

병이 비었다. 이쯤에서 끊고 계산을 해야겠다고 생각한 그때, 개인실 밖에서 시끄러운 소리가 들렸다.

무슨 일이지? 조금 망설여졌지만, 검을 장비하고 [오감 강화]를 세팅해 바깥 상황을 살폈다.

『―께서 친히 이런 곳까지 오셨는데 어떻게 된 건가? 바로 쫓아내도록 해!』

『됐네. 요리 맛은 변하지 않아. 게다가 「이런 곳」이라고 하지 말게. 이래 봬도 내가 몇 번이나 온 가게일세.』

『죄, 죄송합니다! 크, 그렇다면 다른 방을 준비해라! 알겠나!』

어디선가 들어본 적 있는 목소리와 위엄을 느끼게 하는 장년 남성의 목소리였다.

……지금 방에서 나가면 귀찮은 일이 벌어지겠다. 아마 노리는 곳은 이 방이었겠지.

그때, 발소리가 이쪽으로 다가오는 것을 느꼈다.

『하지만 설마 각하께서 이 가게를 이용하실 줄은 몰랐습니다.』

『요리에 죄는 없지. 설령 그 끔찍한 여자의 입김이 닿는 곳이라도 말일세.』

『그렇습니까……. 하지만 각하께서 오셨는데 왜 손님을 이동시키지 않는 건지 원…….』

『흠, 설마 그 여자가 와 있는 건가?』

『아뇨, 그럴 리는 없습니다. 그 여자는 지금 솔트버그로 갔다는 보고가 있었으니까요.』

『그래? 점원, 지금 와 있는 손님은 누구인가?』

『죄송합니다. 손님의 개인 정보는 설령 공작 각하의 명령이라도 알려드릴 수 없습니다.』

……공작이라면, 함께 있는 익숙한 목소리는 아마 카플이겠군.

그나저나 대단한데? 공작이라면 대귀족의 필두일 텐데, 저 점원은 용케 의연하게 거절하는구나.

『흠, 직무에 충실하다는 건 미덕이지. 그렇다면―.』

대뜸 발소리가 가까워졌다.

제길, 그렇게 나오시겠다?

손님이 직접 움직이면 그것을 강제로 막기란 어렵다.

상대가 일반 손님이라도 가게 측에서는 쉽게 손을 댈 수 없는데, 하물며 공작이라면 까딱 잘못하다가는 불경죄다.

그래, 공작님은 그렇게나 우리를 보고 싶으신 모양이군.

"류에, 자리에 앉아. 절대로 돌아보지 말고 얌전히 앉아 있어."

"우…… 알았어. 맡겨도 되겠지?"

나도 무기를 넣고 자리에 앉았다.

이미 어빌리티가 없어도 들리는 발소리에 감정이 조금 고조됐다.

미안하다, 오잉크. 저쪽에서 오는데 어쩌겠어.

그때, 발소리가 문 앞에서 멈추고 노크 소리가 들렸다.

"실례하네. 조금 묻고 싶은 것이 있는데 괜찮겠나?"

말투는 정중했지만, 거절은 결코 용납하지 않는다는 의사가 담긴 고압적인 목소리가 날아들었다.

나는 의식을 전환해서 당분간은 쓰지 않으리라 생각한 그 모습, 마왕 룩으로 몸을 감쌌다.

이곳에 있는 이는 마왕. 일개 귀족이 제 마음대로 주무를 수 있는 상대가 아니다.

그렇게 마음속에 되뇌며 나도 입을 열었다.

"무슨 일이지? 내 신성한 시간을 방해하는 이상, 그에 합당한 각오는 되어 있겠지?"

목소리에 내가 가진 모든 의지와 힘을 쏟아 부어 문을 향해 발산했다.

자, 어디 열 수 있으면 열어 봐라.

여기서 겁먹을 정도라면 오잉크가 애먹을 리 없다.

그리고 문을 연다면 이 모습을 똑똑히 보고 기억해라.

다행히 지금 나는 인연으로 마음을 적셔 컨디션이 더할 나위 없이 좋다.

문이 열리고, 그 틈이 서서히 넓어졌다.

마침내 상대의 얼굴이 보이려고 한 그때—.

"공작님. 이곳은 길드 관할입니다. 아무리 공작님이라 하셔도 이런 횡포를 부리시면 저희도 행동에 나설 수밖에 없습니다."

"……흠, 자네가 부장이라고 했던가? 나는 어쩌면 앞으로 얼굴을 마주할지도 모를 사람에게 인사하려고 했을 뿐이네만."

이 사태를 보다 못한 누군가가 연락했는지 아까 나에게 카드를 건네준 부장이 달려온 듯했다.

아깝다. 개인적으로는 여기서 한 번 선제공격이라도 해 둘 생각이었는데.

『왕가에는 해코지하지 말라』라고 당부했지만, 그건 반어법이었을 것이다. 말하지 않아도 다 압니다.

뭐, 이번에는 상대편에서 접촉해 왔고, 결과적으로 미수에 그쳤으니까 무효다, 무효.

"카이 군, 왠지 즐거워 보이는데? 무슨 일이야?"

"조금 재미있어지겠다 싶어서."

아마 오잉크가 귀족 측에 줄 수 있는 영향은 이미 한계에 달했을 것이다.

길드는 물류와 인심을 일부 장악해 국가와 어깨를 견줄 정도로 성장했다.

하지만 그것만으로는 아직 부족했다. 아직 왕국에 깊이 뿌리내린 해악을 근절하지 못했다.

그래서 필요한 것이 바로 나다.

『부』와 『명성』만으로는 굴복하지 않는 공작파 녀석들에게 퍼즐의 마지막 한 조각을 보여줌으로써 자기 진영으로 끌어들일 속셈인 것이다.

그 마지막 한 조각이란 즉—.

"압도적인 『힘』."

좋다. 얌전히 기회가 오길 기다리마.

나는 주위가 조용해지길 기다린 뒤 가게를 뒤로했다.

§ § §

다음 날 아침.

길드가 마련한 방의 침대는 놀랍도록 편안했다. 이 침대도 오잉크가 개량한 것일까? 나는 침대의 유혹을 뿌리치고 외출 준비를 마쳤다.

방을 나와 류에에게 가려고 하는데 마침 류에가 문을 열고 나오는 참이었다.

류에는 졸린지 아직 채 열리지 않은 눈꺼풀로 아침 인사를 하려고 했으나—.

"잘 잤수하암…… 후아아……."

"인사를 하든지 하품을 하든지 하나만 해."

"응…… 너무 편안해서 정신없이 잤어. 먼저 로비에서 기다려줘."

여성의 외출 준비는 시간이 오래 걸린다. 그리고 잠꾸러기류에 씨라면 두 배는 걸리겠지.

오늘은 이 도시의 의뢰를 확인하고 그 후 도시 산책을 갈 예정이다.

듣자 하니 조금 전에 왕국 기사단이 주변 마물을 소탕하기 위한 작전을 개시한 모양이었다. 그로 인해 지금 길드에 있는 의뢰는 대부분 도시 안에서 정리할 수 있는 것들뿐이었다.

그렇다면 우선은 도시 구조를 파악하는 것이 선결 과제라고 생각했다.

하지만 수도로 오는 도중 포악해진 마물과 조우한 사실이 이미 길드에도 보고되었으니 아마 오늘내일 사이 그와 관련된 의뢰도 나오지 않을까?

계단을 내려가 로비로 가자 모험가들이 일제히 나를 돌아봤다.

이 계단은 레스토랑이 아니라 오잉크의 집무실과 VIP(PIG)룸과 이어지므로 『이곳에서 나타나는 사람=VIP

대우』라는 공식이 성립하기 때문이었다.

나는 곧장 게시판으로 갔다. 도시 외부와 관련된 의뢰가 거의 없는데도 불구하고 의뢰서가 게시판을 도배하다시피 붙었다.

그 대부분이 지붕에 쌓인 눈 치우기라든가 상회 야적장에서 눈 쓸기 등, 내 고향에서 자주 보던 그런 의뢰였다.

개중에는 아이와 함께 눈사람을 만들어 달라는 의뢰까지 있었다.

하지만 그런 훈훈한 의뢰 중에 이질적인 것이 하나 섞여 있었다.

나는 마치 무언가에 이끌리듯이 그곳으로 손을 뻗었다.

『살인귀 니스 탐색 및 확보』

반년 전부터 잇달아 발생한 연쇄 살인 사건의 범인 니스를 함께 탐색하길 바란다.

B랭크 이상부터 수령 가능.

보수: 결과에 따라서 변동. 상담 가능.

인간을 상대하는 의뢰라…….

이 세계는 사람이 사람을 죽이는 능력을 당연한 것처럼 가진 곳이었다. 이런 의뢰도 있을 만했다.

자세히 보자 이와 비슷한 도적단 토벌이나 탈주 노예 확보 등 조금 뒤가 구린 의뢰도 게시판 구석을 채우고 있었다.

사실은 마물이나 사냥하며 새 어빌리티를 얻을까 했지만……

"사람을 죽여도, 얻을 수 있는 걸까?"

예를 들어 강한 힘을 가진, 이세계로 소환된 인간이라거나— 물론 그럴 일은 없겠지만.

"공교롭게도 그렇게까지 인간쓰레기는 아니야."

그 청년, 렌 군도 본래라면 학생, 한창 감수성이 예민할 시기일 텐데…….

우리에게 손을 대지 않는 한 그냥 지켜봐 주자.

하지만 살인귀라…… 그런 상대라면 양심의 가책도 없지 않을까?

만약 인간에게서도 어빌리티를 입수할 수 있다면 그건 나에게 사람을 죽일 목적이 생긴다는 뜻이었다.

물론 설사 입수할 수 있더라도 그것을 행할지 말지를 자신의 의지로 정한다면 문제는 없었다.

권력도 그렇지만, 분에 넘치는 힘이란 성가신 법이었다. 이런저런 욕심이 싹트니까 말이다.

자각할 수 있는 게 그나마 다행이라고 생각하고 싶지만…….

그런 그때, 로비가 조금 술렁거렸다.

무슨 일인가 싶어 돌아보자 마침 외출 준비를 마친 류에가 계단을 내려오고 있었다.

으음, 일어난 지 얼마 안 된 탓일까? 어딘지 모르게 눈빛이 요염하다.

"기다렸지? 카이 군. 재밌는 의뢰는 찾았어?"

"그래. 역시 도시 내에서 하는 심부름이 많아. 아이와 놀아주는 의뢰까지 있더라."

입을 열자마자 남자 이름을 부르며 달려가는 류에의 모습에 로비에 있던 모험가 일동이 일제히 혀를 찼다.

어쩔 수 없지. 나도 같은 입장이었다면 혀를 찼을 것이다.

하지만 역시 내 미래 예지…… 클리셰 예상은 도움이 안 되나 보다.

어제 레스토랑에서의 사건 때도 그렇고 지금 이 상황에서도 누가 시비를 걸어오지 않을까 생각했지만, 냉정하게 생각해 보면 저 계단에서 내려온 사람에게 싸움을 거는 사람이 있을 리 만무했다.

역시 내 사고방식이 너무 구식인가?

미국의 고전미 넘치는 서부 영화에서는 으레 있는 일인데…….

"아이와 놀기…… 이거 재밌겠네. 한번 해 보고 싶은데……."

"응? 류에는 아이를 좋아해? 그럼 오늘은 하층을 돌아볼까?"

"응. 전에 말했지? 그 숲에 남은 엘프들의 아이를 내가 돌보곤 했다고."

옛일을 떠올리는 류에는 평온한 표정을 짓고 있었다.

류에는 당분간 이 도시에서 아이들과 놀게 해주자.

"역시 도시 안이라도 날이 추워. 로브를 못 벗겠어."

우리는 길드에서 나와 하층으로 향했다.

주택 지붕을 내려다보니 집집이 굴뚝마다 피어오르는 연기에서 그들의 삶이 느껴졌다.

아아, 역시 이 광경은 마음이 푸근해진다.

첫날 류에가 한 「마을 정경이 따뜻하다」는 말을 새삼스럽게 이해했다.

언덕길 중간에는 좌우로 길이 몇 갈래씩 갈라졌고, 그 길을 따라서 주택이 줄지어 섰다.

그 밖에도 작은 상점이 밀집한 거리나 단독 주택이 늘어선 거리, 그리고 다세대 주택 같은 높은 건물이 들어선 거리 등 상상 이상으로 깔끔하게 구획이 나뉘어 있었다.

그런 가운데 조금 넓은 공터가 드문드문 존재하는 구획을 발견하고 발길을 옮겼다. 그곳에는 아이들이 놀다 간 흔적이 선명하게 남아 있었다.

"후후, 이건 스노 맨을 만든 흔적인가? 눈 사이로 길이 났어."

"아, 눈덩이를 굴렸나 보구나."

그 앞에는 멋진 스노 맨, 흔히 말하는 눈사람이 떡하니

버티고 있었다.

그 외에도 근처 담벼락에는 눈덩이를 던진 흔적이나 무슨 조각이라도 만들려고 했는지 잔해가 남아 있었다.

단순한 공터인데도 마치 유원지 같은 즐거움이 지금도 이곳에 잔향을 남기고 있었다.

문득 옆을 보자 그 눈에 새겨진 자취를 아련한 눈으로 바라보는 류에가 있었다.

……생각나는 게 있을 테지.

"저기, 류—."

"좋겠다~! 나도 애들이랑 같이 놀고 싶어! 역시 오늘 아이들과 놀아주는 의뢰를 받아도 될까?!"

"아, 네. 그러시든가요."

"정말?! 그럼 나는 다시 길드로 돌아갈게."

발길을 돌려 맹렬하게 달려가는 뒷모습을 바라보면서 한숨을 길게 내쉬었다.

지금 그건 추억에 빠진 것이 아니라 순수하게 부러웠던 거였나…….

그나저나 나는 어떻게 하지? 혼자 구경을 다녀 봤자 심심할 뿐이고…… 일단 돌아갈까?

"어? 카이 씨, 인가요?"

어떻게 할까 고민하는데 뒤에서 누가 이름을 불렀다.

돌아보자 그곳에는 털이 복슬복슬한 코트를 입은 어제 그

작은 여기사, 카플의 호위를 맡고 있던 소피라 씨가 있었다.

"아, 또 뵙네요. 덕분에 아주 좋은 일본주를 마셨습니다."

"그거 다행이네요. 오늘은 어쩐 일로 이런 곳에 계시죠?"

"의뢰를 받기 전에 도시 구조를 먼저 파악해 둘까 싶어서요. 소피라 씨야말로 오늘은 비번인가 보죠?"

"네. 호위 임무를 맡은 사람은 이틀간 휴가를 받아요. 오늘은 어머니 심부름으로 물건을 좀 사려고요."

특별 휴가? 의외로 이 휴가를 받기 위해 임무에 지원한 사람도 있을지 모르겠다.

사람에 따라서는 돈도 받고 휴가도 받는 일거양득 임무란 말이군.

음, 현지인이 있는 편이 편할 테니까 한 번 부탁해 볼까?

"물건을 사신다면 함께 가도 될까요? 길을 외우기에도 좋고, 짐꾼 정도는 될 것 같은데."

그렇게 나는 그녀에게 제안했다.

§ § §

"어서 옵쇼! 소피라, 요새 통 안 보이더니, 임무라도 있었어?"

"네! 오늘부터 이틀간 휴가예요. 감자 다섯 개랑 리크(leek) 두 개 주세요."

"그래, 알았다! 그런데 옆에 있는 형씨는…… 그거냐? 소피라한테만 먼저 봄바람이 불었나?"

그녀를 따라 찾은 곳은 이 도시의 부엌이라고도 할 수 있는 상가였다.

하층에 있지만 이곳에는 중층의 여관이나 음식점 사람도 재료를 사러 많이들 모이기 때문에 한창 붐빌 때에는 이 도시 제일의 북새통을 이룰 때도 있다고 한다.

그리고 예상은 했지만, 채소 가게에서 내가 함께 있는 탓에 그녀가 놀림을 받았다.

흠, 지금은 내가 한마디 거들어야겠군.

"이번 임무로 알게 되었습니다. 얼마나 도움을 많이 받았는지 몰라요."

"카이 씨?!"

"응? 거짓말은 안 했잖아요?"

"하하, 그랬군. 형씨, 사람이 제법 재밌구만! 그럼 이건 서비스요, 가져가쇼."

웬일이니~, 이 아저씨 너무 재밌다.

이렇게 장단을 잘 맞춰주는 채소 가게 아저씨도 요즘 보기 드문데……. 사람 발길이 끊겨서 유령 상가라고 불리는 곳까지 있으니까 말 다했다.

뭐, 그건 내 고향이 촌이었던 탓이겠지만……. 저스O[11]한테 무슨 수로 이기랴.

#11 저스O 일본의 대형 할인 마트 저스코(jusco).

"아이참…… 그럼 이 채소, 들어주셔야 해요?"

"오케이. 그럼 다음 가게로 갈까요?"

그녀는 자기 볼일을 보는 한편으로 이 도시를 설명해줬다.

옛날에 이곳은 불모지라서 지금처럼 하층 사람들이 쉽게 채소를 구할 수 없었다고 한다.

그것도 칠성의 봉인이 미치는 영향이 아닐까 생각했으나, 남들보다 앞서 그 문제를 해결한 사람이 있었다.

바로, 일찍이 옆 대륙에 소환되었다는 해방자였다.

그녀도 자세히는 모른다고 했지만, 그 인물이 이 대륙으로 건너와 추운 땅에서도 자라는 작물과 척박해진 토양을 되살리는 방법을 전수했다고 한다.

으음, 그 해방자란 사람은 원래 세계에서 농가라도 운영했던 것일까?

덧붙여 그것은 최근의 이야기가 아니라 먼 옛날의 이야기라고 했다.

안타깝지만 그 해방자는 이미 세상을 떴다는 모양이었다.

"그럼 다음은 중층으로 갈게요."

그녀를 따라서 이번에는 길드가 있는 중층으로 발을 옮겼다.

일반인은 그다지 이곳에 드나들지 않을 거라고 생각했지만, 음식점이나 술집이 있다는 이유로 저녁때가 되면 이곳을 찾는 사람도 적지 않다는 모양이었다.

그리고 이곳에는 무구를 취급하는 공방도 있는데, 대장장이가 부업으로 일반가정의 철제품을 수리하거나 팔기도 한다고 했다. 그녀도 오늘 집에서 쓰는 주방 용품을 받으러 가는 길이었다.

사실 저, 조금 가슴이 설렙니다.

저도 예전 세계에서 도심 근처에 살던 때에는 철제품이나 주방용품 전문점이 많은 동네에 놀러 가거나 했었거든요.

그래서 그런 공방에 들어가 보는 것이 기대됩니다.

"으음, 역시 모험가 여러분은 장비가 자유로워서 조금 부러워요……."

"그러고 보니 소피라 씨는 롱 소드를 허리에 차고 있었죠?"

"네. 제가 속한 부대의 정식 명칭은 『특별 근위대』라고 하는데, 왕국 기사단 정규……라고 부르는 것도 이상할지 모르지만, 본래 근위대 장비와 거의 같아요."

즉, 원래대로라면 근위대에 뽑힐 만한 사람을 위한, 일류 기사가 아니면 제대로 다룰 수 없는 무기를 가졌다는 말이었다.

……그거 정말로 그냥 종이호랑이 부대잖아.

공작 나리는 그런 호위 부대로 괜찮은 건가?

"진짜 가까운 시일 내에 로건 씨에게 상담해 보시죠? 그쪽으로 전입할 수 있는지."

"그러, 게요……. 상담해 볼게요."

만약 어렵다면 저도 협력하겠습니다.

그러는 사이 쇠를 두드리는 소리가 들려오기 시작했다.

앞을 보자 굴뚝에서 검은 연기가 메케하게 올라오는 건물들이 처마를 맞댄 구역이 있었다.

아까보다도 모험가들의 모습이 눈에 많이 띄었고, 그들 모두 평범한 모험가보다 훨씬 인상이 사나워 숙련된 전사의 풍모를 풍겼다.

무기도 기성품이 아니라 주문 제작 하거나 공방에서 직접 살 여유가 있는 사람이 많은가 보군. 그렇다면 숙련자가 많을 수밖에.

"이 부근은 조금 무서울지도 모르지만, 참아주세요."

"저기요, 저도 일단은 류에 파트너거든요?"

"……앗!"

잊고 계셨구나. 괜찮아, 괜찮아. 나는 그 임무에서 싸우지도 않았는데 뭘.

애초에 내 랭크를 말할 기회조차 없었고.

됐네요, 됐어~. 쇤네는 최강의 성기사님 시종입니다요~.

……그렇게 토라진 척을 하며 거리를 걸었다.

목적지는 다른 곳보다 더 아담하고 입구에 걸린 간판에도 식칼이나 냄비를 부조로 새긴, 일반가정 용품도 함께 다루는 공방이었다.

문을 열자 안쪽 공방의 열기가 이곳까지 전해지는지 후끈한 공기가 새어 나왔다.

"어서 오세요! 오늘은 무엇을 찾으시나요?"

"아, 제가 아니라……."

설레는 마음에 나도 모르게 먼저 들어와 버렸지만, 내 뒤에 있는 사람이 손님입니다.

완전히 가려서 안 보였나 봅니다. 소피라 씨가 워낙 덩치가 작아야지 말이죠.

"앗, 소피라 씨! 혹시 장비를 가지러 오셨나요? 정비라면 끝났어요."

"그게 아니라 오늘은 개인적인 용무가 있어서……."

"아아, 식칼 수리 때문이시구나. 어우, 위험하다구요. 그렇게 얇아진 식칼로 단단한 걸 베면 큰일 나요."

"죄송해요, 앞으로 조심할게요."

오호라, 수리란 말이지? 칼갈이 정도라고 생각했는데 완전히 부러뜨렸나 보군.

"여기 있어요. 서비스로 새 철도 더 넣었으니까 당분간은 더 쓸 수 있을 거예요."

"고맙습니다! 저기, 그럼 수리비는……."

"항상 무구 조정을 맡겨주시는 단골이시니까, 이 정도로……."

흠, 그녀가 가격 흥정을 하는 동안 식칼을 구경할까?

오오, 마치 새것 같다. 수리한 흔적이 교묘하게 물결무늬를 이뤄 보기 좋다.

자세히 보니 가게 안에도 많이 전시되어 있었다. 다음에 한 번 더 와야겠는걸?

"그럼 정비한 장비는 어떻게 할까요? 짐수레에 실어 놓았는데."

"오늘은 짐이 있어서 다음에—"

"아, 그럼 제가 옮길게요."

공방 뒤에서 점원이 검이나 팔 보호구, 창날이 실린 짐수레를 끌고 왔다.

상당한 중노동일 텐데, 그녀는 항상 혼자 이런 일을 하는 걸까?

"그럼 비용은 다음에 공작가 쪽으로 청구할게요."

"네, 부탁합니다."

이렇게 말하기는 뭣하지만 공작의 사병, 특별 근위대라고도 불리는 부대가 이런 작은 공방에서 장비 정비를 맡기는 것에 약간의 의문을 품었다.

그 점을 그녀에게 물었더니 이 공방은 원래 기사단 장비 조정을 맡던 전속 대장장이가 시작한 가게이며, 그 실력은 확실하다는 것이었다.

가격도 양심적이어서 그녀는 조금이라도 정비 비용을 낮춰 한정된 예산을 절약하려고 이 가게를 스스로 찾아냈다고 했다.

이런 참한 처자가 그런 대우를 받고 있다니, 그딴 부대는 그냥 망해 버리는 편이 낫지 않나?

"영차, 그럼 이걸 상층까지 옮기면 되죠?"

"저기, 괜찮으세요? 오르막길도 있어서 상당한 중노동일 텐데……."

"좀 전에도 말했지만, 저는 이래 봬도 류에 파트너예요. 제법 강하다니까요?"

내가 그렇게 미덥지 못한가? 이상하네. 제법 튼실하게 생겼다고 생각하는데.

벗을까? 지금 여기서 벗어 버려? 내가 커스터마이징한 환상적인 근육을 보여줘 봐?

뭐, 정 안되면 이 물건들을 전부 아이템 박스에 넣으면 그만이다.

하지만 아이템 박스는 희귀한 기능이라고 하니까 사람들이 보는 곳에서는 그다지 사용하지 않는 편이 좋겠지.

기합을 넣고 짐수레를 끌어 봤다. 음? 뭐야, 역시 쉽게 끌리잖아.

거의 무게를 느끼지 않고 무덤덤하게 수레를 끄는 나를 보고 점원과 소피라 씨는 눈을 휘둥그렇게 뜨며 놀랐다.

"안내 부탁할게요, 소피라 씨."

"아, 네! 정말로 힘이 세셨구나. 류에 씨 시중드는 사람인 줄만 알았는데……."

대단히 유감스럽다.

소피라 씨의 안내를 받아 길드 앞 오르막길을 오르는데 마침 부장이 밖으로 나오는 참이었다.

그녀는 나를 보자마자 그 조금 차가운 표정이 확 바뀌더니 허둥대기 시작했다.

괜찮아요, 이건 제가 좋아서 하고 있을 뿐입니다. 잡일꾼으로 부려 먹히는 게 아닙니다. 그런 생각을 담아서 눈빛을 보냈다.

"보세요, 저 제복 입은 길드 직원 분. 사실 저 사람이 길드 전체의 2인자예요. 이곳에 온 지 얼마 안 되셨다면 기억해 두시는 게 좋을 거예요."

"아, 아아, 그렇구나."

"사실 저, 만약 기사가 되지 못하면 그길로 모험가 길드 특별 입단 테스트를 받을 생각이었어요."

"특별 입단 테스트?"

"아, 모르시나요? 실은 말이죠, 이곳 본부에만 있는 제도인데, 길드 총수 직속 부대라는 게 있어요. 그 일원이 될 수 있는 좁은 문이 존재하거든요."

"오호, 소피라 씨는 아는 것도 많으시네요."

"후후, 실은 몇 개월 전에 해방자란 사람이 이세계에서 소환됐는데, 그 특별 입단 테스트에 합격했다고 해요! 그래도 어디까지나 일반적인 모험가로서 활동한다는 모양이지만요."

"정말로 모르는 게 없으시네요. 역시 현지인은 다르구나."

"후후, 그렇죠? 뭐든 물어만 보세요."

좋았어. 이 아이, 왠지 귀여우니까 그냥 말하지 않고 있어야겠다.

못난 오빠를 가르치는 야무진 동생 같았다.

언덕을 끝까지 올라간 뒤 그녀를 따라서 귀족 저택이 집중된 구획으로 갔다.

이곳 상층은 크게 두 구획으로 나뉘는데, 상회가 관리하는 자재 창고나 사무소, 본부가 밀집한 구획과 귀족 저택이 집중된 구획이 있었다.

이번에는 그녀의 근무지인 공작가가 목적지였다. 이 구획 안에서도 더욱 위쪽, 왕성에 가까운 장소에 자리 잡은 저택이었다.

다른 구획보다 깔끔하게 평탄화된 돌길을 걸어 한층 큰, 진짜 성이 바로 옆에 있는데도 불구하고 『궁전 같다』는 표현을 붙이고 싶어지는 저택이 보이기 시작했다.

"이제 보이네요. 제가 문지기분에게 말하고 올 테니까 잠깐 기다려주세요."

역시 저기가 공작가였나 보다. 그녀는 먼저 저택 정문으로 갔다.

그런데 그 타이밍에 문이 열렸다. 그 순간 그녀는 질겁하며 황급히 무릎을 꿇고 머리를 숙였다.

문에서 나타난 것은 마치 모 아이들의 꿈동산에서 퍼레이드라도 할 듯 휘황찬란하게 장식된 멋진 마차…… 아니, 마물 마차? 말이 아닌 생물이 견인하고 있었다.

그 모습에 문지기도 자세를 고쳤고, 우연히 근처에 있던 다른 이들도 하나같이 자세를 고쳤다.

따로 예법이라도 있는 걸까?

길드에 소속되어 있어도 예를 갖춰야 하나?

그런 생각으로 고민하고 있는데 마차가 내 옆으로 왔다.

그대로 지나칠 때, 창문을 통해 장년을 지난 초로의 남성이 보였다.

저자가 카플의 배후에 있는 자이자 오잉크가 일찍이 배제에 실패한 레콘 공작인가.

"고마웠어요, 카이본 씨. 하지만 이건 기억해 두세요. 아무리 왕국과 관련된 사람이 아니더라도 백작 이상의 지위를 가진 귀족 마차가 상층에서 지나칠 때는 자세를 바로 하고 눈을 내리뜨는 것이 관례예요."

"그래? 촌놈이라서 몰랐어."

"후후, 그럼 하는 수 없죠."

무사히 짐을 다 옮겼고 이것으로 그녀의 용무도 모두 끝났다.

이제는 집으로 돌아갈 뿐이라고 하기에 마지막으로 그녀를 바래다주기 위해 하층까지 동행했다.

가는 길에 다양한 관례나 이 도시의 풍습, 약간의 규칙을 듣는데 골목 안쪽에서 아이들이 즐겁게 떠드는 소리가 들렸다.

"놓치지 마! 그쪽으로 갔다! C반은 함정 발동 준비, B반은 우회해!"

"오케이!"

······어쩐지 내용이 이상한데?

어린아이 목소리인데 이상하잖아? 절대 아이들이 놀면서 쓸 용어가 아니라고 생각하는데······.

"눈싸움을 하나 보네요. 누구지? 목숨 아까운 줄 모르고 이 구획 아이들과 싸우려는 사람이······."

"그게 무슨 말이야?"

"이 구획 아이들은 어른도 이기지 못할 만큼 눈싸움에 강하거든요. 너무 강해서 최근에는 길드에 의뢰를 내서 대전 상대를 모집한다나 봐요."

"······Oh."

류에 씨, 건투를 빌겠소!

§ § §

"속상해애애!!!!"

"애들처럼 왜 그래, 류에."

날도 어두워져 소피라 씨를 집으로 바래다준 뒤 류에를

데리러 가자 예상대로 물독에 빠진 생쥐처럼 추적추적 젖은 류에가 처량하게 울먹이고 있었다.

눈싸움으로 한 번도 이기지 못하고 마지막까지 신나게 당하기만 했다는 것이었다.

뭐, 현지 사람이 피할 정도라고 하는 걸 보면 어쩔 수 없는 일이었다.

"내일은 마술을 써주겠어……. 눈덩이를 자동으로 만들어서 날리는 거야……."

"그렇게 장난삼아 새 마법을 만들지 마시죠?"

나는 형태가 모호한 어둠 속성이니까 어느 정도의 의지나 생각으로 효과를 바꿀 수 있지만, 보통 속성으로는 새 마술을 만들기가 어렵다.

그런 짓까지 해서 이기려고 하는 류에에게 기가 막혀야 할지, 아니면 그런 짓까지 간단하게 해내는 류에에게 감탄해야 좋을지 모르겠다.

"자, 일단 빨리 돌아가서 목욕이라도 해."

"응…… 아, 속상해……."

착하지, 착해…… 아, 손이 젖었다. 오늘 쓰다듬기는 이걸로 끝입니다.

잠깐, 왜 그렇게 음흉한 웃음을 지어? 잠깐만, 머리를 이쪽으로 들이대고 뭘 할 생각이야?

"문질러주겠어!"

"그만두지 못해?!"

나는 류에 드릴을 피하며 길드로 돌아왔다.

길드 방에 마련된 욕실에서 땀을 씻고 피로를 풀었다.

도시 구조도 대강 파악했으니 내일부터 본격적으로 의뢰를 받을 생각이지만, 과연 무엇을 받아야 할까?

오늘 본 의뢰들 중에 있던 인간과 싸우는 의뢰, 그것이 머릿속에서 떨어지지 않았다.

그건 분명히 이 세계에서 살아가는 이상 피할 수 없는 길이기 때문이리라.

역시 익숙해지는 편이 좋겠지.

피하고 싶은 마음은 있었다. 하지만 동시에 지금 겪어 놓는 편이 좋으리라는 생각도 들었다.

확실히 내 힘은 막강하지만, 사람에게 살의를 품을 수 있을까?

……사람의 목숨을 빼앗는 일이, 나에게 가능할까?

"나도 정말, 오만하다."

익숙해지기 위해서, 그런 이유로 사람의 목숨을 빼앗기로 결심해 버리니까.

이것이 이 세계에 온 영향인지, 아니면 억압된 나의 본성인지는 모르겠다.

깊이 생각할수록 수렁에 빠질 것 같은 문제였지만— 그래도 이미 결정했다.

"카이 군, 들어갈게."

사고가 점점 검게 물들 것 같은 타이밍에 내 마음을 중화하듯 새하얀 류에가 찾아왔다.

금방 목욕을 마쳤는지 머리도 묶지 않고 훈훈한 김이 피어오르는 모습을 보자 급격히 머리가 차분해졌다.

너, 따끈따끈하구나. 오빠 머릿속도 따끈따끈하게 데워주지 않으련?

"몸 식을라. 어서 들어오시게."

"후후후, 실례합니다."

그래, 류에는 오늘 아이들과 즐겁게(?) 놀지 않았던가. 그런 도시에 살인귀가 있으면 안 되지.

내가 수색에 참여한다고 사태가 급격히 호전되지도 않겠지만, 아이들이나 주민들에게 피해가 생기면 찜찜하다.

어려운 일로 끙끙거리기보다는 그냥 『정의를 위해서』라고 위선을 떠는 편이 편할 것이다. ……내 성격에 맞지 않다는 건 잘 알지만.

"왠지 고민이 있어 보이는데?"

"응? 잠깐 사람을 죽이겠다고 결심한 참이거든."

"가, 갑자기 무슨 일이야? ……설마! 내가 머리로 비볐다고 화났어?!"

"아니야! 그게 아니고 오늘 의뢰들 가운데 이 도시에 암약하는 살인귀를 잡아 달라는 의뢰가 있었잖아? 상대가 상대이니 만큼 만약의 상황에 그러겠다는 이야기야."

내가 그렇게 해명하자 류에는 안심한 듯한 표정을 지었다.

아니, 농담이라도 내가 류에를 어떻게 한다느니 그런 소리는 하지 마세요.

아니면…… 그렇게까지 내가 심각한 얼굴이었나?

"……그래? 그런데 카이 군은 사람을 죽여본 적, 있어?"

갑자기 분위기가 바뀌었다. 몇 초 전까지 장난스럽던 분위기가 사라지고 류에는 평소보다 훨씬 진지한 표정으로 물었다.

"내가 있던 세계에서 그런 경험을 한 녀석은 거의 없었어."

"사람과 싸우는 의뢰는 무슨 일이 일어나도 이상하지 않아. 그러니까 꼭 죽여야 하는 건 아니지만, 각오는 해 놔."

"그래. 고마워, 류에."

구태여 묻지는 않았다. 류에게 『사람을 죽인 적이 있느냐』고.

전란에서 살아남아 긴 시간을 보낸 그녀에게 그것을 묻는 것은 실례였다.

류에와 내 관계를 빼면 그곳에 남는 것은 역전의 전사와 아직 사람을 죽여본 적 없는 신병일 뿐이었다.

그래서 나는 묻지 않았다. 그녀의 과거를, 그리고 싸움의 역사를…….

"카이 군, 충고해 둘게. 봐주려고 하지 마. 용서를 빌어도 절대로 손을 멈추지 마. 만약 네 몸에 무슨 일이 있으면 내가 내 스스로를 막을 수 없으니까."

"물론 봐주진 않아. 내가 그런 성격으로 보여?"

"……안 보여. 너는 같은 편에게는 여리지만, 적에게는 한없이 잔혹해지는 사람이라고 생각하니까."

그래. 그 말이 맞다.

나는 명확하게 적이라고 정한 상대에게는 한없이 잔혹해질 수 있는 사람이다.

사람의 목숨을 빼앗을 기회가 길가의 돌멩이처럼 흔하게 굴러다니는 이 세계에서도 분명히 그 점은 변하지 않았다.

여러모로 생각은 해 보았으나, 나는 아마 죽이고 말 것이다.

그러니까 여러 이유를 붙여 가며 자신이 아직 망설이고 있다고 믿고 싶은 것이리라.

"그럼 오늘은 일찍 자는 편이 나아. 자, 여기."

"왜 남의 침대에 누우세요?"

"……가, 같이 자줄게. 자, 이리 와!"

—말없이 퇴실. 그리고 비어 있는 류에의 방에 IN.

안녕히 주무세요.

§ § §

"카이 군, 일어나. 여긴 내 방이야."

"끄엑!"

다음 날, 복부에 대미지를 입으며 눈을 뜨자 범인이 즐겁게 웃으며 나를 내려다보고 있었다.

류에와 함께 아침을 먹고 오늘이야말로 의뢰를 받겠다며 게시판으로 향했다. 류에도 복수전을 원하는지 어제와 같은 의뢰를 받고 하층으로 떠났다.

그리고 나는 『살인귀 니스 탐색 및 확보』 의뢰서를 떼어내 접수처로 갔다.

아무래도 이 의뢰를 받으려는 사람이 좀처럼 없었는지, 의뢰자인 기사가 포기하고 의뢰를 취하하기 위해 마침 길드에 와 있었다.

덕분에 나는 곧바로 의뢰인과 만나보게 되었다.

4층 응접실이 아니라 접수처 건너편에 있는 의뢰자용 응접실로 안내받자, 그곳에는 며칠 전 로건 씨와 같은 서코트를 걸친 기사가 기다리고 있었다.

내가 의뢰를 받겠다는 뜻을 밝히자 기사의 딱딱한 표정이 풀리고 기쁜 듯이 일어서며 내 쪽으로 돌아섰다.

"우선 이 의뢰를 받아준 자네의 용기에 감사하네. 나는 왕국 기사단 수도 경비대 제2분대장 호크라고 하네."

"처음 뵙겠습니다. 모험가 길드 소속 카이본입니다. 수사 의뢰는 미경험이지만, 열심히 하겠습니다. 많은 지도편달 부탁드립니다."

"나야말로 잘 부탁하네. 사건의 성질상 대대적으로 기사를 동원할 수 없어서…… 이렇게 협력을 요청한 건 우리일세. 나도 힘닿는 데까지 보조할 것을 약속하지."

백발이 섞인 암갈색 머리카락을 올백으로 넘기고, 쭉 째진 날카로운 눈매를 가진 호크 씨는 이름 그대로 매를 연상하게 하는 외모였다.

그에게서 뚜렷하게 전해지는 사건 해결에 대한 열의와 나를 배려하는 성실한 자세를 보고 앞으로 함께 일하기에 더할 나위 없이 좋은 파트너임을 직감했다.

"그럼 먼저 사건의 발단부터 차근차근 설명하겠네."

이 사건은 지금으로부터 약 반년 전, 한 모험가가 살해당하는 일로 시작되었다.

당시에는 희생자가 모험가라는 점을 들어 동업자 간의 다툼 끝에 사망한 것이라고 판단하고 크게 중요시되지 않았다. 그렇게 사건의 조사권은 길드로 이양되어 내부 감사로 마무리됐다.

하지만 그 후로도 두 번째, 세 번째 희생자가 나와 대규모 사건으로 발전했고, 주민이나 귀족이 보는 눈도 있기에 왕국 기사도 움직일 수밖에 없어졌다.

참고로 이럴 경우 움직이는 기사는 소피라 씨가 소속된 특별 근위대가 아니라 국왕이 지휘하는 기사들이라고 한다.

정확히 말하면 현재 왕국 기사에 소속된 사람 중 공작이 자유롭게 부릴 수 있는 병력은 소피라 씨를 비롯한 그 근위대뿐이라는 뜻이었다.

뭐, 그래도 산하에 수많은 귀족들이 존재하는 이상, 그 사병도 움직일 수 있을 것 같지만 말이지.

조금 탈선해 버린 생각을 되돌리자.

가장 최근 사건은 지금으로부터 2주 정도 전에 발생했다. 그때는 이미 길드와 왕국 기사 측도 사건을 경계하는 중이었기에 네 번째 희생자를 내지 않고 그쳤다. 그래도 피해자는 큰 부상을 입었고, 다시 표적이 될 것을 두려워해 이 도시를 떠나 버렸다고 한다.

하지만 그 피해자의 증언으로 범인이 한때 이 나라에서 암약하던 살인귀로 판명되고, 정식으로『살인귀 니스』의 범행임이 만천하에 알려졌다.

"니스는 한때 암살자로 활동했다고 하네. 하지만 이 땅에서 대규모 귀족 숙청이 이루어질 때 행방을 감추었다고 전해지지. 나도 어릴 적에 그 이름을 부모님께 들은 적이 있다네. 반쯤 괴담처럼 생각했었는데……."

즉, 니스란 어른이 아이에게 들려주는『일찍 자지 않으면 ○○가 온다』,『못된 아이는 ○○가 잡아간다』처럼 아이들을 겁주기 위해 전해지는 공포의 상징 같았다.

그리고 그런 사정 때문에 이 도시에서 오래 산 사람일수록 이 의뢰를 피하는 것이라고 했다.

"그렇군요. 사건의 개요는 알았습니다. 그럼 수사 방침은 어떻게 하죠?"

"음, 아직 자세한 이야기를 전하지 않았지만, 그건 실제 현장을 보고 나서 이야기할까?"

첫 현장으로 걸음을 옮기며 호크 씨는 첫 사건의 자세한 설명을 들려줬다.

"첫 사건은 하층에서 일어났네. 피해자는 이 도시 출신인 여성 모험가였고, 귀가 후 공격받았는지 집 안에는 심하게 저항한 흔적이 남아 있었어. 그리고 조금 떨어진 공터에서 유해가 발견되었다고 하지."

설명을 들으며 도착한 곳은 어제 소피라 씨와 만난 장소 바로 근처였다.

"여기는……. 인근 주민들은 눈치채지 못했단 말입니까?"

"그래. 듣기로 피해자는 평소 남성을 집에 들이곤 했다고 해. 문제를 자주 일으켰다지."

그렇다면 늘 있는 치정 싸움이라고 생각했겠군.

그런 사정이 있다면 동업자 사이의 다툼이라고 생각해도 어쩔 수 없나…….

"실제로 발견된 공터로 가 볼까?"

그 현장이란 곳은 설마…….

"으악! 치사해, 누나!"

"안 치사해! 너희는 함정도 쓰고 협공도 하잖아!"

"꺄아, 또 쫓아왔어! 눈덩이가 쫓아와!"

"이렇게 된 이상 내가 반격을— 흐악! 차가워!"

……눈앞의 광경에 나와 호크 씨는 침묵할 뿐이었다.

눈이 쌓인 광장 한가운데서 엘프 누나가 무수한 눈덩이를 만들어 조종하며 꼬마 친구들을 쫓아다니고 있었다. 심지어 자동 복원까지 되는 눈덩이로 말이다.

"이, 이게 뭐지……? 마법사가 아이들과 놀고 있는 건가……?"

"이곳 아이들이 같이 놀 사람을 모집하려고 모험가 길드에 의뢰를 냈다더군요."

"그, 그랬나……. 그나저나 저 마법사, 대단하군……. 모험가가 아니라면 우리에게 와줬으면 싶은 인재야."

그, 그야 하룻밤 만에 눈싸움 전용 마법을 만들어 내는 사람이니까.

하지만 이래서는 수사를 못 하겠다. 일단 그만두게 할까?

나는 달려가면서 허리를 굽히고 눈을 한 움큼 퍼서 순식간에 눈덩이를 만들었다. 그리고 그대로 무수한 눈덩이 사이를 빠져나가 류에의 뒤통수에 날렸다.

그러자 그 충격으로 눈 마법이 멈춰 버렸다.

"류에, 잠깐 이 광장에 볼일이 있어. 아이들을 한데 모아 줄래?"

"꺄악?! 어? 카이 군, 무슨 일이야?"

"내가 하는 의뢰에서도 이곳에 잠깐 볼일이 있어서."

그러자 우리의 대화를 듣던 아이들이 다가왔다.

그런 기대에 찬 눈으로 보지 말아줄래? 이 형은 놀러온 게 아니란다.

"형, 대단해! 방금 그거 어떻게 한 거야?!"

"이, 이런 식으로 달리면서 한순간에 눈덩이를 만들었어! 멋있어!"

어맛, 쑥스러워라. 이래 봬도 다설 지역 출신, 연륜이 다르죠.

조금은 같이 놀아도 괜찮지 않을까, 라는 생각이 들었지만, 시야 한쪽에서 호크 씨가 뭐라 형언하지 못할 얼굴을 하고 있기에 마음을 고쳐먹었다.

"미안. 오늘은 수사하러 온 거야. 끝날 때까지 눈싸움은 잠시 멈추고 기다려줄래?"

"뭐야! 잠깐이면 얼마나?"

얼마나 걸리겠냐고 눈빛으로 호크 씨에게 물어보자 그도 체념한 것처럼 이쪽으로 다가왔다. 아이를 별로 안 좋아하시나 보다.

"20분 정도다. 미안하지만, 그동안 구석에서 다른 일을 하려무나."

"치~, 그럼 누나, 뭔가 해 봐~."

어이쿠, 여기서 류에 씨에게 화살이? 형도 조금 신경 쓰이는데?

"내가? 음, 그럼 저기서 이것저것 시험해 보자."

류에가 아이들을 광장 구석으로 데리고 갔고, 그사이 나는 호크 씨에게 설명을 요구했다.

"이런 현장에서 어린아이가 놀고 있다고 생각하니 기분이 참 묘하군⋯⋯. 어서 범인을 잡아야겠어."

"동감입니다. 아이들이 놀 장소가 더 줄기 전에⋯⋯."

이대로 사건이 이어져 범행이 계속된다면 공터에 모두 출입금지 딱지가 붙을 것이다.

"이 광장에, 지금은 눈이 쌓인 산이 있지? 저 근처에서 발견되었네."

"피해자 집에서 제법 떨어진 곳이군요⋯⋯. 피해자의 유해는 어떤 상태였죠?"

집이 아니라 굳이 이런 곳까지 옮긴 이유⋯⋯.

끔찍한 상상이 들었지만, 그는 내 예상을 배신하고 이렇게 말했다.

"사인이 된 목의 절창#12 외에 그녀의 몸에 손상은 없었네. 다만, 의복만 모두 가져가 버렸다더군."

"의복만이요⋯⋯?"

"그래. 그것 말고는 목에 난 절창뿐이네."

흠, 상당히 이상한 사건인걸⋯⋯. 성범죄로 이어지는가 생

#12 절창(切創) 칼이나 유리 조각 따위의 예리한 날에 베인 상처.

각했지만, 그것과도 조금 다른 듯했다.

둘이서 사건 동기를 생각하는데, 아이들이 다시 다가왔다.

"오빠랑 기사님, 뭐 찾고 있어?"

"응? 맞아. 좀 찾는 게 있어."

"그럼 이미 없을지도 모르는데? 전에 여기로 커다란 마차가 와서 있는 물건을 전부 가져가 버렸어."

여기에 있는 물건……? 공터가 아니었어?

"여기에 있었던 물건……? 아무것도 없었을 텐데?"

"나도 몰라. 그래도 마차가 멈춰 있었는데?"

흠…… 아무것도 없을 공터에 마차라……. 언제적 이야기일까?

"꼬마 아가씨, 그게 언제인지 기억해?"

"으음…… 아직 안 추울 때! 예~전에!"

"그럼 여름이야?"

"아니, 아직 따뜻해지기 전에."

이 부근 기후는 잘 모르지만, 적어도 호크 씨는 시기를 알 수 있을 것이었다.

"흠, 그렇다면 사건 시기와 거의 일치하는군. 알려줘서 고맙구나, 얘야."

호크 씨가 그렇게 말하며 어색하게 웃자 소녀는 조금 겁먹은 눈치로 류에 뒤에 숨었다.

아, 이 사람, 조금 시무룩해졌다.

"……이래서 아이는 거북해."

괜찮아요. 어린 아이들은 남자 어른이라면 무조건 무서워하기도 하니까요.

그 후, 두 번째, 세 번째 사건 현장을 보고 왔다. 모두 골목길이나 사용하지 않는 공터 등 인적이 드문 곳이었다. 하지만 유일하게 살해되지 않고 살아남은 사람이 발견된 마지막 현장이 문제였다.

"이곳은 길드에서 엎어지면 코 닿을 곳이잖아요? ……그런데도 놓쳤나요?"

"그렇다고 하더군. 원래 경계하고 있었지만, 설마 이런 길드 코앞에서 공격받을 줄은 생각하지 못했겠지. 아무튼 그래서 범인이 도망간 방향이─."

호크 씨가 손가락으로 가리킨 곳은 길드보다 더 위쪽, 상층이었다.

즉, 지금 범인은 상층에 숨어 있을지도 모른다는 뜻이었다.

"솔직히 이번에 길드에 의뢰하겠다고 결단할 때, 여러 갈등도 있었다네. 아무리 국왕이라고는 하나 주변의 의견을 무시하고 나라의 병력을 움직였으니까……. 하지만 살인귀가 상층으로 도망쳤을 가능성이 나오기가 무섭게 이제껏 반대하던 귀족 녀석들이 손바닥 뒤집듯 말을 바꿔 버렸다네."

"이기적인 인간들이군요."

"그렇지……. 더 일찍 자네와 나처럼 조직이라는 울타리에

얽매이지 않고 협력했다면, 어쩌면 니스도 이미 잡았을지 모르거늘……."

그렇게 중얼거린 그의 표정은 원통함으로 가득했다.

역시 현장의 사람이 더 피부에 와 닿는 것이겠지.

위에 있는 조그만 왜곡이 아래로 가면 갈수록 커지고, 그것이 이런 초동 수사의 지연을 낳으며 피해를 키운다는 것을…….

"반드시 니스를 붙잡읍시다."

"그래. 물론이네!"

그 후 우리는 다시 길드로 돌아가 서로의 생각을 이야기하고 향후 방침을 정하기로 했다.

길드로 돌아온 후, 접수처 직원에게 미팅 룸으로 4층 응접실을 써도 된다는 말을 듣고 호크 씨와 함께 바로 계단을 올랐다.

역시 이 플로어에 들어올 기회는 거의 없는지, 호크 씨도 조금 긴장한 기색으로 주위를 둘러봤다.

응접실 문을 열자 그곳에는 언뜻 보기에도 비싸 보이는, 보통은 구경하기조차 어려울 듯한 소품들이 방을 장식하고 있었다.

"흐, 흐음, 이런 방을 쓰도록 해주다니……. 조금 긴장되는군."

"기사단과 길드 합동 수사에서는 이런 곳을 쓰지 않나

요?"

"합동 원정이라면 모를까, 이렇게 함께 수사하는 건 사실 이번이 처음이라네."

"그랬나요? 그럼 영광스러운 첫 합동 수사와 그 수사본부 군요."

"하하하, 수사본부라……. 그거 좋군. 그럼 지금부터 오늘 깨달은 사실, 그리고 지금까지 알려진 사실에 따라서 생각을 발표해 볼까?"

오늘 일을 정리해 보자는 말이군.

내 생각은 이미 피해자들의 공통점이나 상황으로 어느 정도 정리되어 있었다.

처음에는 그냥 엽기 살인인가 생각했지만, 아마 그렇지 않을 것이다.

"결국 피해자 세 사람은 모두 발견 당시 옷이 남아 있지 않았군요?"

"그렇다네. 외상은 다투었을 때 생겼다고 생각되는 상처와 사인이 된 목의 상처뿐이었네."

그렇다면 범인은 처음부터 피해자들을 살해할 생각이 아니었으며 다른 목적이 있었다고 보는 편이 나을 것이다.

본래 암살자로 이름을 날렸다면 애초에 상대와 다툰 단계에서 일을 그르친 셈이었다.

게다가 처음 사건에 이르러서는 인근 주민들의 증언으로

미루어 습격 받은 곳은 집 바로 옆이라고 판명되었다. 그런데도 불구하고 실제 변사체는 조금 떨어진 공터에서 발견됐다.

막다른 길인 공터로 도망쳤다고는 생각할 수 없었다. 아마 범인이 옮겼겠지.

"아마 범인은 처음부터 죽일 생각이 아니라 어떻게든 무력화해서 공범자의 힘을 빌려 납치하려고 한 게 아닐까요?"

이것이 내 추리였다. 근처에 사는 소녀가 마차를 봤다는 증언으로부터 아마 데리고 갈 생각이 아니었을까, 하고 생각했다.

두 번째와 세 번째 사건에서는 이런 증언을 얻지 못했지만, 그때는 세심한 주의를 기울였을 것이다.

첫 번째 사건 이후로는 하층에서도 낮에, 비교적 인적이 많은 장소와 접한 골목에서 범행이 이루어졌다.

큰길과 접한 장소에 마차를 대고, 나중에 골목에서 무력화시킨 피해자를 회수한다. 충분히 가능한 이야기였다.

뭐, 실제로는 세 명 모두 살해당했지만.

"흠, 그럼 세 사람은 저항했기 때문에 죽었단 말인가? 그건 상당히 난폭한 추리가 아닌가?"

"만약 니스가 누군가에게 고용되었다면 어떻습니까? 고용주의 의향으로 본래 살인 능력을 살릴 수 없는 목적, 즉, 납치를 위해 움직인 결과라면?"

"그렇군……. 확실히 전성기의 니스는 귀족을 상대로 청부 살인을 했었지……."

"네. 그러니까 이번에도 누군가의 지시가 아닐까요?"

"……그렇다면 피해자는 즉흥적으로 선택된 것이 아니라 처음부터 계획적으로 공격받았다는 뜻이 되네만."

"네. 그러니까 먼저 피해자, 목숨을 부지한 네 번째 피해자도 포함해서 공통점을 찾아봅시다."

"알겠네. 하지만 오늘은 일단 여기까지 합세. 나도 기사단 쪽에 오늘 일을 보고해야만 하네. 게다가 니스의 과거 사건도 조사해 보지."

"그럼 저도 피해자들의 공통점을 길드에 문의해 볼게요."

자, 여기서 권력과 사람의 힘을 빌려 볼까?

§ § §

"그럼 피해를 당한 분들이 받은 의뢰 이력이나 교우 관계, 주위 평판 등을 조사하면 된다는 말씀이시죠?"

"네. 갑자기 이런 부탁을 드려서 죄송합니다."

"아뇨. 이 건은 길드에서도 문제가 되고 있었습니다. 사실 오잉크 총수님도 바로 이쪽으로 돌아오셨으면 좋았겠지만……."

모험가만 노려지는 사건이라면 길드 그 자체를 표적으로 삼았다고 봐도 무방한 사건이었다. 본디 오잉크가 지휘를 잡아야 마땅한 안건이리라.

하지만 그녀는 지금 솔트버그로 가고 있었다.

오잉크에게는 외부로부터 조직이 공격당하는 것보다도 내부에서 조직이 침식당하는 편이 성가실 것이다.

그래서 솔트버그 길드장과 영주의 유착 문제를 우선했다.

확실히 조직의 수장으로서는 틀리지 않은 판단이리라.

그렇다면 나는 조직의 수장으로 행동하는 그녀 대신 직접적으로 움직이면 그만이다.

다행히 이 사건은 어느 쪽인가 하면 두뇌 노동인 척하다가 마지막에는 힘으로 밀어붙이는 안건이었다.

이 도시에 뿌리내린 살인귀를 힘으로 굴복시킨다.

그렇게 생각하면 그야말로 나를 위해 존재하는 안건이었다.

"그럼 이만 가 볼게요."

"네. 의뢰를 무사히 달성하시길 빌겠습니다."

내일 있을 보고를 기대하며 나는 방으로 돌아가기로 했다.

의뢰는 하나만 달성해도 된다고 스스로 정했으면서 하필이면 그중 가장 성가신 것을 고르다니……. 기막힘에 자조했다.

반대로 류에는 의뢰라고 부르기에는 너무 간단하지만, 이미 한 건을 끝낸 상태였다.

그런데도 불구하고 근면 상실하게 오늘도 같은 의뢰를 받으러 나갔다.

뭐, 그냥 놀고 싶어서 그러는 거겠지만……. 그나저나 보수는 제대로 받고 있는 걸까?

슬슬 해가 질 시간이었다. 돌아올 때가 됐지 싶은데…….

그 후로 잠시 기다려 봤지만, 옆방에 류에가 돌아온 기척은 나지 않았다. 신경이 쓰인 나는 로비로 나갔다.

그러자 마침 류에가 접수처 반대편, 오늘 내가 호크 씨와 처음 만난 응접실에서 나오고 있었다.

"류에, 무슨 일이야?"

"아, 카이 군. 나를 만나고 싶다고 지명 의뢰한 사람이 있다고 해서 이야기를 들었어. 다만, 상당히 귀찮아질 것 같아서 카이 군에게 일단 상담하려던 참이야."

"만나고 싶은 사람? 그게 대체 누군데?"

설마 카플이 접촉해 왔나? 아직도 정신을 못 차리고?

"그 왜 있잖아, 공작이야, 공작. 렌콘#13 공작."

뭐야, 그 흙투성이에 구멍 숭숭 뚫려서 조림해 먹기 좋아 보이는 공작님은.

"아, 레콘 공작? 일단 이 나라 중진이니까 이름 정도는 외워 두자."

"방금 들었는데, 이상하네……."

오잉크와 적대한 상대는 이름도 외우기 싫은 거군요?

"가 보자. 더불어 나도 같이."

"아, 그럼 일행과 함께 들어가도 된다면 좋다고 문지기한

#13 렌콘(レンコン) 일본어로 「연근」을 뜻한다.

테 말해야 하나?"

"그러면 될 거야. 굳이 연락까지 해줄 필요 없어."

그러는 나도 공작을 이렇게 취급하고 있었다.

너무 대충 생각하는 감이 없잖아 있지만, 그 커플과 한편이라면 어차피 제대로 된 인간은 아니겠지.

뭐, 가령 적대한 인간의 가게일지라도 맛있다면 레스토랑까지 발을 옮기는 그 기개는 높이 사겠다.

"그럼 내일 점심때 와 달라고 했으니까 가 볼까?"

"오케이, 알았어. 아, 맞다. 옷은 대충 입어도 돼. 나도 아무거나 대충 입고 갈 테니까."

마왕 룩은 언젠가 올 그날을 위해서 아껴 놓자.

어차피 이렇게 된 거, 내 지위와 정체는 꼭 필요한 순간까지 숨겨 버리자고.

그리고 다음 날, 접수처에 얼굴을 내밀자 오늘은 호크 씨가 오지 못한다는 이야기를 듣고, 그럼 마침 잘됐다 싶어 바로 외출 준비를 했다.

나는 마왕 룩이 아닌 평범한 장비를 한 벌 걸쳐 일개 모험가의 모습을 취했다.

그리고 류에도 평소 모험가 스타일 복장 위에 로브를 껴입었다. 어디까지나 모험가로서 만나러 가는 것임을 암묵적으로 알리려는 의도이리라.

아직 점심이라고 하기에는 이르지만, 처음부터 상대방의 생각에 맞춰줄 생각은 없었다. 바로 가자.

"오늘은 조금 따뜻한걸. 로브는 없어도 됐으려나?"

"아니. 괜찮다고 봐. 류에를 보여주고 싶지 않기도 하고……."

"그게 무슨 소리야? 나는 어디에 내놓아도 손색없는 멋진 류에라고!"

"멋진 류에는 또 뭐야……? 아니, 나는 적 측에, 그것도 남자에게 우리 류에 씨를 보여주고 싶지 않단 말입니다."

한마디 더 하자면, 너 미니스커트잖아? 날이면 날마다 여기사를 갈아 치우는 인간(예상)에게 보여주고 싶지 않아서 그럽니다.

독점욕이라고 하지 마십시오. 이게 부모 마음이란 겁니다.

"응? 뭐야, 카이 군도 참~. 요 귀여운 녀석, 우쭈쭈."

"건방 떨지 마세요."

가볍게 촵.

그녀 말대로 오늘은 어제보다 기온이 높아 거리에 쌓인 눈도 녹기 시작했다.

하지만 녹다 만 눈은 미끄러웠고, 또 튀기 쉬워 옷을 더럽히는 일도 왕왕 있는 법.

지금도 마차가 지나간 탓에 옷에 얼룩이 진 사람이 여기저기 보였다.

그런 가운데 상층 귀족 지구에 도착한 우리는 공작 저택을 찾아갔다.

전에 왔을 때에는 소피라 씨를 도우러 왔을 뿐이라 별생각이 없었지만, 새삼 주위를 보자 어느 저택이나 중층까지 있던 건물과는 비교도 안 되는 규모를 자랑했다. 자신이 있어야 할 곳이 아닌 곳 같아서 괜히 위축되었다.

예를 들자면 후줄근한 티셔츠와 반바지 차림으로 금융가에 온 듯한 느낌이랄까?

"아까부터 망설이지 않고 가는데, 카이 군은 공작 저택이 어디 있는지 알아?"

"전에 소피라 씨가 짐을 옮기는 걸 도와줬어."

"우…… 그 애랑 일했어? 어느 틈에……."

"네가 도시 구경을 내팽개치고 애들이랑 놀러 간 틈에."

"아, 그랬지. 그러고 보니 그때는 미안했어, 내가 예정을 망쳐서."

"괜찮아. 류에가 그 애들과 친해진 덕분에 수사하기도 쉬워졌으니까."

게다가 흥미로운 증언도 얻었다.

그 아이가 말한 「밤에 마차가 서 있었다. 무언가를 가져갔다」라는 증언은 내 추리를 확고히 하는 가장 유력한 판단 재료였다.

"저기 보이네. 저 저택이야."

"우와, 크기가 어마어마한걸? 정원만 해도 길드 건물이 통째로 들어가겠어."

류에의 말대로 공작가는 문에서 얼핏 본 것만으로도 방대한 규모를 자랑했다.

그렇게 저택을 엿보고 있자니 문지기 여성이 고압적으로 말을 던졌다.

"이곳은 레콘 공작 각하의 저택이다. 가급적 수상한 행동은 삼가는 게 좋을 거다."

그야 그렇겠죠. 죄송합니다.

"아, 미안해, 문지기 아가씨. 어제 이곳 집사 할아버지에게 부름을 받았는데 못 들었어?"

"집사 할아버지라고? 흠, 누가 저택에 가서 확인해주지 않겠나?"

이번 일은 류에에게 맡기고 나는 뒤로 물러났다.

얼마 지나지 않아 기사가 한 노년 남성과 함께 돌아왔고, 그 남성은 류에를 보자마자 얼굴을 활짝 폈다. 하지만 그 뒤에 있는 나를 본 순간 그 표정에 의아함이 뒤섞였다.

"류에 님, 잘 오셨습니다. 오늘은 저희 주인님을 뵙기 위해 오신 것이지요?"

"내 일행도 함께해도 된다면 들어갈게. 만약 안 된다면 이대로 돌아갈 거고."

조금 고압적인 류에의 제안에 집사는 난처하게 나를 바라보았다.

나 보고 자진해서 물러나라는 뜻인가? 싫습니다!

"……잠시 기다려주십시오."

그는 그렇게 말을 남기고 다시 저택으로 돌아갔다.

이 정원은 저택에서 바깥문까지 제법 거리가 있었다. 괜히 미안하네.

조금 기다리자 다시 저택 쪽에서 집사가 급한 걸음으로 돌아왔다.

이미 숨이 흐트러지기 시작했고 얼굴까지 벌겋게 피가 쏠렸다.

따뜻해지긴 했어도 겨울이니까요. 차가운 공기를 마시면 제법 괴롭죠.

"기다…… 기다리시게 했습니다……. 일행분도, 함께…… 저택으로 드시지요."

"알았어. 그럼 실례할게."

"실례합니다."

어깨를 들썩이던 그는 그대로 쓰러지듯 문지기 여성에게 기대어 대기소로 옮겨졌다.

저택 부지를 돌아보자 아름답게 가꿔진 관목은 흡사 슈거 파우더라도 뿌린 양 눈이 쌓여 있었고, 햇빛을 받아 반짝이며 눈을 즐겁게 했다.

이 따뜻한 기온에 눈이 녹지 않고, 길에도 녹은 눈으로 인해 젖은 부분 하나 없는 이 정원에 의문을 품었지만, 곧 앞을 걷던 얼음 속성 전문가분이 해설해줬다.

"이거, 전에 본 조명 마도구와 같은 부류야. 이 정원 일대에 마력이 충만한 모양이군."

"아, 어쩐지. 그럼 어딘가에 그걸 유지하는 마도구가 있는 건가?"

"그럴 거야. 엄청난 갑부인가 봐."

졸부 취향이라고 할 만큼 추하지 않아 그다지 꼬투리 잡을 구석이 없다는 것이 괜히 분했다.

더 둘러보니 관목뿐 아니라 눈 조각이나 얼음 벤치, 그리고 아름다운 꽃을 그대로 투명한 얼음에 가둔 화단까지 있었다.

이쯤 되니 솔직히 좀 기분이 나쁘기도 했다.

머지않아 저택 현관에 도착하자 문이 자동으로 열렸다.

현관홀의 크기는 작은 콘서트홀과 비슷했다.

그 앞에는 당연하다는 듯이 커다란 중앙 계단이 존재했고, 층계참에는 거대한 초상화가 걸려 있었다.

대귀족 저택의 표본과도 같은 그 모습에 피식 웃음이 났다.

그리고—.

"잘 왔네. 백은장 모험가, 류에."

"이름을 막 부르도록 허락한 기억 없어, 꼬마야."

순간, 좀 전까지 있던 실외의 공기보다도 몇 십 배나 차가운 기류가 류에에게서 퍼져 나왔다.

너무나도 직설적인 적의와 마력의 범람에 나도 모르게 한 발 뒷걸음질 칠 뻔했다.

하지만 그것은 상대방도 마찬가지였나 보다. 공작은 확실하게 몇 걸음 뒤로 물러나 있었다.

……류에가 나보다 무서운 거 아니야?

"……실례했소, 류에 공."

"그래서 무슨 일이지? 내가 지금 이곳에 있는 이유는 조직의 일원으로서 최소한의 의무를 다하기 위함이야."

완전히 다른 사람이었다.

한없이 차가워 몸속까지 얼어붙는 듯한 말에, 그녀가 명확하게 적이라고 판단한 상대에게 얼마나 냉혹한지를 사무치게 깨달았다.

그리고 그것은 틀림없이 내 기질과 같은 것이었다. 역시 어딘가 나와 닮았는지도 모르겠다.

"조직의 일원이라……. 류에 공은 현재 조직에 속해 그 총수 아래에서 일한다는 사실을 달갑게 받아들이고 있소?"

"글쎄, 적어도 그녀는 그런 이야기를 이런 곳에서는 하지 않으니까 대우가 몇 배나 좋긴 하지."

"크…… 내가 실수했군. 안으로 들어오시오."

네, 지금 들어갔습니다. 대미지 100퍼센트 반사 카운터!

그것이 먹혔는지, 드디어 공작은 몸을 돌려 우리를 저택 안쪽으로 안내했다.

"자, 이곳에서 잠시 이야기를 들어줄 수 없겠소? 가능하면, 둘이서만……."

"나는 일행과 함께할 거라고 말했을 텐데?"

"들었소. 그래서 저택에는 두 분을 초대했으나, 이곳부터는 조금 중요한 이야기를 나눴으면 해서—."

아마 카플에게 류에에 관한 이야기를 전해 들은 모양이지만, 역시 함께 의뢰를 받은 나에 관해서는 듣지 못한 듯했다. 남자에게는 관심이 없으시군요? 그러시겠죠.

흠, 이건 오히려 기회가 아닐까? 거의 노 마크로 혼자 남게 해준다면 이것저것 살펴볼 수도 있을 것이다.

"류에, 이야기 정도라면 들어도 되지 않겠어? 나는 별실에서 대기하고 있을게."

"어? 아, 알았어……. 이야기만이라면 들어 보지, 뭐."

"공작님. 부디 류에의 심기를 건드리지 않도록 부탁드립니다. 류에가 마음먹으면 아마 저와 공작님은 운명을 같이하게 될 테니까요."

이것만은 당부해 놓자.

"흠, 그건 어떤 의미인가?"

"저택이 순식간에 얼음 조각이 될 겁니다."

목소리를 진지하게 깔고, 눈에 힘을 주고 공작의 눈을 바라봤다.

과장이나 거짓말, 허세가 아님을 알리기 위해 모든 의지를 담았다.

그러자 그도 현관에서 있었던 일을 떠올렸는지 마른침을 삼켰다.

"그럼 저는…… 이 멋진 저택이나 정원을 구경하고 있어도 되겠습니까?"

"그, 그래. 좋을 대로 하게."

언질은 받았다. 그럼 마음대로 활보해 볼까?

류에의 힘을 경계하는 이상 일행인 나에게 강하게 나오진 못할 것이다.

호가호위 같지만 상관없다. 나는 두 사람과 헤어져 저택 산책에 나섰다.

"여우인 줄 알았는데 호랑이였다니, 끔찍한 이야기군."

공작 나리, 어쩌면 당신은 이미 벼랑 끝에 서 있는 걸지도 몰라.

저택 안을 돌아다녀 봤지만, 역시 중요한 방은 잠겨 있었다. 특별히 재미있는 것도 없어서 포기하고 저택 밖으로 나왔다.

그러자 그 타이밍에 문이 열리고 마차 한 대가 이쪽으로 다가왔다.

순간적으로 근처 눈 조각 뒤에 숨었지만, 어디선가 본 적이 있는 외관이다 싶어 몸을 빼꼼 내밀었다.

"아, 저거 카플의 마차잖아?"

들키지 않도록 달려가서 객차 뒤에 매달렸다.

그리고 만약을 위해 검을 등에 지고 어빌리티를 세팅했다.

[오감 강화]를 세팅한 순간 바퀴 소리가 고막을 때렸지만, 의식적으로 소리를 취사선택하자 마치 내가 마차 안에 있는 것처럼 이야기 소리가 선명하게 들렸다.

"호오, 지금 손님이 와 계시다고요? ……그럼 잠시 기다려도 될까요?"

"물론입니다. 일행분과 함께 방으로 안내해드리겠습니다."

"그나저나 이 시간에 내가 올 것을 전해 놓았는데, 무슨 급보(急報)라도 왔나 보지요?"

"아뇨. 전에 카플 님의 말씀을 들은 주인님께서 그 인물을 꼭 뵙고 싶다 하시어……."

"오? 그럼 지금 저택에 그 백색 성기사가 있단 말입니까?"

"예."

"흠…… 이거 잘하면 한 번에……."

잘하면 한 번에 뭐가 어떻게 된다는 말씀이실까?

형이 지금 내면에 잠든 살의가 스멀스멀 기어 나올 것 같거든?

하지만 새롭게 들린 세 번째 목소리에 나는 머릿속을 다시 진정시켰다.

"뭐야? 내 역할은 벌써 끝이야?"

"아니, 그건 그거고 이건 이거야. 아직 부족해."

흠, 아무래도 마차 안에는 조금 전의 집사와 카플, 그리고 카플의 경호원 같은 인물이 있는 것 같았다.

녀석의 성격상 경호원도 여자일 줄 알았는데 그렇진 않나 보다.

기왕 이렇게 된 김에 이대로 저택까지 따라가 보기로 했다.

그들이 안내받은 곳의 옆방— 아마 같은 응접실이라고 생각하지만, 그곳이 잠겨 있지 않았기에 그곳에서 다시 도청을 개시했다.

그러자 방에 편지라도 놓여 있었는지 종이가 팔락이는 소리가 들렸다.

"흠, 돌다리도 두들겨 보고 건너란 건가. 이걸 가지고 있으라는 지령이다."

"집착이 보통이 아니시군. 그렇게나 대단한 인물인가?"

"괜한 호기심은 품지 마. 그 이름을 계승했다면 말이야."

"미안하게 됐어. 나는 선대와 달리 말이 많거든."

"이번에는 실수하지 마라. 알고 있겠지?"

"헤헤, 당신도 제법 좋아했으면서, 뭘."

"그건 다음에 기회가 있으면 부탁하지. 너도 백은장과 맞붙기는 힘들 테니까."

"글쎄? 그건 과연 어떨지……."

우와…… 이미 수사고 뭐고 할 필요도 없을 만큼 수상한데……. 이런 세상만 아니었으면 즉석에서 임의동행할 수준이거든요?

돌아가면 바로 피해자들의 공통점을 조사해야겠다. 사건의 실마리를 잡은 것 같았다.

그 후로도 얼마간 옆방의 이야기를 들었지만, 결정적인 발언은 나오지 않고 그저 하염없이 여자에 관한 이야기가 오갈 뿐이었다.

뭐라고 해야 할지, 참…… 특수한 성적 취향을 가진 분들이었습니다.

그런데 이번에는 방 밖에서, 아니, 저택 밖에서 어떤 목소리가 들렸다.

"카~이카이카이카이카이, 카~이카이카이카이카이."

그건 틀림없이 류에의 목소리였다. 그리고 마치 야생동물을 부르듯[14] 불러 대는 것은 내 이름이었다.

찾더라도 꼭 저런 식으로 찾아야 하나?!

나는 조용히 방을 뒤로하고 동물왕국이라도 건국할 것 같은 류에에게로 갔다.

#14 야생동물을 부르듯 일본의 동물 연구가로 유명한 하타 마사노리가 동물을 부를 때 입버릇처럼 말하는 「옳~지옳지옳지옳지」의 패러디.

§ § §

"야생동물을 부를 때 좋다고 본 적이 있어. 그래서 이렇게 하면 나오지 않을까, 했지."

"몸이 가려워서 그러는 줄 알았네#15."

등을 벅벅 긁어주자 류에가 간지러운 듯이 몸을 꼬았다.

그녀는 내 이름이 상대에게 알려지지 않도록 하기 위한 작전이라고 했지만, 솔직히 곧이곧대로 믿기 어려웠다.

그러나 실제로 그 자리에는 카플도 있었던 터라 그것이 잘못됐다고도 단언할 수 없었다.

뭐, 내가 모습을 드러낸 순간 엄청 기뻐 보였으니까 그냥 좋다고 칩시다.

"그래서 결국 무슨 이야기였어?"

"또 권유였어. 돈도, 권력도, 지위도 지금보다 확실하게 더 주겠다고 약속한대."

"그래서 뭐라고 대답했어?"

"그냥 거절하기도 뭐해서 내가 물었어."

류에는 공작에게 이렇게 물었다고 한다. 「그것을 얻고 나서 다음에는 뭘 하는가?」라고.

#15 몸이 가려워서 그러는 줄 알았네　일본어로 가렵다는 뜻의 「카유이(痒い)」와 「카이(カイ)」의 발음이 유사하다.

공작은 3대 욕구를 충족시키는 일, 그리고 호화로운 생활이 가능하다고 설득했지만, 류에는 「시시하니까 거절한다」는 한마디로 그 제안을 단칼에 잘라 버렸다.

공작의 말도 이해할 수는 있었다. 극에 달한 자는 자신의 오락을 위해 무언가를 추구하는 것일지도 모른다.

권력이 그렇고, 돈이 그렇고, 힘이 그렇다.

하지만 이미 나나 류에는 자유롭게 살기에는 충분하고도 남을 힘을 가졌다.

그리고 우리는 여행을 즐기고 있었고, 이 힘으로 일용할 양식을 얻고 있었다.

그런 우리에게 호화로운 생활, 욕망, 권력을 들먹인들 따를 리 없었다.

하물며 처음부터 상대가 오잉크와 적대하는 인물임을 아는데 더 말해 무엇하랴.

즐거운 여행길로 돌아가기 위해서라도 이번 일은 빠르게 해결해 버리자.

"류에, 길드로 돌아가서 상담할 게 있어."

"응? 오늘 저녁은 가능하면 따뜻한 수프가 먹고 싶어."

"저녁 메뉴 아니야."

길드로 돌아온 나는 바로 부장에게 가서 조사 진행 상황을 물었다.

그녀는 세 사람이 받은 의뢰에 공통점이 보였으며, 그 자료를 정리해 두었다고 대답했다.

이 사람, 정말로 너무 유능한 것 아닌가? 오잉크가 빈자리를 맡기는 이유도 알겠다.

"오잉크 총수님은 이르면 사흘 후에는 돌아오실 예정입니다만, 이 건은 어떻게 하시겠습니까?"

"그때까지 정리할게요. 그녀에게는 사후 처리와 제가 일을 크게 만들었을 경우의 뒷수습을 맡겨야죠."

"정말로 총수님과 어깨를 나란히 하시나 보군요. 그분을 그런 식으로 부리는 사람은 처음 봤습니다."

"불쾌할지도 모르지만, 이번에만 부탁드릴게요. 적재적소라고 하잖아요?"

"아뇨. 불쾌하다니, 당치도 않습니다. 드디어 그분 옆에 나란히 설 수 있는 사람이 나타나서 내심 안도하고 있을 정도인걸요."

부장은 안심한 표정으로 마치 어머니를 생각하는 딸처럼 마음속에서 우러나오는 감정을 담아 그렇게 말했다.

다음 날, 전날 나오지 않은 호크 씨가 길드를 찾았지만, 그 표정에는 비장감으로도, 죄악감으로도 보이는 기색이 떠올라 있었다.

무슨 일인지 물어보자 어제는 온종일 징계 처분에 가까운 잡무를 떠맡게 됐다는 것이었다.

짐작 가는 요인으로는 옛 암살 사건, 니스와 관련된 자료를 요구했기 때문이라고 했다.

"미안하네. 자네가 힘들게 자료를 모아줬는데 내가 이 모양이라서……."

"과거의 오점을 파헤치려는 거니까 어쩔 수 없는 일인지도 모르겠네요……."

"그래……. 하지만 유일하게 안 사실이 있다네. 니스는 대를 이어 계승되는 이름이고, 그 이름은 건국 초기부터 사용됐다고 하는군."

그 이야기를 듣고 내 확신은 더욱 견고해졌다.

나는 호크 씨에게 어제 보고 들은 정보와 취합한 자료를 토대로 추론한 내 생각을 들려줬다.

공작 저택에서 들은 카플과 그 경호원으로 생각되는 남자의 대화.

아마 공작에게서 전해졌을 편지, 이름을 계승했다고 말한 경호원.

그리고 『백은장과 맞붙는다』는 말.

피해자인 여성들이 모두 과거 카플의 호위를 맡았다는 사실까지도…….

"여기까지 이야기하면 이제 아시겠죠? 피해자가 모두 여성인 건 이미 확인했고, 모두 용모가 수려했습니다. 호색한이 손을 대도 이상할 게 없죠."

"하지만 그런 이유로 죽인다는 건……."

"단순한 납치 실패인지, 아니면 성도착증이라도 가졌는지, 그 이유는 모릅니다. 그렇지만 한번 떠볼 가치는 있지 않을까요?"

"떠본다라…… 어떻게 할 생각인가? 내 권한으로 잠입 수사는 불가능하네."

"그 일로 드릴 말씀이 있는데, 이번 수사에 협조해줄 사람이 있습니다."

나는 자기 이름이 불리길 이제나저제나 기다리고 있을 인물을 불렀다.

"류에, 들어와."

문을 열고 나타난 류에는 어디서 가져왔는지 변장용 선글라스와 코트, 목도리로 얼굴을 감추고 있었다.

너, 무슨 생각으로 그러는지는 모르겠지만, 아마 그건 아니야.

어젯밤에 나는 류에에게 어쩌면 표적이 되었을지도 모른다고 말하고 상대를 끌어낼 미끼가 되어줄 수 없겠냐고 의뢰했다.

덧붙여 류에는 잊지 않고 보수를 요구해 왔고, 그 내용은 『언젠가 내 소원을 뭐든지 하나 들어줄 것』이었다.

무슨 명령을 듣게 될지 내심 무섭습니다.

"류에, 됐으니까 그 복장은 하지 마."

"수수께끼의 협력자 R이란 바로 나— 응? 이거 안 돼?"

"협력자가 이렇게 수상하면 불안하기밖에 더하겠어?"

호크 씨도 얼떨떨한 얼굴로 이쪽을 보고 있었다. 그 표정에는 약간의 분노마저 어른거렸다.

"무단으로 조사원을 늘릴 재량권은 없네만……."

"죄송합니다. 하지만 그녀에게 혼자 골목을 걷게 하는 건 어떻습니까?"

그 뜻을 밝히기가 무섭게 호크 씨는 낯빛을 바꾸고 내게 다가들었다.

아마 짐작한 것이리라. 내가 무슨 생각으로 류에를 이곳으로 불렀는지를…….

"그건 인정할 수 없네! 만에 하나 불상사가 있으면 어쩔 생각인가!"

"문제없습니다. 동의는 받았습니다."

그러자 드디어 옷을 원래대로 되돌린 류에가 조금 으스대듯 품속에서 어떤 물건을 꺼내 호크 씨에게 내밀었다.

"이건…… 실례했습니다! 설마 백은장 모험가이신 줄도 모르고 전에는……."

"나는 누가 오든 괜찮아. 그러니까 안심하고 맡겨줘."

류에의 힘은 내가 누구보다 잘 알았다.

물론 걱정은 되지만, 그 이상으로 나는 류에의 힘을 믿었다.

"……그렇다면 상상 이상으로 일이 커지게 될지도 모르겠군……. 설마 카플과 공작이 나올 줄이야……."

"아마 몰아넣을 수 있는 건 카플까지겠죠. 하지만 거기서 부터 어떻게든 성공하고야 말겠습니다. 다행히 이틀 후면 길 드 총수가 이곳으로 돌아옵니다."

그렇다. 이 작전이 잘 풀리면 카플까지는 몰아넣을 수 있 을 테고, 그렇게 되면 부장과 동등하다는 내 권한으로 상회 를 강제 수사할 수도 있으리라.

틀림없이 공작 측에서 압력을 가해 오겠지만, 오잉크가 올 때까지라면 버틸 수 있을 것이다.

방법은 뭐…… 우격다짐, **그 모습이** 되어 무력으로 해결 하는 방식이 되겠지만 말이지.

"오잉크 공이 돌아오는가……. 어쩌면 나는 이 나라의 전 환기를 보고 있는 건지도 모르겠군."

감회에 젖어 중얼거리는 그의 얼굴에는 나로서는 다 헤아 릴 수 없는, 만감이 뒤섞인 표정이 떠올라 있었다.

생각해 보면 내가 만난 기사, 로건 씨와 소피라 씨도 조직 이 어딘가 잘못됐음을 느끼고 있었다.

그리고 지금 눈앞에 선 그도 자신이 몸담고 있는 조직이 정상이 아님을 깨닫는 사건이 지금까지 몇 번이나 있었을 것이다.

그는 어쩌면 이 사건이 그것들을 바로잡아 주지 않을까, 하는 생각에 다다랐는지도 모르겠다.

"함정 수사 허가를, 받을 수 있을까요?"

"······알겠네. 붙잡으면 바로 길드로 연행할 수 있도록 준비해 두지. 성의 독방을 쓰면 공작파 인간이 방해할지도 모르니까."

낮게 웅얼거리듯 결의를 입에 담는 그를 보면서, 나도 다시 한 번 각오를 다졌다.

§ § §

바로 작전을 논의하고 실행에 옮겼다.

부장에게도 협력을 요청해 일반인으로 위장한 길드 인원을 상층의 카플 상회와 레콘 공작 저택 주위에 배치했다.

만에 하나 니스가 도망갈 경우, 그 아지트를 밝혀내기 위함이었다.

그리고 류에는 미끼이므로 지금부터 검도 장비하지 않은 채 사복 차림으로 거리로 나갈 예정이었다.

이 점에는 호크 씨도 난색을 표했지만, 우리 류에 씨와 가볍게 팔씨름을 한 뒤 남자의 자존심이 걸레짝처럼 너덜너덜해지고 나서야 승복했다.

와······ 그 힘에 보조 마법으로 강화까지 하다니, 이쯤 되면 외모로 사기 치는 수준 아닌가?

그리고 나는 무기 어빌리티를 속도 중시 구성으로 바꾸

고, 조금 후방에서 너무 가깝지도 멀지도 않은 거리를 유지하며 따라가기로 했다.

"그럼 나는 류에가 밖으로 나간 뒤 조금 있다가 출발할게. 마음대로 관광하다가 때를 봐서 인적 드문 곳으로 가줘."

"응. 너무 노골적이지 않게, 자연스럽게 말이지?"

"정말로 괜찮은가……. 물론 실력은 뼈아프게 깨달았지만, 마도구를 사용할 가능성도……."

"괜찮아, 호 군. 나는 오히려 그러는 편이 편할 정도야."

"호, 호 군……."

얘가 또 이상한 별명을…….

친근하게 구는 건 좋지만, 그래도 가릴 건 좀 가립시다.

"후후…… 호 군이라…… 하하하!"

기뻐하시네?

류에가 길드를 나서고 약 5분이 지난 뒤 우리도 출발했다.

류에는 이 주변의 음식점을 돌아보는 중인지, 가게 앞 메뉴를 손에 든 메모장에 적으며 걷고 있었다.

관심 있는 가게를 체크하고 있는 걸까?

가능하면 함께 돌아보고 싶지만 지금은 참자, 참아.

그 후로 류에는 중층을 구석구석까지 누비고 다녔다.

그리고 상층에 접어들려고 했을 때, 함께 있던 호크 씨가 입을 열었다.

참고로 호크 씨도 오늘은 사복이었다.

……다 큰 남자 둘이 어깨를 맞대고 걷는 건 제법 눈에 띈다고 생각하는데…….

"범인이 카플 아래에 있다면 여기부터가 진짜야. 미행이 시작된다면 이 부근부터일 테지."

그 말을 듣고 나도 다시 긴장의 끈을 조이고 어빌리티 구성을 재확인했다.

【웨폰 어빌리티】

[이동 속도 2배]

[민첩 +15%]

[도주 성공률 +50%]

[경직 감소]

[모든 능력 +5%]

[어빌리티 효과 2배]

[소나]

속도를 중시함과 동시에 구조가 복잡한 골목에서 활약할 [소나]를 세팅했다. 이제 맵 위에서 상대를 포착하면 놓칠 염려는 없을 것이었다.

여기에 [오감 강화]도 넣으면 편리하겠다고 생각했지만, 사람이 많아 시끄러운 장소에서 세팅하면 다른 잡음까지 과하게 들리기 때문에 역효과라는 사실을 알았다.

확인을 마치고 다시 전방을 바라보자 류에가 상층의 귀족 거리가 아니라 상회가 밀집한 거리로 가려는 참이었다.

교통량도 많으니까 여기서 느닷없이 기습받지는 않을 것이다. 한결 마음이 놓였다.

그 후, 얼마 지나지 않아 류에는 길가에 있는 어떤 상점을 물색하기 시작했다.

그러더니 한 상품을 손에 들어 계산했다.

"호크 씨, 신호입니다. 슬슬 돌아가서 인적이 드문 곳으로 이동할 모양이에요."

"그런가? 드디어 시작이군."

사전에 행동을 개시한다는 신호를 『물건을 산다』로 정해 놓았다.

류에가 걸음을 돌려 다시 중층으로 움직이는 것을 확인한 후, 우리도 한발 앞서 중층으로 돌아가 그대로 하층까지 내려갔다.

인적이 드문 장소, 그리고 과거의 범행 현장으로 미루어 볼 때 가장 범행이 일어나기 쉽다고 예상되는 야적장을 결전 장소로 마련했다.

이곳은 전에 류에가 의뢰로 방문한 장소와는 다른 곳이었지만, 아이들이 자주 노는 곳이었다.

그 아이들은 오늘 길드에서 사람을 파견해 다른 곳으로

데리고 갔다.

작전의 개요는 이러했다.

『아이들을 위해 선물을 산 류에가 오늘은 아이들이 없는 줄도 모르고 인적 드문 야적장을 찾는다』.

이것으로 속아 넘어가면 좋으련만······.

우리는 먼저 야적장 옆, 지금은 사용하지 않는 작은 관리소에 잠복했다.

인적이 적어진 터라 나는 다시 [오감 강화]를 세팅하고 귀를 쫑긋 세웠다.

류에가 공터에 도착했나 보다. 작은 혼잣말이 들렸다.

"오늘은 없나······."

그 한마디 연기가 촉발제가 된 것일까?

내 강화된 청력이 느닷없이 등장한 또 하나의 발소리를 포착했다.

곧바로 옆에 있는 호크 씨에게 눈짓해 니스가 나타났다는 사실을 알렸다.

그때, 젊은 남자의 탁한 목소리와 눈 위로 무언가가 풀썩 쓰러진 듯한 소리가 들렸다.

그 소리가 들린 순간 나는 이미 관리소에서 뛰쳐나오고 있었다.

지금 그 소리는 뭐지? 류에가 쓰러졌나? 그럴 리가, 너무 빠르다.

말 그대로 한순간에 공터에 도착한 나는 보았다. 눈 위에 엎어져 있는 한 사람을—.

그리고 무슨 일이 일어났는지 이해하지 못하겠다는 양 눈을 깜빡이는 류에를—.

"류에, 대체 이게 무슨 일이야?"

"무슨 인기척이 난다 싶어서 돌아봤는데, 그 직후에는 이미……."

곧바로 쓰러진 인물에게 다가가서 엎드린 몸을 발로 뒤집었다.

온몸을 흰 옷으로 뒤덮고 복면을 쓴 그 모습은 아무리 계절이 겨울이라지만 허용할 수 없는 수준의 수상함을 내뿜었다.

그런 그 녀석의 손에는 금속 지휘봉 같은 도구가 쥐어져 있었다.

내가 그것을 만지려고 하자 뒤에서 류에가 말을 걸어 제지했다.

"카이 군, 그건 마도구 같아. 나에게 맡겨주지 않겠어?"

류에에게 검사를 맡긴 차에 호크 씨가 뒤쫓아 왔다.

그는 순간 이 상황에 당황하면서도 곧장 포승줄과 수갑을 꺼내 쓰러진 인물을 엄중히 구속했다.

"이 녀석이 니스인가……. 참 싱겁게 끝났군……."

"류에, 뭐 좀 알아냈어?"

"아마 이건 상대의 의식을 강제로 잃게 하는 효과가 있는 모양이야. 이걸로 등 뒤에서 나를 기습하려고 했나 보지만, 내가 돌아봤을 때는 이미 기절해 있었어."

"튕겨 냈어……? 미리 마법이라도 썼어?"

"아니, 안 썼는데……. 혹시 이거 덕분인가?"

그렇게 말한 류에는 머리에 단 바레트를 빼 내밀어 보였다.

그것을 주의 깊게 조사하는 류에를 보고 나도 떠올렸다.

이 바레트에는 『착용한 사람을 수호한다』는 일화가 있다는 것을…….

이것을 팔러 온 상인은 쪽박을 찼다는 모양이지만, 류에는 제대로 지켜준 듯했다.

"으음…… 잘은 모르겠지만, 무슨 마법이 부여된 모양인걸. 내 마력조차 잘 통하지 않고 반사해 버려."

"그럼 역시 이걸 반사한 거군?"

"응, 맞아. 카이 군 덕분에 살았다고 봐야 하나?"

그렇게 말하니까 낯간지럽기도 하고 쑥스럽기도 하고…….

하지만 이 오빠는 잊지 않았습니다. 당신 마도사죠? 게다가 성기사고.

원래 마술 내성 엄청 높잖아요? 안 그래요?

그 점을 지적하자 「응, 맞아도 아마 무력화했을 거야」라는 그녀의 대답이 돌아왔다.

어쨌거나 우리는 정신을 잃은 남자를 길드로 연행하기로 했다.

§ § §

길드에는 이런 범죄자나 문제를 일으킨 모험가를 벌하기 위한 징벌방이 존재한다.

현재 나는 호크 씨와 함께 엄중히 구속되어 바닥에 누워 있는 니스를 내려다보고 있었다.

신음소리를 내며 눈을 뜬 니스는 우리를 보자마자 주변을 돌아보고 곧 상황을 파악했는지 불손한 태도를 보였다.

"데리고 와도 하필 이런 곳이냐? 간호하려거든 좀 더 멀쩡한 곳에서—"

"니스지? 너한테 들어야 할 말이 한두 가지가 아니야."

말허리를 끊어 버리고 내가 고압적으로 말했다.

그리고 갑옷을 입고 내 옆에 선 호크 씨에게 눈짓하자 그는 허리를 깊숙이 숙이고 힘 있고 절도 있게 앞으로 걸어 나왔다.

"모처럼 레콘 공작에게 마도구까지 빌렸는데 꼴이 말이 아니군. 가령 여기서 나가더라도 설마 그냥 넘어갈 거라고는 생각하지 않겠지?"

뜬금없이 공작의 이름을 들먹일 줄은 몰랐는지, 그 표정에 동요의 빛이 스쳤다.

그 순간, 나는 의미심장하게 씨익 웃어 보였다.

상대가 허점을 보였다면 여기서부터는 내 전문 분야였다.

호크 씨에게는 니스가 눈을 뜨면 밖으로 나가라고 미리 말해 놨다.

그리고 그때 내가 특별한 사람처럼 보이도록 경의를 담아 대응할 것도 일러뒀다.

아마 이 녀석은 나를『공작의 부하, 그것도 왕국 기사에게 인정받는 존재』라고 생각하지 않을까?

"너도 고생이군. 카플 따위에게 부려 먹히는 처지라니."

"⋯⋯너, 누구냐?"

"너희 두 사람이 지령서를 받았을 때 옆에서 지켜보던 사람이다. 나도 공작님에게 불려가 저택에 있었지."

거짓말은 하지 않았다. 하지만 이 녀석의 입장에서는「설마 자신들 말고도 같은 지령을 받은 인간이 있었나?」하고 착각하게 된다.

다행히 놈이 눈을 뜬 곳은 이 징벌방이었다. 이곳이 길드 안이라고는 생각하지 않을 것이다.

"뒤처리는 해 뒀지만, 한 가지 묻고 싶다. 왜 너는 여자들을 모두 죽였지?"

가능한 한 대답을 캐내기 위해 나는 계속해서 악역을 연기했다.

"원래 나는 암살이 전문이야. 게다가 이러니저러니 하면서 카플도 즐기는 눈치더라고. 나는 숨통을 끊는 순간의 표정을 좋아해서 기억용 마도구에 저장하고 있지."

나로서는 이해할 수 없는 행위를 자랑스럽게 떠벌리는 남자와 그것을 기뻐하며 수집했을 카플.

이해는 할 수 없었다. 하지만 그런 인간이 존재한다는 사실은 나도 알고 있었다.

이제 이 녀석에게 더 들을 이야기는 없겠다고 생각한 나는 놈의 자랑을 중단시키고 돌아섰다.

이 발언으로 카플 상회를 강제 수사할 대의명분은 얻었다.

이제 남은 것은—.

하지만 그때, 나는 듣고 말았다.

"그 백은장은 죽이면 안 된다고 들었지만, 가지고 노는 도중에 나이프를 살짝살짝 보여주면 재밌겠어. 분명—."

아, 그럼 안 되지.

솔직히 나는 타인이 지독한 일을 당해도 「그거참 불쌍하네」 정도로밖에 생각하지 않는 사람이다.

이렇게 수사를 맡긴 했지만, 그 밑에 깔린 것은 『어빌리티를 얻을 수 있을까? 나는 사람을 죽일 수 있을까?』하는 자기중심적인 감정과 눈곱만한 정의감이었다.

피해자의 한을 풀어주겠다느니, 원수를 갚겠다느니, 그런 감정은 품지 않았다.

만약 기회가 있으면 이 손으로 사람의 목숨을 빼앗는 것도 마다하지 않겠다, 그 정도의 생각으로 이 일에 임했다.

하지만 이 녀석은 순식간에 그런 내 마음을 뛰어넘어 절대로 건드려서는 안 될 영역에 뛰어들었다.

정신을 차리고 보니 내 검은 니스의 머리를 깊숙이 파고들어 있었다.

머릿속에 내 도를 넘은 감정을 급격하게 진정시키는 메시지가 흘렀다.

"……사람을 죽여도 어빌리티는 들어오는구나."

순식간에 벌어진 일이었지만, 그래도 손을 타고 전해진 감촉과 그 표정은 뚜렷하게 머릿속에 각인됐다.

분노 때문일까, 아니면 처음부터 각오했기 때문일까, 그것도 아니라면 『정신력』 스테이터스 덕분일까, 이렇다 할 죄책감이나 기피감은 느껴지지 않았다.

다만 공들여 잡은 인물을 허무하게 살해해 버린 일에 대한 아차, 싶은 기분이 있었다.

……됐어. 일단 호크 씨에게 설명하자.

"……그만 울컥해서 충동적으로, 말인가?"

"네. 죄송합니다."

"자네가 얻은 증언만으로는 카플에게 갈 수 없네. 그건 이해하겠지?"

호크 씨의 표정은 엄했다. 아마 향후 사태의 행방이 우려되기 시작했으리라.

하지만 나는 그에게 아직 전하지 않은 사실이 있었다.

함께 일한다면 가급적 대등한 입장에서 기탄없이 의견을 주고받는 편이 좋다고 생각해 지금까지 숨겨온 사실을, 지금 밝히도록 하자.

"호크 씨. 바로 길드 직원에게 부장을 불러오도록 말해주세요. 카이본이 부른다고요."

"……무슨 생각인가?"

"부탁합니다. 지금 바로요."

호크 씨는 의아해하면서도 빠른 걸음으로 방을 나섰다.

이제야 겨우 대의명분을 가지고 움직일 수 있겠다.

잠시 기다리자 호크 씨가 부장의 뒤를 따라 돌아왔다.

역시 길드의 부장쯤 되면 그 지위는 웬만한 귀족보다 훨씬 높은지, 호크 씨도 그녀의 뒤에 바른 자세로 대기하고 있었다.

"카이본 님, 이곳에서 니스를 죽였다는 건 이미 그에게 들어야 할 말은 다 들으신 거죠?"

여성이라고는 하나 부장을 맡은 이답게 대단한 담력이었다. 그녀는 눈썹 하나 까딱하지 않고 담담하게 확인에 들어갔다.

나는 그 말에 고개를 끄덕이고 지금부터 움직여도 될지 지시를 바랐다.

"그럼 이 규칙만은 지켜주세요. 카플을 살해하거나 입을 열 수 없게 만드는 행위, 그리고 관계없는 사람을 살해하지 말 것. 단, 고용된 호위병 등이 칼을 꺼내 들었을 때는 예외입니다."

"공작의 입김이 들어간 왕국 기사가 냄새를 맡고 몰려올 가능성은?"

"저택 내부에 공작과 연루된 증거가 있을 가능성도 생각해 볼 수 있습니다. 가능한 한 시급히 카플을 확보해주시면 그 후에는 길드 측에서 구속하겠습니다. 소동이 벌어지면 상회 안으로 기사가 돌입하려고 할지도 모르지만, 그때는 어쩔 수 없습니다. 최소한의 시간만 벌어주십시오."

"내가 공격받았을 때는?"

"공격받지 않을 수 있다면 그렇게 해주세요. 불가능하다면 즉시 그곳을 이탈하시고요."

빠르게 진행되는 이야기를 따라갈 수 없어 당혹스러워하던 호크 씨가 마침내 입을 열었다.

"무, 무슨 이야기를 하고 계십니까? 그에게 카플을 찾아가라는 말처럼 들립니다만……."

"네. 하지만 이건 아직 공표할 수 없는 사항입니다. 지금은 저희의 지시에 따라주셨으면 합니다. 호크 님은 잠시 후 저희에게 사건의 개요와 수사 내용을 모두 보고해주셔야 하므로 별실에서 기다려주십시오."

호크 씨는 조금 납득하기 어려운 눈치였지만, 결국 고개를 끄덕였다.

자, 그럼 마지막으로—.

"지금부터 저는 어떻게 움직이면 될까요? 은밀하고 신속하게? 아니면 제 존재를 과시하듯이?"

내 질문에 평소 표정 변화가 거의 없는 부장의 얼굴이 점차 유쾌함과 기쁨으로 일그러졌다.

"당신의 존재를 마음껏 이 나라에 각인시켜주십시오."

그 대답에 만족한 나는 오랜만에 또 그 모습으로 돌아가기로 했다.

§ § §

나는 상층을 향해 걸음을 옮겼다.

행인들은 길을 텄고, 주변의 시선이 나에게로 집중되었다.

하지만 그런 도중에도 내심 「조금 부끄럽다」는 생각이 드는 건 어쩔 수 없었다.

그래도 이 일은 이후 전개, 다시 말해 오잉크가 돌아와서 그대로 공작에게 총구를 들이대기 위한 포석이라며 자신을 북돋고, 사람들의 이목을 짐짓 당연한 것으로 여기며 오히려 짜릿하다고 생각하기로 했다.

형사 드라마에서 막 범인 아지트에 돌입하려는 주인공 같은 시추에이션이라고 자신의 마음을 달랬다.

상층에 도착해 마차나 상회의 심부름꾼으로 북적거리는 거리를 나아갔다.

이곳에서도 역시나 사람들은 나를 피해 길을 텄다. 그리고 마침내 주위 상회 사무소와는 비교가 되지 않을 만큼 큰 건물 앞에 도착했다.

"역시 으리으리해."

규모가 이쯤 되자 입구에도 번듯하게 문지기를 세워 놓았다. 그들은 한눈에 봐도 심상치 않은 내 모습에 경계를 강화했다.

나는 그 문지기에게 다가가서 말을 걸었다.

"길드에서 왔다. 지금부터 가택 수사를 하겠다. 난폭한 행동은 하지 말라고 들었다. 지나가게 해주지 않겠나?"

아마도 지금 나는 무척 무시무시하게 보일 것이다.

문지기가 순간 몸을 경직시키고 반걸음 물러섰다.

하지만 상대방도 자신의 직분을 다하고자 행동에 나섰다.

이쪽으로 창을 들이대고 위협을 담아 한 발 내딛으려고 한 것이었다.

"치료비는 길드에 요구해."

미안하지만 저도 급합니다. 얌전히 잠드십시오.

선수를 쳐서 손바닥으로 턱을 때려 기절시켰다. 상당히 힘 조절을 했지만, 그래도 걱정이었다.

아무리 나라도 직무에 충실할 뿐인 사람에게 손을 대는

건 미안하다고요.

나는 그대로 문을 열고 안으로 크게 소리를 질렀다.

"강제 수사다! 지금 당장 카플을 이곳으로 데리고 와라! 저항하는 자에게는 모든 폭력 행사가 허가되었다!"

조금 공갈해 보자 직원들이 부랴부랴 사무소 안쪽으로 들어갔고, 그와 거의 동시에 방금 문지기와는 다른 깡패 같은 남자들이 우르르 몰려나왔다.

그럼 그렇지. 역시 실력 행사용 요원을 뒀군.

그렇다면 봐줄 필요는 없었다. 나도 검을 들고 다시 한 번 주위에 선언했다.

"어디까지나 대항하려는 인간에게만 제재를 가하겠다. 시급히 카플을 이곳으로 데려—"

"시끄러워!"

정면에 선 남자 한 명이 말을 끊고 창을 앞세워 돌진해 왔다.

아, 이것이 진짜 대화창 테러…… 농담할 때냐!

하는 수 없이 본보기 삼아 맞대응했다.

우선 그 창을 붙잡았다. 아마 상당한 무게가 나갈 강철 창의 앞부분을 잡고 손목만 비틀어 간단히 구부러뜨렸다.

마치 엿가락처럼 맥없이 휘어 버린 그것을 보고 남자가 새된 소리를 냈지만, 이미 늦었다.

"미안하지만 도검류는 아웃이야."

아직 창을 잡고 놓지 않는 남자를 무기째로 잡아당겨 그

관성으로 칼을 찔러 넣었다.

역시나, 살인을 저질러도 아무 감정이 들지 않았다.

이 상황에 흥분한 것인지, 아니면 대의명분을 얻었다는 안도감인지, 그것도 아니면 상대방이 먼저 무기를 들었다는 사실에 죄책감이 사라진 것인지…….

한순간, 정말로 한순간에 거리낌 없이 사람 한 명의 목숨을 앗아가자 겨우 다른 직원과 깡패들의 얼굴에 공포가 드러났다.

그리고 거기에 후속타를 날리듯, 나는 『테러 보이스』를 발동해 다시 주위에 선언했다.

본래는 상대의 적의를 반사해서 마비시키는 기술이지만, 이 기술로 내 목소리가 깊은 심연 속에서 올라오는 듯한 무시무시한 소리로 변했다.

……솔직히 오래 들으면 나도 제법 소름 끼친다.

그러자 아니, 이럴 수가! 직원 중 한 명이 새파랗게 질린 얼굴로 다리를 부들부들 떨며 실토하는 것이 아닌가!

"회, 회장님은 이미 지하 창고로 달려가셨습니다……."

주변을 보니 남은 깡패 무리를 비롯해 경비병과 모든 직원들이 무릎을 꿇고 멀리서도 알 수 있을 만큼 몸을 떨고 있었다.

이미 저항할 의지는 없다고 판단하고, 나도 검을 거두며 그 용기 있는 직원에게 물었다.

"지하 창고에는 뭐가 있지? 바깥으로 통하는 피난 통로라도 숨겨 놓았나?"

"아, 아뇨…… 그런 건 딱히……."

"그럼 왜?"

"수, 숨어 있으려는 게 아닐까요?"

그렇군. 거기서 시간을 벌면 소동을 알아차린 왕국 기사와 공작의 수하가 구하러 오리라는 계산인가.

뭐, 내가 그러도록 내버려 둘 리가 없지만.

계단을 따라 지하로 내려가자 좁은 통로에 문이 여러 개 있었다. 그것들 하나하나가 보관고인 듯했지만, 그곳을 살펴보아도 카플은 코빼기조차 보이지 않았다.

하지만 그 통로 끝에 한층 거대한 문이 버티고 있었다. 마치 은행의 금고처럼 육중한 금속 문이었다.

가볍게 노크해 봤지만 내부에 공간이 있는 듯한 소리도 나지 않았다. 아무래도 상당한 두께를 자랑하는 듯했다.

이래서는 내 목소리도 들리지 않겠다 싶어서 나는 웨폰 어빌리티를 하나 더 추가했다. [이심전심]이었다. 이것을 세팅하면 범위 내에 있는 사람에게 말을 전할 수 있었다.

이 능력을 사용해 아마 안쪽에 숨어 있을 카플에게 말을 걸었다.

"더는 도망칠 수 없다. 니스를 이용해 길드 구성원을 살해한 죄, 그리고 길드 소속 백은장 모험가를 습격한 일. 이미 증언을 얻고 나온 강제 수사다."

그러자 안에서 숨을 삼키는 소리와 당혹감에 찬 목소리가 들렸다.

그야 그럴 테지. 원래 들릴 리 없는 소리가 머릿속에 울려 퍼지고 있을 테니까.

"뭐야?! 무슨 소리냐?! 너야말로 끝이다! 있지도 않은 증거를 날조해서 내 상회에 쳐들어오다니…… 너는 이제 끝났어!"

이 철벽 수비를 뚫지 못하는 한 놈은 자신의 죄도 인정하지 않거니와 포기하지도 않으리라.

그저 여기서 버티기만 해도 이길 수 있고, 누군가가 자신을 구하러 올 것이라고 믿으니까.

그럼 어디 한번 볼까? ……이 문이 용신을 봉인하던 그 얼음보다 단단할지.

【웨폰 어빌리티】

[생명력 극한 강화]

[컨버트 MP]

[경직 감소]

[찬탈자의 증거(투)]

[악식]

나는 어빌리티를 교체했다. 이번 콘셉트는 바로 착암기였다.

매초 회복하는 HP를 MP로 변환하고 공격 경직을 줄인다.

마지막으로 만약을 위해 세팅한 [찬탈자의 증거(투)]는 공격이 빗나가지 않는 한 공격 속도를 최대 150퍼센트까지 상승시키는 효과를 지녔다.

그리고 이번 표적은 앞에 있는 철문— 공격이 빗나갈 이유가 없었다.

덧붙여 [악식]은 덤입니다. 보세요, 이 척 보기에도 단단한 문을. 어쩌면 무기 성능이 오를지도 모르잖아요?

"그럼…… 하나, 둘~."

연속해서 찌르기를 쾅쾅 내질렀다.

"소용없다! 이 문은 아다만티움 합금으로 되어 있다!"

뭔지 모르겠지만 거창해 보이는 이름이었다. 그 자신감을 뒷받침하듯이 문은 내 연속 찌르기를 맞고도 관통될 기미가 없었다.

뭐, 그래도 구멍은 점점 깊어지고 있지만…….

"후하하하하, 소용없다, 소용없어! 이곳에는 식량도 물도 있다. 이대로 구조를 기다리며 농성하면 그만이다!"

그러세요. 저는 넓어지는 구멍을 관찰할 테니까요.

점점 손이 저렸지만, 문이 마지막 저항을 포기한 것처럼 갑자기 검이 깊숙한 곳까지 꽂혔다. 개통 공사가 완료된 것이었다.

마침내 뚫린 그 구멍을 들여다보자 카플이 핏기 가신 얼굴로 무서운 것이라도 본 사람처럼 떨고 있었다.

아니, 평범하게 생각해도 무섭겠지. 이거 입장이 반대라면 상당한 공포가 아닐까?

문을 두드리는 살인귀가 구멍을 뚫고 들여다본다…… 무서울 만하네.

"자, 알아서 나올지 끌려 나올지, 좋은 쪽으로 정해."

그 마지막 통보는 카플의 마음을 꺾기에 충분했다.

카플을 구속하고 상회 밖으로 나오자 길드에서 나온 지원 병력과 왕국 기사단이 눈싸움을 벌이고 있었다.

갑옷 의장으로 추측하건대 저건 틀림없이 공작의 수하일 것이다.

자세히 보니 달려온 기사단 가운데 유독 키가 작은 기사가 보였다.

아, 자세히 보지 않아도 소피라 씨군요.

"부장, 카플 확보를 완료했어. 상회 내 가택 수사를 개시해줘."

여전히 눈싸움을 계속하는 양 진영으로 다가가서 길드 측 선두에 선 부장에게 말을 걸자 그녀의 눈동자에 희미한 당혹감이 떠올랐다.

"그럼 카이본 님은 이대로 카플을 길드까지—"

"아니, 난 이 자리에 남도록 하지. 바로 상회 내부 수사를 실시해줘."

아마 이 균형을 깨는 것을 주저하는 것이겠지.

억지로 저택 안으로 들어가려고 하면 기사들에게 움직일 구실을 내주고 말 테니까.

하지만 쓸데없는 걱정이다. 왜냐하면―.

"안심해. 이자들은 한 발자국도 안으로 들여보내지 않아. ―『방해한다면 가차 없이 박살내겠다.』"

다시 테러 보이스를 발동하며 검을 대지에 꽂아 하늘로 마도를 쏘아 올렸다.

발밑에서 원기둥 모양 흑염(黑炎)이 치솟고 그 여파로 주변 사람들이 한 발 물러섰다.

이건 단순한 엄포였다. 파괴력 따위는 전혀 없는 엄포.

하지만 지금 모습과 이 목소리, 그리고 이 마도의 규모를 보고서도 감히 적대하려고 하는 기사는 이곳에 존재하지 않았다.

기사들은 상회로 돌입하는 길드 사람들을 쫓지도 못하고 서서 바라만 볼 뿐이었다.

그리고 나도 수사가 끝날 때까지 그냥 하염없이 허수아비처럼 기다릴 뿐이었다.

"다, 당황하지 마세요! 다들 아시잖아요? 임무는 카플 님과 상회를 지키는 거라구요!"

그저 분하게 나를 바라볼 뿐이던 기사들 중에서 용기 있는 목소리가 나왔다.

하필이면 당신입니까! 지금은 그냥 가만히 기다려주세요, 소피라 씨!

"큭, 수습 기사는 닥치고 있어! 나는 싫어. ⋯⋯죽고 싶지 않아."

하지만 소피라 씨는 겨우 기사다운 임무를 맡았다는 사실에 흥분해서인지, 주변 사람들보다 한층 작은 갑주를 몸에 걸친 채 앞으로 척척 나왔다.

"순순히 카플 님을 풀어주시죠! 이분은 왕가에 들어갈 물건을 다루는 중요한 인물입니다. 길드 측에서도 왕가와 대립하는 건 바라지 않으실 텐데요?"

풀 페이스 헬름으로 얼굴이 가려져 있었지만, 틀림없는 소피라 씨였다.

나는 바로 알아봤는데, 상대방은 내가 누군지 모르는 눈치였다.

으음, 얼굴이 조금 가려지고 눈매가 변했을 뿐인데⋯⋯.

"이 남자는 어떤 사건의 중요 참고인이다. 여기서 인도하면 그대로 종적을 감출 가능성이 농후하다."

"확실한 증거가 있습니까? 없다면 정말로 나라를 이분하게 될지도 모르는 사태라고요."

"내가 증인이다. 이래 봬도 모험가 길드 부장과 동등한 위치에 있지. 나름대로 발언력은 지녔다."

좀처럼 물러날 줄 모르던 그녀의 기세가 이제야 한풀 꺾였다.

좀 전까지 일행을 묶어 놓던 부장과 동등한 위치.

무력과 권력을 보이자 마침내 기사단은 얌전히 사태를 지켜보기로 결단한 모양이었다.

"카이본 님, 상회 내에서 피해자 여성의 의복이 발견됐습니다."

얼마 지나지 않아 부장으로부터 그런 소식을 전해 들었다.

의복이라니……? 아무리 그래도, 너무 기분 나쁘잖아!

"……들어라! 증거가 발견됐다! 지금부터 연행하겠다. 길을 열어라!"

나도 모르게 발치에 있는 카플에게 경멸을 담은 시선을 보내자, 그는 무어라 표현하기 어려운 표정을 지은 뒤 고개를 떨구었다. 이건 인정했다고 봐도 되겠지?

참고로 이 소식을 듣고 공작가에서 달려온 기사들(전원 여성)도 이 상황에서 임무를 속행할 수는 없다고 판단했는지 창칼을 거두었다.

§ § §

여기서부터는 시간과의 싸움이었다. 길드로 연행한 카플은 바로 취조를 받았고, 이대로 본 사건을 왕성에 보고하기로 했다.

내 역할은 언젠가 이 사건이 공표되었을 때 증언할 것, 그리고 아마도 마지막까지 저항할 공작 측에 대한 견제, 억지력이라고 들었다. 그러므로 지금은 얌전히 그날이 오기를 기다리라는 것이었다.

이리하여 마침내 긴 것 같으면서도 짧은 하루가 막을 내렸다.

"피로가 갑자기 몰려오네……."

방으로 돌아와 장비를 모두 해제하고 침대에 몸을 던졌다.

머릿속에 있는 것은 오늘 벌어진 일련의 사건과 앞으로의 일.

드디어 사람을 죽이고 말았다는 사실과 아마 조만간 나라의 중추로 불려가게 되리란 예측.

뭐, 살인에 관해서는 지금도 아무 감정이 들지 않지만…….

"스테이터스의 영향이라고 생각하고 싶지만…… 의외로 이런 인간일지도 모르지."

나는 원래 이런 인간이라는 생각도 마음속 어딘가에 있었다.

남보다 가망이 없다며 너무 일찍 포기해 버리고, 남보다 너무 일찍 실망해 버리고…….

솔직히 까딱 잘못하면 사회 부적응이라는 낙인이 찍힐 그런 성격이었다.

……의외로 이 세계로 온 것이 다행이었는지도 모르겠다.

"무엇보다도 여기에는—."

그때, 타이밍을 계산한 것처럼 사고를 중단시키는 노크 소리가 들려왔다.

"카이 군, 돌아왔어? 있다면 열어줘."

—그래, 이곳에는 그녀가 있다.

침대에서 벌떡 일어나 문을 열고 그녀를 방으로 들였다.

결국 류에는 습격당한 뒤 바로 마도구 해석을 하러 갔는데, 그 후로 무슨 성과가 있었을까?

"어떻게 됐어? 왠지 길드가 분주해 보이는데."

"무사히 카플을 연행했어. 지금은 후일에 대비해서 부장이 힘내고 있고."

"그래? 그런데 카이 군?"

갑자기 류에가 표정을 고치고 내 얼굴을 들여다볼 수 있도록 정면으로 돌아왔다.

그리고 어딘지 모르게 걱정스러운 표정을 짓고 빤히 바라봤다.

"……응. 평소의 카이 군이야."

"그래. 평소의 나야."

내가 니스를 죽였다는 말을 듣고 걱정했나…….

설령 사람에게서 힘을 얻을 수 있다는 사실을 알아도, 내가 아무렇지 않게 사람의 목숨을 빼앗는 인간임을 알아도 나는 나다. 변하지 않는다. 그러니까 이제 그런 얼굴은 하지 마.

아직 불안한 표정을 짓는 그녀의 머리에 나도 모르게 손을 뻗었다.

그러자 류에는 눈꺼풀을 살포시 내리깔고 내 **손**을 받아들여줬다.

……적어도 이 부드러운 머리가 내 앞으로 와주는 한, 나는 괜찮다.

착하지, 착해. 오늘은 평소보다 더 쓰다듬겠습니다.

"후후, 머리 장식 빠지겠어."

아아, 역시 이 세계에 와서, 정말로 다행이야—.

다음 날, 부장의 부름으로 류에와 함께 오잉크의 집무실로 향했다.

아직 이 방의 주인은 돌아오지 않았지만, 부장이 그 자리에서 이번 일의 전말을 이야기해줬다.

"결국 카플은 범행을 인정했습니다만, 그 저택에서 공작과 연루되었다는 단서는 찾지 못했습니다."

"제가 저택에서 놈들의 대화를 들었다는 것만으로는 증거가 되기 어렵나요?"

"현재 단계에서는 그렇죠. 하지만 아직 방법은 있습니다.

이번 건으로 카이본 님에게 왕국의 지위와 권력을 부여할지 말지에 대한 협의가 우리에게 유리해질 겁니다."

아무래도 이번 일로 『길드에만 힘 있는 사람을 배치하는 것은 생각해 볼 문제』라는 의견이 나왔고, 우리에게 고삐를 맨다는 의미에서도 『나라에 소속한 사람으로서 우대하여 받아들여야 한다』는 식으로 흘러가는 중인 듯했다.

얼마나 높은 지위를 부여할지로 협의가 또 난항을 겪고 있다고 하지만, 이 상황에서 오잉크가 참가하면 형세를 더욱 유리하게 끌고 갈 수 있다는 이야기였다.

아직 결정타가 부족한 상황이었다. 지금 움직이기보다는 오잉크를 기다리는 편이 낫지 않을까? 그렇게 판단했을 때, 집무실로 한 통의 서한이 도착했다. 부장이 그것을 개봉해 내용을 확인하자―.

"협의에 참고하고자 카이본 님과 만나 뵙고 싶다고 이 나라의 재상이 문의해 왔습니다. 수락하시겠습니까?"

"왕성으로 가기 위한 호기일지도 모르겠네요. 재상은 어떤 인물이죠?"

"그분은 어디까지나 중립입니다. 아마 순수하게 카이본 님을 평가할 생각이겠죠."

평가라……. 실제로 큰 권력을 가져도 그것을 휘두를 기회는 없을 테고, 사실 이번 일도 근본적으로는 오잉크에게 빚을 갚는다는 의미가 컸다.

의뢰 자체는 니스와 카플을 처단한 것으로 이미 끝났으니까 말이다.

하지만, 그래, 내가 권력을 얻어서 오잉크가 비원을 달성할 수 있다면, 그것으로 귀찮은 굴레를 억지로 벗겨낼 수 있다면—.

"카이 군, 힘내! 아마 여기에 모든 것이 걸려 있으니까!"

"안 돼, 하지 마! 압박 주지 마!"

"후후후, 괜찮아, 괜찮아. 카이 군은 어떤 때라도 최강이야. 내가 그렇게 정했어. 그러니까 그 누가 상대든 절대로 지지 않아."

천진난만하게 웃으며 그런 말을 하면 나는 아무 말도 할 수 없다.

아, 그래. 그렇지. 나는 최강을 무찌른 최강이다. 이 정도가 무슨 대수인가.

이 세상 아버지들이 자식에게 「아빠 힘내세요!」라고 응원받을 때, 분명 이런 기분일 것이다.

좋았어. 재상이든 뭐든 상관없다! 내가 바라는 결과를 쟁취하러 가 보자.

그 후로 두 시간 정도 방에서 류에와 함께 시간을 보내자 재상이 길드에 도착했다는 소식을 전해 들었다.

"자, 그럼 나는 다녀올게."

침대에서 뒹구는 류에게 그렇게 말하고 완전 무장으로 기합을 넣고 방을 나섰다.

재상은 이미 응접실에서 기다리고 있었다. 예의상으로는 내가 먼저 대기하고 있어야 했겠지만, 일부러 뒤늦게 입실하여 선제공격을 할 속셈이었다.

가면도, 눈동자도, 날개도, 뿔도.

모든 곳에 패기를 두르고 문손잡이를 잡았다.

이 모습에 어울리는 행동을……. 이 자리를 지배하기에 어울리는 박력을…….

나는 천천히 문을 열었다.

"실례하지."

방에 한 발자국 들어가서 바로 소파에 앉은 노인에게 눈길을 보냈다.

자, 어떻게 반응할 테냐?

"죄……."

응?

"죄…… 죄소…… 죄, 죄소……."

잠깐, 나 아직 「실례하지」라고밖에 안 했는데?

"죄죄죄죄죄죄죄죄, 죄송합니다……. 무어, 무무, 무어라 사사, 사과를……."

아, 이 나라에도 큰절을 올리는 문화가 있었군요. ……괜히 미안하다.

겨우 냉정함을 되찾은 재상과 함께 자리에 앉았다.

아직도 식은땀을 흘리는 그 모습은 나이에 어울리는 할아버지처럼 보였다. 기합을 잔뜩 넣은 스스로가 괜히 치졸해 보여 무안함과 어색함이 밀려왔다.

……마왕 세트는 해제하자.

"대화를 위한 자리이니 일단 지금은 온건하게 이야기를 나누죠. 편하게 말씀하십시오."

네가 그런 말 할 자격이 있냐고 나 자신을 타이르며 웃는 얼굴로 말문을 텄다.

그러자 내 급격한 태도 변화에 어리둥절한지 재상은 눈을 끔뻑거리더니 참았던 숨을 죄 쏟아내며 쓰러지다시피 소파에 앉았다.

"다시 인사드리겠습니다. 이 나라의 재상을 맡고 있는 헬리오르입니다."

"그럼 저도 인사하겠습니다. 모험가 길드 소속 SS랭크 모험가로, 부장과 같은 지위를 받은 카이본입니다."

사과부터 하게 됐지만, 무사히 서로의 이름을 교환했다.

이로써 겨우 안전하다고 확신했는지, 또 한 번 헬리오르 씨의 어깨에서 힘이 빠진 듯 보였다.

정말로 죄송합니다. 제가 너무 힘을 주는 바람에…….

"이번 일에 관해 진심으로 사과드리고자 이렇게 찾아왔습니다. 그리고 조만간 왕성에서 정식 사과를 드리기 위한 일정을 조율하고자 합니다."

"그랬군요. 저는 이번 일에서 그치지 않고, 더 나아가 흑막에 관한 이야기를 들을 수 있으리라 생각했습니다만……."

"……역시 오잉크 님께 들으셨나 보군요."

"아뇨. 제 쪽에서 독자적으로 조사한 결과입니다."

숨 쉴 구멍은 남겨줬지만, 아직 방심할 수는 없었다.

아무래도 상대방도 오잉크와 공작의 불화를 아는 모양이었다. 나는 어디까지나 나 개인으로 움직이고 있음을 강조했다.

내가 단순한 억지력이 아니라고, 최소한 그 정도는 할 수 있다고, 암묵적으로 전하기 위해서…….

"그러셨군요……. 뭔가 생각이 있으시다면 들려주실 수 없겠습니까?"

"지금 단계에서는 말할 수 없습니다. 하지만 가까운 시일 내에 왕성에서 밝히게 될 겁니다."

왕국 측으로부터 내 지위를 인정받고 확고한 발언력을 얻으면 그때부터가 진짜 승부처였다.

국왕과 수많은 귀족들이 사방을 둘러싸 도망갈 곳이 없는 그곳에서 공작을 고발하는 것이다.

"그럼 되도록 이를수록 좋겠군요……. 지금 바로 돌아가서 일정을 조정해 보겠습니다. 이르면 내일 오후에 국왕 폐하를 알현하실 수도 있을 겁니다."

나라로서도 길드와 대립각을 세울 생각은 없다는 뜻이겠지.

아무리 내가 길드 내에서 지위를 얻었다고 해도, 기껏해야 국내에 존재하는 조직의 일원에 지나지 않았다.

그런데도 불구하고 재상은 처음부터 알현 기회를 마련할 생각이었다고 말했다.

솔직히 이례적이라고 할 수 있는 대응이었다. 하지만 그것도 지금까지 오잉크가 쌓아 온 공적 덕분일 것이다.

『섣불리 길드와 반목하면 최악의 경우 나라를 이분하는 분쟁으로 번질 수 있다.』

나라가 그렇게 생각할 정도로 조직을 크게 성장시킨 오잉크의 행적에 먹칠을 할 수 없었다. 나는 다시 생각을 되돌렸다.

"알현에는 이번에 피해를 당한 제 동료도 동행하겠습니다. 문제없겠죠?"

"물론입니다. 그럼 저는 어서 폐하께 이 안건을 진언하러 가겠습니다."

……처음부터 나를 부를 생각이었다면 내가 처음에 위압할 필요도 없지 않았을까?

하지만 이것으로 형세는 우리 측으로 기울 것이었다.

재상을 배웅하고 나도 이 일을 부장에게 보고하러 갔다.

"흠, 생각보다 행동이 빠르군요……."

"네. 솔직히 쓸데없이 위압감을 줘서 어쩌나 미안하던지……."

"아뇨. 쓸데없진 않습니다. 하지만…… 이렇게 빠르면 오잉크 님이 제때 오시지 못할지도 모르겠네요."

"……그렇군요. 우리뿐이라면 그나마 다루기 쉽다고 생각한 걸까요?"

나에게 귀족이나 왕족을 상대로 교섭할 수완은 없었다.

오잉크가 직접 나서기 전에 먼저 길드의 간부급인 나와 협상을 봄으로써 『이미 끝난 일』로 만들 요량이 아닐까.

"하지만 우리는 카플의 신병을 확보했습니다. 아무 일도 없다면 우리의 의도대로 진행될 겁니다."

확신이 있는지 부장의 얼굴은 밝아 보였다.

하지만 『방심하면 큰코다친다』고 경고하듯 노크 소리와 함께 보고가 날아들었다.

연락원의 보고에 의하면 방금 마물 마차 한 대가 도시 밖으로 나갔다고 했다.

그것은 공작가의 마차이며, 본인도 타고 있었다고 한다.

설마 도망쳤나? 한순간 그렇게 생각했지만, 이 타이밍에 도주는 자충수였다.

왜 이 타이밍에 공작이 움직였을까, 나와 부장은 생각에 잠겼다. 그때ㅡ.

"누굴 마중 나갔나? 어쩌면 오잉크 아닐까! 사실은 사이가 좋았을 가능성도……?"

"류에, 어느 틈에 왔어?"

"방금 보고받을 때 몰래~. 후후, 놀랐어?"

심심함을 주체하지 못한 류에의 장난과 농담 같은 고찰에 초조한 마음이 조금이나마 누그러들었다.

"마중하러…… 아니라고 단언할 순 없군요. 다만, 상대는 총수님이 아니라 렌 님입니다."

하지만 그 농담이라고 생각한 말이 부장의 표정을 심각하게 일그러뜨렸다.

"그게 무슨 말이죠?"

공작과 렌 군이 관련되어 있다고? 설마…….

"부장님, 그 청년은 이 나라에서 소환했죠? 그리고 길드에 맡긴 이유는……."

"……특정 파벌에 두면 힘의 균형이 무너지기 때문이라고 국왕 폐하가 직접 총수님께 맡기셨습니다."

"……그 특정 파벌이란 게, 공작이었어요?"

"예. 해방자 소환은 공작 주도하에 이루어졌으니까요."

그랬군……. 그래서 왕은 이 점에 위기감을 느껴 그를 외부 세력에게 맡겼고, 이번에는 공작이 위기감을 느끼고 다시 해방자를 포섭하고자 획책한 건가.

"이거, 귀찮게 될지도 모르겠네요……."

그 청년이 나타난단 말이지……. 오히려 바라던 바다.

나는 남몰래 이후의 시나리오를 구상하면서 류에와 함께 방으로 돌아왔다.

　"그런데, 왜 너는 내 방에 있어?"

　"그야 임금님과 만날 거잖아? 이번 일을 사과 받으면 무슨 소원을 빌지 함께 생각하려고."

　"어머, 얘 욕심 좀 봐."

　"흐흥, 좋은 아내는 욕심꾸러기지."

　아내를 자처하는가. 그럼 잠자리에서 사랑을 속삭이는 것도 좋은 아내의 업무에 포함되나?

　"에잇."

　"꺄! 그만, 어딜 만져!"

　아니, 한번 만져 봤을 뿐입니다. 말랑말랑, 오돌오돌.

　과연, 엘프의 귀 끝에는 연골이 들었을까? 오랜 세월 품어 온 수수께끼가 지금 밝혀진다!

　탄력이 있지만 내부에 조금 단단한 감촉이 느껴지는군요. 흐음, 호오…….

　"그만! 갑자기 무슨 짓이야?"

　"아내라고 해서 만져 봤을 뿐인데요?"

　"어우…… 갑자기 그러면 깜짝 놀라잖아."

　……그럼 앞으로는 사전에 확인하고 만지겠습니다.

　이렇게 놀고 있을 때가 아니란 것은 알지만, 역시 나도 익숙하지 않은 일이 계속되면 마음의 평온을 바라게 되는 법이었다.

다음 날 아침, 성에서 손님이 왔다는 보고를 받고 인물을 확인하러 방을 나섰다.

그곳에 있는 사람은 사건 이후 얼굴을 볼 기회가 없었던 호크 씨였다.

우리의 신원을 알았는지, 호크 씨는 어딘지 모르게 거북한 모습이었다. 나는 그에게 예전과 변함없이 인사했다.

"오랜만이네요, 호크 씨. 무슨 전달사항이라도 있나요?"

"아, 아뇨, 그…… 지금까지 카이본 님께 그런 태도를—."

"그건 그냥 넘어가 주세요. 지금까지 하셨던 대로 해주시면 됩니다."

"그, 그럴 수는……."

나는 부탁하듯이 물끄러미 호크 씨를 바라봤다.

내가 생각해도 남자가 이렇게 바라보면 짜증 날 듯했다. 하지만 효과는 있었나 보다.

"아, 알았으니까 그렇게 처다보지 말게. 재상님의 전언일세. 『알현은 정오부터』라고 하시더군. 나는 두 사람을 데리고 갈 안내원인 셈이지."

"역시 그랬나요……. 생각보다 빠르네요."

그렇다면 렌 군과 공작은 그 시간에 맞춰서 돌아오는 것일까?

"알현이라면 그에 맞는 복식을 갖춰야겠죠?"

"카이본 군은 저번 그 모습으로 가면 문제없지 않겠나?"

"아하, 그럼 류에에게 전하고 올게요. 장소에 맞게 차려입으라고."

그런 이유로 류에에게 알현 자리에 어울리는 예복이 없는지 물어보았는데, 「그렇다면 좋은 게 있어」라고 하더니 출발할 때까지는 비밀이라며 자기 방문을 걸어 잠갔다.

그리고 약속한 시각이 다가오자, 나는 길드 홀에서 호크 씨와 수다를 떨며 류에를 기다리기로 했다.

"역시 눈에 띄는군, 카이본 군."

"그러고 보니 이 도시에 오고 나서는 그다지 이 복장을 하지 않았죠."

저번 강제 수사 때 말고는 보인 적이 없었다. 길드에 있던 사람들이 모두 멀찍이 떨어져서 나를 힐끔거렸다.

새삼스럽지만 이 복장은 참 마왕님 같단 말이야…….

그때, 주위 시선이 나에게서 떨어지는 느낌을 받았다.

그와 동시에 탄식 같기도 하고 한숨 같기도 한 소리가 들려 주위를 둘러봤다.

그리고 그 시선을 모으는 원인인 인물을 발견했고, 나도 주변 이들과 똑같은 소리를 내고 말았다.

"오오……."

4층에서 이어진 계단에서 한 기사가 내려오고 있었다.

하얀 드레스에 백은색 가슴 보호대, 그리고 팔 윗부분까지 덮는 백은색 건틀릿.

기장이 긴 드레스였지만, 얼핏 보였다가 사라지는 다리에도 같은 색 그리브를 장비했다.

가슴팍에는 기능보다도 장식을 우선했는지 살짝 트임이 들어갔다.

그리고 드레스에는 금실 자수와 레이스가 있었고, 모든 방어구에도 비슷한 장식이 포함되어 전체가 통일감을 줬다. 그야말로 『드레스 아머』라는 이름에 걸맞은 장비를 착용한, 명실상부한 『성기사』가 눈앞까지 다가왔다.

"류에…… 멋져. 정말로 근사해."

"후후, 쑥스러운걸. 오랜만에 이 갑옷을 입었는데, 이상하지 않아? 호 군."

류에는 변함없는 애칭으로 호크 씨에게 옷이 괜찮은지 물었다.

호크 씨는 먹이를 기다리는 잉어처럼 입을 뻐끔뻐끔한 뒤 침을 꿀꺽 삼켰다.

"……이 나라 어딘가에는 강대한 힘을 지닌 용신이 봉인되어 있고, 그 곁에는 그것을 봉인한 여신이 있다고 전해지는데, 그야말로 그거군. 전승에 나오는 여신 같아."

"여, 여신? 왠지 쑥스러운걸~!"

"미, 미안하오! 여성에게 난데없이 이런 소릴……."

호크 씨, 그게 아닙니다.

류에는 『여신 같다』고 해서 쑥스러워하는 것이 아니라, 정말로 『자신이 여신이라고 전해지는 일』 때문에 쑥스러워하는 겁니다.

바로 그 본인이거든요. 좋겠네요, 그쪽은 여신님이라서! 나는 마왕인데!

어쨌거나 나나 류에나 이 모습이라면 알현도 문제없다는 것을 확인하고 왕성으로 출발했다.

도시 주민들의 반응에 익숙하지 않은 류에와 함께 상층을 가로질러 왕성 앞까지 왔다. 나? 나야 이런 반응에는 이골이 났죠.

하지만 문지기는 이 모습에 경계심을 품지 않을 수 없나 보다.

그래도 호크 씨를 보고 상황을 이해했는지, 다소 어색하게나마 길을 열었다.

성내는 모 테마파크처럼 아름답게 장식되어 있지는 않았지만, 몸에 절로 힘이 들어가는 장엄한 분위기에 휩싸여 있었다.

물론 규모는 전에 방문한 공작 저택과 비교조차 되지 않았고, 화려하지 않은 반면 소품 하나하나마다 역사와 사연이 깃들어 있을 것 같은 정숙한 박력이 느껴졌다.

하지만 신기하게도 시종이나 성내 경비병이 어디에도 보이지 않았고, 그렇게 생각해서 그런지 긴장감이 감돌았다.

그리고 그런 분위기는 성으로 깊숙이 들어갈수록 강해졌다.

"어제 재상 할아버지를 놀라게 한 영향인가……."

"예고도 없이 그 모습으로 나타난 건가? 어쩐지 오늘 병사 배치가 전시 사항과 같더라니."

"그럼 설마 알현실에 쭉 늘어서 있기라도 한가요?"

"아마도. 흠, 카이본 군, 괜찮겠나?"

"괜찮습니다."

괜찮다. 오늘은 류에가 옆에 있다.

내가 이상적으로 꿈꾸는 성기사를 고스란히 현실로 옮긴 것 같은 그 모습.

그런 류에가 보고 있지 않은가. 어찌 꼴사나운 모습을 보일 수 있으랴.

뭐든 덤빌 테면 덤벼 보라는 심경이었다.

그리하여 성 최심부에 들어서자 바닥에 깔린 카펫이 붉게 변했다. 마침내 이 순간이 왔다고 각오를 다졌다.

같은 색 계단 끝에는 흰 석재로 만들었을 거대한 문이 버티고 있었다.

그 섬세한 세공과 놀라운 조각에 눈길을 빼앗기면서도, 그 앞에서 기다리고 있을 이 나라의 중진들에게 의식을 돌리고 한 걸음 앞으로 나갔다.

호크 씨의 역할은 여기서 끝난 모양이었다. 이곳부터는 나와 류에 둘뿐이었다.

"아름다운 문이지만 흰색뿐이니까 좀 단조롭지? 역시 예쁜 파란색을 조금 넣는 편이 좋을 것 같다고 생각하지 않아?"

"너, 정말로 한결같다? 긴장 안 돼?"

"응?"

류에가 무슨 소리냐고 묻는 듯 고개를 까딱 기울이는 것을 보고 내 긴장감마저도 한순간 빠져나갔다. 하여간, 못 당하겠다.

류에의 기질일까? 아니면 의도한 것일까? 뭐, 진실이 무엇이든 간에—.

"……정말로 최고의 파트너야."

"응? 무슨 말 했어?"

평소와 다를 바 없는 류에에게 마지막 용기를 나눠 받고 마지막 한 계단에 발을 올렸다.

§ § §

"SS랭크 모험가 카이본 님, 아울러 S랭크 모험가 류에 님께서 도착하였습니다."

문 앞에 선 기사가 우리의 이름을 밝히자 천천히 문이 열렸다.

흐트러짐 없이 곧게 깔린 진홍색 카펫은 옥좌로 이어졌다.

옥좌에 앉은 이는 장년의 미장부였다.

나이는 마흔을 넘지 않아 보였다.

"저자가…… 전날 하늘을 꿰뚫은 흑염의……."

"상위 마족…… 아니, 저런 모습은 본 적이……."

그리고 알현실에는 왕성에서 근무하는 귀족 관료들과 근위 기사들이 대기하고 있었다.

들려오는 수군거림에 우선 선제 펀치가 먹혔음을 확신했다.

하지만 이 자리의 주인인 왕은 눈썹 하나 까딱하지 않고 조용히 우리를 바라보고 있었다.

한 걸음, 또 한 걸음, 어전으로 걸어 나갔다.

그리고 단상을 올려다보는 위치까지 와서 똑바로 왕의 얼굴을 직시했다.

불경의 극치. 곧 주위에서 적의가 담긴 시선이 꽂혔다.

하지만 나는 왕의 입이 열리길 그저 묵묵히 기다렸다.

"……흠, 확실히 쉬운 상대는 아닐 듯하군. 잘 왔네, 마족의 왕이여."

"왕을 자칭한 적은 없지만…… 반갑소, 국왕."

"아, 반가워. 방금 들었겠지만, 내가 류에, 이쪽이 카이 군이야."

잠깐만, 지금 그건 아니지!

류에 씨, 오, 제발! 아무 말도 하지 마, 잠깐 입 다물고 있어!

"크크, 하하하하! 그래, 류에 공과 카이 공이로군. 그렇다면 나도 이름을 밝히는 것이 도리겠지."

갑자기 분위기가 누그러들었다. 왕도 표정을 풀고 이름을 밝혔다.

"22대 엔드레시아 국왕, 엔드레시아다."

"응. 반가워, 엔 군."

"……미안하오, 국왕."

왜 이렇게 털털해?

얼마 전 공작 앞에서는 의연하게 행동하고 정중한 말도 썼잖아?

누구는 위압감에 밀리지 않으려고 필사적으로 거드름 피우며 인사했거늘…….

"엔 군이라…… 하하하하하! 오잉크조차 그런 식으로 부른 적은 없었다."

그런데…… 이게 호감을 산 거야?

그래도 역시 주위에서는 그렇게 생각하지 않는지 아까부터 헛기침 소리가 여기저기서 들려왔다.

흠, 우리 딸내미도 태도에 문제가 있지만, 우습게 보이는 것도 마음에 들지 않는군.

"호오, 이곳은 먼지가 많은가 보지? 그럼 조금 청소라도 해줄까?"

주변을 돌아보면서 아주 조금이지만 흑염을 몸에 휘감았다.

순식간에 주위가 쥐 죽은 듯 조용해졌고, 왕도 표정을 다시 딱딱하게 굳혔다.

"미안하게 됐네. 바로 본론으로 들어가지."

왕은 우선 처음으로 이번 사건에 관해 언급했다.

자신들의 잘못으로 초동 수사가 늦어진 점, 기사를 대대적으로 움직이지 않은 점, 그리고 무엇보다도 자신들과 친밀한 상인이 그런 행동을 해 버렸다는 점에 관해서 입을 열었다.

"내 깊이 사과하겠네. 참으로 미안하네."

조금이지만 확실하게 왕이 머리를 숙였다.

그것이 얼마나 큰 의미를 지녔는지는 주위의 반응이 가르쳐줬다.

"폐하! 머리를 드소서! 왜 고작 길드 인간에게 이런—"

"닥쳐라! 이건 어제오늘 시작된 문제가 아니다. 우리가 여태껏 길드에 얼마나 많은 도움을 받는지, 잊지는 않았을 텐데?"

"허나……!"

측근 중 한 명일까?

헬리오르 씨와 가까운 곳에 있던 초로의 남성이 목청을 높여 항의했다.

"……그 사과로는 아무것도 해결되지 않소. 그건 알고 계시리라 믿소만."

"크크, 역시 그렇게 나오는가? 카이본, 귀공은 무엇을 원하는가?"

왔다. 여기가 승부처다.

이 상대에게 아마 흥정 따위는 통하지 않으리라. 나는 단순하게 목적을 밝혔다.

"지위와 그에 맞는 권리를 바라오."

"호오, 권리?"

"그렇소. 나는 그저 힘을 과시할 뿐인 폭군이 될 생각은 없소. 도의에 반하고, 지위를 내세우며, 평화롭게 사는 이를 해하는 자를 이 손으로 처벌할 권리를 원하오."

내가 원하는 것은 이름뿐인 지위가 아니라 심히 독선적인 것.

앞으로 나의 미래가 무언가에 속박되지 않기 위한 지위.

같은 길을 나아갈 동료를 지키고, 그 길을 가로막는 자를 배제하기 위한 권리.

그리고— 지금도 나를 동료라고 불러주는 오잉크의 비원을 달성하기 위한 힘을…….

"단순한 지위가 아니라 죄인을 직접 처벌하겠다? 내 나라의 백성을 그 손으로 해할 권리를 내놓아라, 지금 그리 말하는 것이군?"

그 직후, 머리 위에서 강렬한 압박감이 쏟아졌다.

이것이 진짜 왕의 위압, 나라의 정점에 군림한 압도적 카리스마……!

공포? 경외? 아니다.

이건 흥분이다. 고양(高揚)이다.

무슨 수를 써서라도 원하는 것을 쟁취해 내고야 말겠다.

이 왕에게서 바라는 결과를 거머쥐고야 말겠다.

그런 의지를 담아 소리 높여 외쳤다.

"그래, 그렇다! 나에게 내놓아라!"

"……이리도 당당하게 말하는가. 과연, 참으로 재미있는 사내다."

입꼬리만 올려 거만하게 웃으며 왕이 옥좌에서 일어섰다.

이미 주변 사람들은 누구도 감히 참견하지 못하고 그저 이 상황을 지켜볼 뿐이었다.

한 걸음, 또 한 걸음 나에게 다가오는 왕에게, 나도 한 걸음을 내디뎌 다가섰다.

서로의 시선이 같은 높이에서 교차하려던 바로 그때였다.

알현실의 문이 거칠게 열렸다.

공기마저 소스라치게 하는 그 굉음과 함께 나타난 것은 다름 아닌…….

"속지 마십시오! 폐하, 그자는 이 나라에 화를 불러올 마왕입니다!"

4장

마왕과 해방자

나타난 것은 역시 예상했던 그 인물이었다.

칠성 해방의 사명을 띠고 이 땅에 소환된 해방자 청년.

안녕? 마인즈밸리 이후로 처음 보는구나, 렌 군.

"저기, 카이 군. 나도 피해자니까 뭘 받아도 되지 않을까?"

"흠…… 그렇군. 류에 공에게도 사과해야겠지. 무엇을 원하는가?"

그때, 상황 파악을 하지 않는 한 처자가 난데없이 그런 제안을 했고, 이어서 임금님까지 그 제안을 받아들였다.

"으음…… 엔 군은 임금님이니까 좀 세게 불러 볼까?"

"크큭, 너무 괴롭히진 말게."

……아, 이 임금님, 나랑 같은 타입이다.

이렇게 눈에 띄게 등장했는데도 렌 군을 완전히 무시하고 있다.

그리고 여전히 류에 씨는 마이웨이고요.

한편, 정작 렌 군은 어떻냐면—

"저는 솔트버그 영주에게 이야기를 들었습니다! 그 녀석은 영주의 아들을 인질로 잡고 거금을 요구했습니다! 그뿐만이 아니라, 마인즈밸리의 마물 범람도 그자가 나타난 직후에 일어났다고요! 이건 우연이 아닙니다!"

아, 역시 공작이 있는 말 없는 말로 바람을 넣었나 보군.

그렇다면 다음으로 나올 말은ㅡ.

"며칠 전에는 상인이 잡혔다고 들었습니다. 하지만 그동안의 행실로 보아 배후에서 조종하던 이는 저자일 가능성이 높다고 생각하지 않습니까?! 공작은 저자가 지금 이 나라의 권력을 얻고자 암약하고 있다고 저에게 도움을 요청했습니다. 폐하, 다시 한 번 묻겠습니다! 그 남자에게 정말로 권력을 줄 생각입니까?! 그 힘에 굴할 생각입니까?! 자, 저에게 명령해 주십시오! 저 남자를 제 손으로ㅡ."

뭐야? 자기도취가 심한데?

나도 남 말 할 처지가 아니라고? 아뇨, 그건 연기죠.

하지만 렌 군은 이게 본래 성격인지, 단순히 선동된 건지, 지금도 악착같이 자신의 증언을 들으라며 호들갑스럽게 웅변했다.

그러자 몇몇 귀족들이 거기에 찬동하듯 나를 노려보기 시작하는 것이 아닌가.

"아…… 엔드레시아 왕? 뒤에서 뭐라고 시끄럽게 떠드는데 어떻게 하죠?"

"음? 갑자기 어투가……."

"아니, 이제는 꾸미는 것도 바보 같아져서 관두려고요."

"나로서는 귀공에게 힘을 준다는 것에 부정적이지 않아. 하지만 이렇게 되면……."

"……제가 왜 권력을 바라는지 설명이 필요합니까?"

주위에 들리지 않도록 목소리를 낮춰 말을 나눴다.

잘 보니 왕의 표정에는 난처함…… 아니, 피로함이 엿보였다.

아, 이 사람도 렌 군 때문에 지쳤나 보군.

"인정하고 싶지 않지만, 내 이복형인 레콘 공작 때문이렷다?"

"네. 저희에게는 이미 작전이 있습니다. 하지만—."

전혀 반응하지 않는 나와 왕이 마음에 들지 않았는지 렌 군이 우리에게 척척 다가왔다.

마치 불꽃을 품은 듯 활활 타오르는 눈빛으로 다가오는 그의 얼굴에는 절대적 자신감과 정의를 수행하는 자신에게 도취된 듯 일그러진 웃음이 떠올라 있었다.

"폐하, 다시 한 번 생각하십시오! 누가 진실을 말하고 있는지, 그리고 모든 흑막이 누구인지를!"

"……알았다. 우선 네 이야기를 듣지. 별실에서 기다려다오."

"……?! 믿지 않으시는 겁니까? 다른 사람도 아닌 제 말을—!"

아마 전면적으로 자기를 긍정해주리라 믿었던 왕이 바로 자기 편에 서 주지 않는 것에 화가 났는지, 그 눈동자에 더욱 증오의 빛이 섞였다.

아니, 그런 눈으로 봐도 곤란한데…….

"진정해라, 렌. 나중에 내가 직접 그대의 이야기를 듣겠다. 그러니 지금은 물러나 주지 않겠나?"

"그, 그리 말씀하신다면……."

그 발언에 기분이 풀렸는지 렌 군은 마치 승리를 확신한 것 같은 눈빛으로 나를 보며 퇴장했다.

"저기, 카이 군. 저 애는 이미 길을 잘못 든 게 아닐까?"

"뭘 이제 와서……."

왕이 모든 이에게 퇴실을 명해 셋이서 이야기할 자리를 마련해줬다.

물론 지금 그 소동의 영향으로 왕의 명령에 반발하는 사람도 있었지만, 왕은 그것을 일갈로 일축해 버렸다. 그도 상당히 스트레스가 쌓여 있다고 짐작할 수 있는 부분이었다.

"방금 렌이 한 이야기 말인데…… 카이본 공도 말해주지 않겠나?"

우선 나는 렌 군의 증언을 하나하나 정정했다.

"그랬군. 아마도 공작이나 그 입김이 들어간 자들이 렌을 구슬렸겠지……."

"오늘 안에는 오잉크도 도착할 겁니다. 제 결백은 그녀가 증명해주겠죠."

"그, 그래, 오잉크 공도 오는가?"

문득 한순간이었지만 왕이 겁먹은 듯 보였다.

거북하게 생각하는 것일까?

오잉크는 왕에게 있어 직접 담판을 벌일 수 있는 사람, 뿐만 아니라 자기 부하조차 아닌 존재였다. 충돌한 적이 한두 번이 아니리라.

그래도 아마 험악한 관계는 아니……겠지?

"그럼 저희는 앞으로 어떻게 할까요?"

"우선 내가 렌의 이야기를 들을 수밖에. 그 후에는 다시 협의에 들어가리라 생각하지만…… 솔직하게 묻지. 귀공은 정말로 공작을 실추시킬 수 있는가?"

왕은 진지한 눈빛을 보내 왔다.

그는 거짓말은 용서하지 않겠다며, 일국의 주인으로서 오로지 한결같은 진지함을 담아 물었다.

다시 그 압도적인 위압감을 받고 심장 고동이 급속히 빨라졌다.

……괜찮다, 나는 괜찮다.

"기회만 있다면 확실하게 떨어뜨릴 것을 약속합니다. 그러니ㅡ."

그러니까 폐하.

"공작을 끌어내리기 위해서라도 제게 렌 군과 싸울 기회를 주십시오."

"으아~ 진짜 수명이 줄어드는 기분이야."

"엔 군, 대단했지? 역시 왕은 왕이야."

"그러고 보니 류에는 멀쩡해 보이더라?"

"으음, 나는 이 나라에 살고는 있었지만, 거의 관련이 없었으니까."

"그게 상관이 있어?"

"후후, 그야 난 이 나라가 가장 처음 생겼을 무렵의 대표를 알잖아. 내가 보기에 엔 군은 그 손자의 손자보다도 훨씬 아래에 있는 자손이야. 그냥 훌륭히 컸다는 생각은 들어."

이럴 때 압도적인 세월을 살아온 사람은 치사하다.

그 세월의 차이는 때때로 그 무엇에도 흔들리지 않는 마음의 여유를 낳으니까.

하지만 안타깝게도 아무리 여유로워 보여도 류에게 방금과 같은 대화는 맡길 수 없겠다.

맡겨 봤자 「부탁이니까 권리를 줄래? 그러면 공작도 전부 해치워줄게!」 같은 소리를 아무렇지 않게 할 것 같았다. 이게 백치미인가요?

"뭐, 어찌 됐건 이제는 기다리기만 할 뿐이야."

"하지만 정말 렌 군과 싸우면 공작이 나와?"

아마 공작은 나를 완전히 배제하고 싶을 것이다.

존재뿐만 아니라 그 영향력까지도…….

자기 외의 세력이, 하물며 길드가 힘을 가진다는 사실을 놈은 용납하지 않으리라.

더욱 큰 힘으로 그것을 압살하려고 하겠지.

렌 군을 그 타이밍에 보낸 것은 분명 내 작위 수여를 방해함과 동시에 주위에 알리기 위해서다.

『내 수하인 해방자에게 걸리면 이 정도는 문제조차 되지 않는다』고.

뭐, 렌 군을 마중하러 간 단계에서 이렇게 될 것은 예상한 바였지만 말이지.

그쪽은 보란 듯이 형세를 역전했다고 생각할 테지만…… 안이했어.

재상인 헬리오르 씨에게 『재협의 결과가 나올 때까지 자유롭게 있어도 된다』는 말을 듣고 보고도 할 겸 길드로 돌아가기 위해 성을 나왔다.

그러자 성 밖에 낯익은 소녀 세 명이 걱정스러운 낯빛으로 서 있었다.

렌 군의 파티 멤버였던가? 그녀들은 성 안에 들어오지 못하나?

우리의 시선을 알아차렸는지 세 사람 중 가장 활발한 인상의 여자아이가 씩씩거리며 성큼성큼 다가왔다.

"뭐야! 왜 네가 나오는 거야! 렌은 어쨌어?!"

아, 기억났다. 술집에서 나를 물고 늘어지던 아이였다.

음, 말투도 그렇고 겉모습도 그렇고, 기본형 츤데레로군?

"너희는 성 안에 들어가지 못하는 거야?"

귀찮은 일은 다른 사람에게 전부 떠넘기자.

나는 성으로 되돌아가서 문지기에게 그녀들을 안으로 들이라고 부탁했다.

"자, 이제 너희도 입성할 수 있어. 자세한 이야기는 렌 군이라도 찾아서 듣는 게 어때?"

"뭐야…… 네가 뭔데 허가가 떨어져……?"

미심쩍게 바라보셔도 곤란합니다. 되는 것을 어떡하라고.

그러자 이번에는 그녀의 뒤에 있던, 조금 난감한 표정을 지은 여자아이가 한 발 앞으로 나왔다.

이 아이는 이름이 레이나였던가? 다른 두 명은 모르지만, 이 아이는 아마 모험가 길드에서 파견된 아이일 것이다.

"저기…… 당신이 나쁜 사람, 나쁜 마왕이란 게 사실인가요?"

그녀는 머뭇거리면서도 똑바로 나를 바라보며 그렇게 물었다.

스스로 착한 사람이라고는 단언할 수 없지만, 적어도 나쁜 사람은…… 아니지?

"카이 군은 착한 마왕이야!"

"마왕이라고 인정한 적 없거든? 뭐, 나쁜 사람은 아니지만, 착하다고 단언할 수 없을 정도로는 때 탄 어른이지."

일본인 특유의 이도 저도 아닌 애매한 대답을 해 두자.

그러자 역시 판단이 서질 않는지, 그 표정에 더욱 난감한 기색이 번지고 말았다.

"……하지만 정말로 마족이셨군요. 그것도 상위 마족……."

"흥, 상위 마족인지 뭔지 모르겠지만, 렌에게 이길 수 있을 거라고는 생각도 하지 마!"

"알았으니까 일단 렌 군을 만나러 가 봐. 이 오빠는 지금부터 할 일이 있어서."

그 말을 남기고 다시 발걸음을 옮겼다. 아직 뒤에서 뭐라고 떠들고 있는 모양이었지만, 내버려 두자.

그나저나 이대로 가면 그녀들도 결투를 보게 될까?

"카이 군, 얼굴이 아주 악독한데? 역시 나쁜 마왕이었어?"

……동료의 성원을 받고 진정한 힘을 발휘한 용사가 마왕을 무찌른다.

과연 그런 히로익한 전개가 기다리고 있을 것인가.

"적어도 성격이 나쁜 건 틀림없지."

길드 총수실로 가자 역시나 오잉크는 아직 돌아오지 않았고 대신 부장이 기다리고 있었다.

나는 알현실에서 있었던 일을 보고했지만, 부장도 이렇게 되리라는 예감을 어렴풋이 하고 있었나 보다.

다만, 이전과 같이 『절대로 해방자인 그를 살해하지 말 것』을 당부 받았다.

에이~, 처음부터 그럴 생각은 없었습니다.

물론 시비를 걸기도 했었고, 이번에는 적대까지 하게 됐다.

하지만 그는 어린애였다. 감수성이 풍부한 시기에 불려 와서 느닷없이 사명을 짊어졌고, 이번에는 정치 도구가 되어 싸우게 됐다.

본인에게 자각은 없겠지만, 그 처지는 절대 좋지 않았다.

그렇다면 어디선가 그것을 끊어줘야겠지.

이런 나라도 같은 고향 선배로서 그 정도 마음은 있었다.

사실 독선적이라고는 생각하지만…….

보고를 마치고 방으로 돌아온 나는 결투를 상정한 어빌리티 구성을 생각했다.

가능한 한 화력을 억제하면서도 주위에 내 힘을 과시하며 승리할 수 있는 구성을…….

"그러고 보니 이런저런 일이 있어서 확인을 못했지."

그러는 김에 지금까지 바빠서 미뤄 온 새 어빌리티를 확인했다.

바로, 내가 사람의 목숨과 바꿔 얻은 그 어빌리티였다.

[약자 선정]

자신보다 급이 낮은 적을 상대로 힘을 자유롭게 조절할 수 있다.

오호라, 니스는 이것으로 범행을 거듭해 왔나?

상당히 고약한 효과였다.

"그런데 이거 안성맞춤이잖아?"

"와, 깜짝이야! 왜 그래? 카이 군."

"아무것도 아니야. 신경 쓰지 마."

즉, 이것을 쓰면 접전을 연출할 수도 있다는 뜻······?

그 밖에도 무언가 유용해 보이는 어빌리티가 없는지 한번 훑어봐야겠다.

게임 시절 마지막 날 손에 넣은 어빌리티들······ 실은 아직 제대로 확인하지 않았다.

그 무렵에는 화력만 추구했으니까······.

"카이 군, 또 그 검만 빤히 바라보고 있네?"

"좋아하는 장비거든. 그러는 류에는 좀 전까지 입던 갑옷, 안 좋아해?"

류에가 입었던 그 갑옷은 게임 시절 장비와는 달랐다.

내가 Ryue를 위해 장만한 갑옷도 방금 그 갑옷과 마찬가지로 신성한 분위기를 내는 물건이기는 했다.

"그건 엘프 일족, 리히트 일족이 숲을 떠날 때 물려준 거야. 내가 원래 사용하던 갑옷은 이미 봉인해 버렸어. 이제

싸울 일은 없을 거라고 생각했거든."

"봉인…… 그랬구나."

"정확하게는 한 번 넣으면 꺼낼 수 없는 창고 같은 곳에 넣어 버렸어."

꺼낼 수 없는 창고……?

"옛날 신예기 무렵에는 꺼낼 수 있었지만 말이야."

아!『계정 공유 창고』말이구나!

계정 공유 창고란 아이템 칸에 다 보관할 수 없는 물건을 맡기는 창고였다.

특징은 같은 계정의 캐릭터라면 누구든 꺼낼 수 있다는 것이었다.

예를 들면 Kaivon을 조종하는 중에 여자 캐릭터용인 아름다운 드레스를 입수했다고 가정하자.

Kaivon인 상태로는 역시 장비할 수 없으므로, 나는 그것을 공유 창고에 넣고 장비하기에 어울리는 캐릭터로 접속해 꺼낸다.

즉, 간접적으로나마 캐릭터 간의 아이템 교환이 가능해지는 창고였다.

하지만 지금 류에가 말했다시피 현재는 맡길 수 있어도 꺼낼 수가 없었다.

이유는 밝혀지지 않았지만, 메일이 작동하지 않는 것과 마찬가지로 기능을 작동하는 데 필수불가결인 서버가 존재하지 않기 때문이 아닐까?

그렇다면 왜 맡길 수 있는지가 의문이지만…….

"그보다 카이 군, 결투는 괜찮겠어?"

"응, 문제없어. 대충 적당히 해보지 뭐."

"……제대로 싸워야 한다?"

맡겨만 주세요.

어빌리티 커스터마이징도 대충 완료했다. 이제는 때가 되길
기다릴 뿐이건만, 그 후로 두 시간이 지나도 소식이 없었다.

어떻게 된 일인가 싶어서 일어서려는 찰나, 방 밖에서 시
끄러운 발소리가 들렸다. 상황을 보려고 문을 열자 그곳에
는—

"오, 돌아왔어? 오잉크."

"본본! 마침 잘 됐어요. 저랑 같이 가요."

복장이 조금 흐트러지고 머리도 약간 헝클어진 우리 꿀돼
지가 있는 것이 아닌가!

"꼴이 말이 아닌데?"

"당연하죠. 제가 자고 있는 사이에 공작이 렌을 포함한 네
사람을 불러들였다는 말을 듣고 부랴부랴 달려왔으니까요."

"수고했어. 상황은 얼마나 전해 들었어?"

"야영 도중이었기 때문에 최근 일은 전혀 몰라요. 마지막
으로 받은 보고에서 본본이 연쇄 살인범 수색 의뢰를 받았

다고는 들었는데……."

"자세한 내용은 부장에게 모두 보고했어. 거기 가서 듣자고."

§ § §

"부재중에 참 큰 움직임이 있었다죠?"

"죄송합니다, 오잉크 님."

"잠깐. 그 사람은 잘해줬어."

집무실에 도착하기가 무섭게 오잉크는 부장에게 약간 고압적으로 말을 꺼냈다.

내가 본 적 없는 얼굴이었다. 그녀는 조직의 우두머리로서 이 자리에 서 있었다.

"아뇨. 저라면 두 눈 뻔히 뜨고 공작을 도시 밖으로 내보내지는 않았을 거예요. 최소 몇 시간만이라도 발을 묶었다면 상황이 달라져 있었겠죠."

"맞는 말씀입니다. 카이본 님, 마음을 써주시는 건 감사하지만, 이건 사실이에요."

"……그래? 하지만 나에게는 오히려 기회야. 지금은 그 이야기를 하자."

"그게 낫겠네요. 우선 상세한 설명을 부탁해요."

부장은 아마 이렇게 될 것을 염두에 두고 준비했을 보고서와 함께 최근 며칠 사이의 경과를 설명했다.

나와 호크 씨의 수사부터 시작해 류에와 함께 공작가로 향한 일, 내가 그곳에서 보고 들은 일, 함정 수사와 내가 캐물어 알아낸 사실, 그리고 이미 니스를 살해해 버린 일.

카플을 붙잡아 내가 성에 초청받은 일.

그리고 바로 지금, 모든 일에 결착을 지을 결투가 벌어질 가능성이 있다는 것.

"……꽤나 일찍 이 순간이 와 버렸네요."

"역시 노리고 있었나 보지? 내가 이렇게 훼방꾼에게 달려들 걸 말이야."

"좀 더 시간이 걸릴 거라고 생각했지만요. 작위를 얻은 뒤, 그걸 빌미로 잠시 이 대륙에 묶어 둘 생각이었거든요."

"말리지 마. 나는 여행을 하고 싶으니까."

"그랬죠……. 결과적으로 말릴 것까지도 없이 목적이 달성될 것 같네요."

정말로 그녀만은 방심할 수 없었다.

다소 예정이 앞당겨진 모양이지만, 그래도 그녀의 계획에 차질은 생기지 않았다.

어쩌면 나보다도 나를 잘 알지도 모르는 동료―.

너무 믿음직스럽다 못해 종종 무섭기까지 했다.

"그런데 류에는 지금 뭐 하고 있죠?"

"아, 깜빡하고 방에 두고 왔어."

"……잠깐 얼굴을 비추고 올게요."

아니, 난 잘못 없어. 그 애가 내 침대를 점령해서 자고 있다고요.

오잉크가 류에의 기분을 맞춰주는 사이 성에서 사람이 왔다.

건네받은 것은 협의 결과가 적힌 편지였고, 그곳에 적힌 내용은 역시 내가 상상하던 대로였다.

『레콘 공작 및 해방자 렌의 증언을 가미하여 모험가 카이본에게 작위를 수여할지에 관한 협의를 재개했다. 진정 작위를 받아 마땅한 이는 해방자 렌이 아니냐는 의견이 나왔고, 최종적으로 『더 강한 힘을 가진 자』에게 작위를 수여하기로 결정했다. 따라서 양자의 결투로 이를 판단하겠다.』

다소 억지스러운 내용이었다. 아마 임금님의 조력도 있었겠지.

편지를 오잉크에게 보여주자 조금 불쾌한 표정을 보이며 「그 바보가 조금만 더 야무졌으면……」이라고 중얼거렸다.

흠, 이 바보란 건 임금님인가? 역시 상당히 친밀한 사이인가 보다.

"본본, 문제없으리라 생각하지만, 이겨주세요."

"아무 걱정하지 마. 내가 이겼을 때를 대비해서 축배나 준비해 두라구."

"거창하게 플래그 세우지 말아 줄래요?!"

"나, 이 시합에서 이기면…… 아냐, 지금은 됐어."

"글쎄, 하지 말라니까?!"

역시 이런 말장난이 통하는 사람이 있다는 건 좋구나.

"그런데 말이야, 내가 조금 좋은 생각이 떠올랐는데 들어볼래?"

문득 오잉크에게 붙어 있던 류에가 발언했다.

"공작을 내몰았을 때, 이렇게 하면 좋을 거 같은데―."

빈둥거리거나 사람들과 놀기만 하던 류에가 어떤 계획을 세웠다.

그것은 마지막 비장의 수단으로서는 틀림없이 최강의 패가될 것이었다.

드디어 약속한 시간이 됐다.

다시 입성하자 병사는 나만 아까와는 다른 길로 안내했다.

그리고 나를 따라온 류에는 호크 씨를 따라 다른 길로 안내받았다.

덧붙여 꿀돼지는 우리보다 먼저 이쪽에 와 있었다.

결투를 지켜보기 위함이라는 명목이었지만, 일을 마친 뒤의 보조도 겸해서였다.

내가 안내받은 곳은 살풍경하지만 충분히 넓은 방이었다.

큰 거울과 벤치, 그리고 목각 인형과 목검이 마련된 것으로 보아 대기실이리라.

나는 벤치에 앉아 마지막 확인 겸 검 어빌리티를 확인했다.

【웨폰 어빌리티】

[칼등 치기]

[약자 선정]

[수행]

[공격력 변환]

[호검(護劍)]

이번에는 이 다섯 개뿐이었다.

[칼등 치기]는 전에도 썼지만, 치명상이 될 일격이라도 목숨을 빼앗지 않는 어빌리티.

그리고 [수행]은 말 그대로 얻은 경험치가 배가 되는 대신 자신의 스테이터스를 반감하는 어빌리티.

[공격력 변환]은 무기 공격력을 반감하여 그만큼 마력에 가산하는 효과로, 아마 마법 검사 플레이를 지향하는 사람을 위해 준비된 어빌리티일 것이다.

[호검]도 마찬가지로 무기 공격력을 4분의 3으로 줄이는 대신 자신의 방어력을 1.2배로 높이는 효과로, 이것은 게임 시절 Ryue로 애용한 검에도 붙어 있던 웨폰 어빌리티였다.

정말이지, 당시의 방어력이란……. 그야말로 불침선(不沈船)이었다.

이렇듯 공격력을 낮추고 새로 얻은 [약자 선정]도 세팅한 이 구성의 콘셉트는 바로 『접전』이었다.

이번에 이렇게 렌 군과 싸우게 되었지만, 이 기회에 나는 이 세계에서 살아가기로 결정함과 동시에 걱정했던 어떤 목적을 이루고자 했다.

실은 이 세계에 온 후부터 사람 목숨을 빼앗는 것 외에 걱정이 하나 더 있었다.

그것은 바로 내가 자기 힘에 빠지는 것—.

나만은 괜찮을 거라는 마음도 분명히 있었다.

하지만 이 힘에 익숙해져 버리면…….

압도적인 힘으로 사람을 손쉽게 죽이는 데 익숙해져 버리면…….

그렇게 생각하자 한 번은 제대로 목숨을 걸고…… 사실 거기까지는 미치지 못하겠지만, 진짜 싸움이 무엇인지를 내 몸에 새겨 놓고 싶다고 생각하게 됐다.

돌이켜 보면 렌 군도 이 세계에 와서 강한 힘을 얻은 신세였다.

다소 차이는 있어도 비슷한 처지다. 그런 렌 군과 제대로 마주함으로써 비로소 보이는 것도 있지 않을까?

그것이 이번 구성 이유……일까?

역시 잘 모르겠다. 내 마음이 어떤지……

생각을 전환하고 일어나서 정면에 있는 거울로 내 모습을 바라봤다.

정말이지, 이게 어디 사는 마왕인가.

만약 이 세계가 RPG라면 틀림없이 마지막에 쓰러져야 할 자는 나겠지.

그렇게 단언할 수 있을 만큼 악역 같은 내 모습에 웃음이 밀려 올라왔다.

진짜 무섭네. 새삼스럽게 내 얼굴을 보니까 무서워서 못 봐주겠다.

"시간이 거의 다 됐습니다. 투기장으로 가시죠."

"알았다."

능력은 내려갔지만, 컨디션은 어느 때보다도 최고였다.

설레는 마음을 달래며 한 발 한 발 기합을 담아 전장으로 걸음을 내디뎠다.

§ § §

"그럼 지금부터 해방자 렌과 모험가 카이본의 결투를 실시하겠다."

투기장 중앙에는 이미 렌 군이 칼을 뽑아들고 자연스럽게 서 있었다.

그리고 객석, 아마도 귀빈석에 해당하는 위치로 눈길을 돌리자 엔드레시아 왕과 재상, 공작과 오잉크가 이쪽을 지켜보고 있었다.

한순간 공작과 내 눈이 마주쳤고, 그 직후 공작이 입꼬리를 씨익 끌어올렸다.

그 후 공작은 바로 시선을 다른 곳으로 옮겼다. 그곳에는…… 류에가 있었다.

아— 너도 글렀다. 그런 눈으로 보면 안 되지.

류에 옆에는 호크 씨와 렌 군을 따라다니는 세 여자아이들이 있었다.

그 기가 센 아이는 렌 군의 승리를 믿고 있는지 태연하게 이쪽을 바라봤고, 길드에서 파견됐을 수녀 같은 여자아이는 지금도 걱정스럽게 그를 바라보았다.

그리고 마지막 한 명, 조금 어린 인상을 주는 여자아이는 졸린 눈으로 이쪽을 보고 있었다.

"이제 그만 이쪽을 보시지? 카이본!"

"아, 미안."

정면에서 들린 목소리에 눈을 돌렸다.

렌 군은 이미 검을 눈앞까지 들고 있었다. 빈틈없고 굳건해 보이는 자세였다.

꽤나 몸에 배어 보이는데, 원래 세계에서 검도라도 배웠던 것일까?

"명목상으로는 결투야. 하지만 너는 여기서 쓰러뜨리겠어!"

"그래?"

"아까 동료에게 들었어. 너, 성에 있는 사람들을 세뇌하고 있다더군. 지금 생각해 보면 왕의 대응도 어딘가 이상했어."

네? 세뇌가 뭐예요?

동료에게 들었다고……? 설마 문지기에게 부탁해서 입성 허가를 받은 그게 세뇌라고?!

이 형, 조금 충격받았습니다. 100퍼센트…… 50퍼센트 선의로 한 일을 그런 식으로 해석하다니, 상당히 충격받았다고요?!

"왕도, 공작도, 그리고 총수도 몰라. 네가 얼마나 위험한 상대인지."

"……그래?"

급격히 불이 붙었는지, 렌 군은 결의를 새롭게 다지고 나를 강하게 응시했다.

나도 정신을 싸움 쪽으로 돌리고 짊어진 검을 뽑았다.

칼끝이 땅에 닿도록 한 손을 축 늘어뜨리고 개시 신호를 기다렸다.

"양쪽 모두, 준비는 됐나?"

"시작해."

"상관없어."

이후, 징을 치는 듯한 소리와 함께 개시 신호가 떨어졌다.

시작하자마자 렌 군은 칼을 눈앞에 든 채 앞으로 성큼 나오며 팔을 상단으로 들었다.

그대로 내려치는 올곧은 일격이 내 눈에 또렷하게 비쳤다.

아, 역시 동체 시력도 강화되었구나.

그 공격을 방해하고자 오른손에 쥔 칼을 들었다.

귀에 거슬리는 쇳소리와 함께 막힌 일격— 하지만 공격은 그것으로 끝이 아니었다.

일격을 막은 순간 렌 군의 칼날이 빛나며 무수한 빛 입자가 날아들었다.

한발 늦게 몸을 뺐지만, 살짝 스친 볼에서 불똥이 튄 듯 따끔한 열이 전해졌다.

놀라서 스테이터스를 열어 HP를 확인하자 그곳에는—

HP 9018/9022

기념적인, 이 세계에서의 첫 대미지를 받았다.

렌 군, 대단한데? 너는 용신조차 이루지 못한 일을 달성했어.

이번에 나는 [생명력 극한 강화]를 세팅하지 않았다.

따라서 미미한 피해라고 해도 축적되면 언젠가는 쓰러지는 상태였다.

"놀랐나! 이 성검은 마족인 너에게 잘 통할 테지!"

"그, 그래. 통하는군."

"나는 절대로 안 져. 각오해!"

그리고 다시 그는 깔끔한 이동 동작으로 나를 압박해 왔다.

상단 내려치기, 거기서 자연스럽게 이어지는 찌르기.

틀림없이 하루 이틀 사이에 얻은 것이 아닌, 오랜 단련 끝에 익혔을 아름다운 검기(劍技)였다.

나는 그것을 칼로 막고, 몸을 돌리고, 때로는 팔 보호대로 튕겨 내면서 견뎠다.

빛 입자는 아무래도 날아가는 방향이 정해져 있지 않은지, 어디로 튈지 모르는 그것이 종종 내 체력을 빼앗았다.

그래도 역시 이 신체 스펙은 그의 단련을 비웃듯 공격을 가볍게 받아넘겼다.

모두 보였다. 그리고 무엇보다도 그의 공격 하나하나가 너무나도 정직했다.

물론 가끔 페인트도 걸었지만, 그것마저 대응이 가능했다.

"언제까지 버틸 수 있을까?"

"네가 공격을 그만둘 때까지."

"헛소리!"

그 말을 신호 삼아 맹공은 더욱 거세어졌다.

횡 베기, 급소 찌르기, 그리고 검을 든 손을 노린 찌르기.

그 정확한 겨냥과 빈틈없는 동작에 혀를 내둘렀다.

솔직히 이 아이도 나처럼 축복받은 스테이터스로 밀어붙일 뿐이지 않을까, 그렇게 생각했었다.

……하지만 당치도 않았다. 이 아이는 나보다도 훨씬 검사다웠다.

그렇기에— 나도 점점 열이 올라 버렸다.

나는 지기 싫어하고 유치한 인간이다.

다소 난폭하더라도 슬슬 공격해야겠다. 공수 교대다.

"으랴!"

"윽!"

다시 급소를 찌르려는 찰나, 동시에 나도 다짜고짜 어깨로 태클을 걸었다.

그는 확실한 타격감과 함께 튕겨 날아갔다. 나는 달려가서 땅을 깎듯이 칼을 퍼 올려 궤적을 그리며 파편을 흩뿌렸다.

반사적으로 렌 군이 팔로 얼굴을 가린 순간에 더욱 바싹 접근하자 그도 검을 휘둘러 빛 입자를 날렸다.

하지만 나는 막지 않았다. 그대로 다가가서 태세를 정비하려는 그를 향해 옆으로 크게 검을 휘둘렀다.

이딴 건 조리장에서 튀김할 때랑 다를 바 없다고! 기름 털기를 우습게 보지 마!

옆구리에 일격을 명중하고 렌 군이 투기장 벽으로 튕겨 날아간 것을 확인한 뒤, 이어서 팔을 뻗어 마술을 발동했다.

흑염 같은 허세가 아닌 평범한 불이 발사됐다.

소프트 볼 크기의 불덩이가 꼬리를 그리며 똑바로 그에게 날아갔다.

"전광(電光)이여, 그에게 응징을 가하라, 『스파크 위스프』."

그러자 바로 그의 코앞에서 그의 마술이 발동해 내 마법과 충돌했다.

하지만 지금 내 검은 마력이 강화되어 있었다. 차마 상쇄하지 못한 불이 그에게 도달했다.

"으아아악!"

"렌!"

"렌 님!"

그때, 관객석에서 그의 동료인 두 여자아이의 목소리가 울렸다.

힐끔 보자 그렇게 기가 세던 아이의 표정이 시합 개시 전과는 사뭇 달라져 당장이라도 울음을 터뜨릴 것처럼 변해 있었다. 수녀풍 아이에 이르러서는 이미 눈물을 흘리고 있었다.

……이건 좀, 기분이 찝찝하다.

"젠장, 대체 왜!"

"일어서, 렌 군."

땅을 굴러 갑옷에 옮겨붙은 불을 끄고 그는 다시 일어섰다.

그 눈에는 아직 공포가 보이지 않았다. 순수한 의문과 분한 감정이 번져 있을 뿐이었다.

그 강한 심지에, 강한 의지에, 우직하기까지 한 자세에 경의를 느꼈다.

그는 패배를 몰랐을 것이다. 분명히 일본에 있을 때부터…….

나도 격투기를 배우지는 않았지만, 무술이나 격투기에 관심은 있었다.

동체 시력을 칭찬받아 그것을 활용할 길이 없을까 엉뚱한 방향으로 분발하던 시기도 있었다.

……구체적으로 말하면 중학교 2학년 때쯤입니다.

아무튼 내 눈으로 볼 때도 그의 움직임은 검도를 조금 해봤다거나 대회에서 좋은 성적을 남겼다는 수준을 아득히 뛰어넘은 것임을 알 수 있었다.

그리고 그는 이 세계에 와서 더욱 큰 힘을 얻었겠지.

그래서 그는 꺾이지 않는다. 그리고 물러서지 않는다. 무서워하지 않는다.

어쩌면 여자아이가 지켜보고 있기 때문인지도 모른다.

자고로 남자란 여자 앞에서는 고집을 부리는 생물이니까.

"나는, 안 져. 절대로."

"……왜 그렇게 이기고 싶어 하지?"

"내가 이기는 게 옳은 일이니까. 나라를 지키는 게 옳은 일이니까."

"그 올바름은 누가 정했지?"

"……."

올바른 일을 하고자 하는 의지. 그것은 고귀한 정신이다.

그『올바름』이 설령 자신만의 정의라고 해도 그것을 관철할 의지는 고귀한 것이다.

하지만 그건 아니잖아? 누군가에게 들은 거잖아? 다른 사람이 불어 넣은 거잖아?

"닥쳐! 지금부터는 진심으로 싸우겠어. 진심으로 널 죽일 작정으로 싸우겠어!"

다음 순간, 그의 눈동자에 증오가 깃들었다.

검에 번개를 둘렀다고 생각한 직후, 그것은 그의 몸 전체로 퍼져 나갔다.

"우오오오오오오오오오오!"

번개에 붉은색이 섞여 주황색으로 물들었다.

그의 표정이 고통으로 일그러졌고, 마치 무언가를 인내하듯 포효는 더욱 커졌다.

흡사 한계 이상의 전력을 공급받은 모터와 같은 위태로움이 그에게서 전해졌다.

"안 져! 내가 구할 거야. 이 나라를, 이 세계를!"

"렌! 이겨, 렌!"

"렌 님……."

"……몸, 너무 무리했어."

다시 들리는 그녀들의 목소리에 세 번째 목소리가 더해졌다.

무리한다는 발언에 나는 다시 그의 모습을 관찰했다.

"……빛나고 있군, 저 뱅글(bangle)."

그가 칼을 쥔 오른손 손목에 흐릿한 빛을 뿜는 뱅글이 있었다.

그것이 붉게 달구어진 것처럼 빛을 뿜었다. 잘 보니 주변 번개가 모두 진한 주황색으로 물들어 있었다.

"마도구인가……."

한계를 뛰어넘어 힘을 부여하는 물건이리라.

그렇게 해서까지 그는 이기고 싶은 것일까?

"죽어어어어어어어어어어어어!"

그는 전신의 힘을 쏟아 보내듯 혼신의 검격을 내리쳤다.

검에서 조금 전까지와는 비교가 안 되는 붉은 빛줄기가 홍수처럼 쏟아졌다.

나는 그것을 바라보면서 검을 양손으로 잡고 크게 치켜들었다.

"……『천단(天斷)(승룡(昇龍))』."

네가 짊어진 사명은 무거운 책임이 따라오겠지.

하지만 지금 너는 그 사명을 구실로 사리사욕을 채우려는 어른에게 이용당하고 있을 뿐이야. 그러니까―.

"……지금은."

내려친 이 일격은 내가 습득한 기술 중에서도 최상급에 위치하는 『천단 시리즈』 중 하나로, 방출한 검압이 서서히 고도를 높이며 힘을 끌어올리는 원거리 기술이었다.

그것은 그가 혼신을 담아 날린 일격을 집어삼키고, 그에게 닿을락 말락 하는 곳에서 위로 크게 상승해 투기장 천장에 커다란 구멍을 뚫었다.

모든 힘을 쥐어짜서 망연자실하는 그에게 한 걸음, 또 한 걸음 다가갔다.

관객석에서는 수많은 웅성거림과 비명, 고함이 뒤섞였다.

그것들을 의식에서 차단한 후, 나는 이미 검도 들 수 없는 그의 눈앞에 서서 조용히 주먹을 내려쳤다.

"지금은, 져 둬."

"……제길…… 어째, 서……."

목덜미를 쳐서 기절시키는 어려운 기술은 못 쓰거든.

단순한 꿀밤. 어른이 아이를 혼낼 때 쓰는, 그런 구시대의 유산을 선사했다.

힘 조절은 했지만, 이미 만신창이였던 그는 이 한 방에 말그대로 쓰러졌다.

"렌! 감히 렌을—!"

"무슨 짓을 하려고? 결투에 제삼자가 참견하는 건 금지야."

눈을 돌리자 그 기가 센 소녀가 객석에서 이쪽으로 뛰어들려는 참이었고, 그것을 류에가 얼음으로 속박했다.

그 소란에 주변 시선이 몰린 틈을 타서 나는 정신을 잃은 렌 군의 팔에서 방금까지 빛을 내던 뱅글을 뺐다.

귀빈석을 보자 그곳에는 조용히 고개를 끄덕이는 왕과 경악하여 눈을 휘둥그렇게 뜬 채 굳은 헬리오르 씨, 그리고―.

초조함에 못 이겨 여유를 잃은 듯 보이는 레콘 공작과 여태껏 본 적 없을 만큼 사나운 미소를 지은 오잉크가 있었다.

오잉크는 그 웃음을 그대로 유지한 채 천천히 공작에게 걸어갔다.

그리고 그의 귓가에 무언가를 속삭였고, 공작은 벌레 씹은 표정으로 말없이 고개를 끄덕였다.

자…… 전초전은 끝났다. 지금부터가 진짜 승부처. 공작을 실추시키기 위한 싸움의 막이 올랐다.

§ § §

"자, 이걸로 확실해졌군. 모험가 카이본에게는 몇 가지 혐의가 있었지만, 그것이 사실무근이란 것은 여기 있는 오잉크 총수 및 전 길드 총수 크롬웰 공에게 이미 확인했다."

결투 후, 그 자리에 있던 사람들 중 렌 군과 그 동료 외의 모든 이들이 알현실에 모였다.

개중에는 이 자리가 불편해 보이는 사람도 있었다. 아마 공작 편에 선 사람들이리라.

"방금 보았다시피 그가 우리나라에 있어 유용한 인물임은 자명한 사실이다. 지금도 이 땅은 마물의 위협에 노출되어 있으며, 얼마 전 가도에 랭크B에 해당하는 마물 무리까지 나타났다는 보고도 받았다."

왕은 우리가 수도로 오는 도중 조우한 마물 이야기를 꺼내며 나에게 작위를 수여해 길드와의 관계를 더욱 공고히 하는 것이 급선무임을 열변했다.

그리고—.

"문제는 작위인데…… 본디 시조(始祖)의 피를 잇지 않은 인물에게는 수여할 수 없으나—."

"기다려주십시오, 폐하."

아마 공작위를 수여하겠다고 말하려 했으리라.

그리고 그것에 이론을 제기한 사람은 역시나 레콘 공작이었다.

"그것은 지나친 조치입니다. 지금은 기사 작위를 내리시고 제 부대에—."

주변의 이목이 공작에게 쏠리기 시작했다.

이건 다시없을 기회였다. 역으로 이용하자.

마지막 순간까지 입꼬리가 올라가지 않도록 참으며, 나는 스스로 공작 곁으로 한 발자국 나갔다.

"나를, 네 부대에? 무슨 잠꼬대 같은 소리지? 게다가 왕에게 의견을 제시할 수 있는 사람은 필요하지 않은가? 공작이나 거기에 필적하는 사람이……."

"닥쳐라! 내가 그 공작이다!"

"아니. 너는 그냥 죄인이다."

그렇게 고발한 나는 다시 의식을 덧칠하여 마치 무대 위 연기자라도 된 것처럼 과장스럽게 입을 열었다.

　"오늘부로 레콘 공작의 존재는 사라진다! 자, 왕이여, 그 공석을 나에게 달라!"

　나는 양팔과 함께 날개를 펼쳐 왕을 우러러봤다.

　"무, 무슨 망발을……. 네 이놈, 이게 무슨 짓이더냐!"

　자, 우선은 몸풀기로 이 카드를 오픈하자.

　"나는 네놈 저택 안에서 들었다. 예의 그 상인, 카플과 살인귀 니스가 네놈에게 지령서와 마도구를 받으며 나눈 대화를."

　이 녀석은 내가 그때 류에와 함께 있던 모험가라는 사실을 눈치채지 못했다.

　렌 군에게 마족의 모습을 한 카이본이란 이름은 들어봤을 것이다.

　하지만 그날 단순한 모험가로 방문한 나는 한 번도 이름을 말하지 않았고, 애당초 놈은 나에게 티끌만큼도 관심을 주지 않았다.

　"그런 허무맹랑한—"

　나는 날개와 뿔, 가면과 눈동자를 모두 해제했다.

　이러면 눈치채지 못할 리가 없겠지.

　류에가 내 옆에 서서 놈의 기억을 자극했다.

　"내가 그날 큰 소리로 『카~이카이카이』라고 외쳤었지? 그건 말이야, 카이 군의 이름을 부르던 거였어!"

죄송한데 그건 지금 당당하게 말할 필요 없거든요?

지금 중요한 장면이라고요. 그냥 가만히 옆에 있어 주세요!

"카이…… 카이본! 설마 정말로……."

정정하겠습니다. 효과가 있는 모양입니다.

"하지만 네가 그것을 들었다는 증거는 어디에도 없을 텐데? 그런 거짓말을 날조하면서까지 이 지위를 탐하는가?"

"……아직 잡아뗄 생각인가."

그럼 비장의 패를 발동해 볼까?

나도, 그리고 오잉크도 아닌, 이 일련의 사건 중심에 있으면서도 어쩐지 들러리 같았던, 빈둥대며 귀찮은 일을 피해 오던 류에가 짜낸 계획—.

"류에, 오잉크, 여기부터는 부탁하마."

나는 렌 군의 팔에서 회수한 뱅글을 품속에서 꺼내 류에에게 건넸고, 오잉크와 자리를 교대했다.

그리고 전체를 내다볼 수 있는 곳에서 주위를 노려봤다.

무슨 짓을 할 생각인지 몰라 당혹스러워하는 일동에게 오잉크가 첫 번째로 이렇게 고했다.

"제가 지금 들고 있는 건 며칠 전 체포된 살인귀 니스가 소지하던 마도구입니다. 지금 카이본이 증언한, 공작이 니스에게 건넨 마도구란 이것입니다."

그렇게 말한 그녀는 품속에서 은색 지휘봉을 꺼냈다.

"마도구 중에는 강력한 효과를 발휘하기 위해 정기적으로 마력을 보충해야만 하는 것이 있습니다."

이건 예전 세계에서 말하는 배터리 같은 것이었다.

"그리고 류에는 고위 마도사이기도 하여 한 번 본 것만으로도 그 마력의 파형(波形)을 느끼고 그 특징 및 성질, 언제 가동했으며 대략 얼마 전에 보충했는지를 꿰뚫어 보는 힘이 있습니다."

"후후, 소소한 특기야. 예를 들어 이 방의 조명, 이거 9일 전에 마력을 보충하지 않았어?"

바로 이것이 비장의 수단이었다.

전문가가 시간을 들여 해석할 내용을 류에는 한 번 보기만 해도 알 수 있었다.

생각해 보면 류에는 나와 처음 만났을 때에도 단번에 내 종족을 알아맞혔다.

그러고 보니 레스토랑 조명에도 관심을 보였지…….

"그걸 감안하고 들어줘. 이 지휘봉에는 원래 필요한 마력 말고 다른 파형도 들어가 있어."

류에는 웬일로 허무한 웃음을 짓고 천천히 공작에게로 다가갔다.

"이거, 네 저택의 정원 유지에 사용된 마도구와 같은 파장이 들어가 있던데?"

그것이 바로 류에가 진상을 깨달은 결정적 증거였다.

본래라면 눈에 보이지 않아 애매모호하고, 검증을 위해서는 시간이 걸리는 역전의 한 수.

그것을 도망갈 수 없는 상황에서, 많은 사람들이 지켜보는 가운데 들이밀었다.

"그런 거짓말을 누가 믿는단 말인가! 폐하, 속으시면 안 됩니다!"

"덧붙여서 이건 방금 막 받았는데, 여기에도 같은 마력 파형이 남아 있어."

류에는 그렇게 말하며 방금 내가 건넨 렌 군의 뱅글도 꺼냈다.

"거짓말이 아니야. 정 못 믿겠다면 지금 당장 조사해 보는 게 어때?"

류에가 그렇게 제안한 순간, 공작이 갑자기 문을 향해 걸어 나갔다.

"불쾌하다! 더는 이곳에 못 있겠─."

"어딜 가려고?"

그 순간, 알현실 문이 두꺼운 얼음으로 뒤덮였다.

물도 없는데 순식간에 나타난 얼음을 본 일동은 말문이 막혔다.

"……전에도 말했을 텐데? 류에를 화나게 하면 순식간에 저택이 얼음 조각이 될 거라고."

나는 전에 공작의 저택에서 한 말을 다시 상기시켜줬다.

"……이런, 이런 만행이 용납될 리가……."

"렌 군에게 이 팔찌를 누구한테 받았냐고 물어봐도 좋겠는걸?"

막혀 버린 출구 앞에서 마침내 공작이 무릎을 꺾었다.

아아, 외통수다. 역시 공작 너는 그때 이미 벼랑 끝에 몰려 있었다.

네가 류에를 저택에 불러내지 않았다면 결과는 또 달랐을 텐데…….

"레콘 공작. 조사가 끝날 때까지 성에 연금하도록 하겠다. 이의는 없겠지?"

상황을 지켜보던 국왕이 모든 것을 포기했는지 가만히 주저앉은 공작에게 명을 내렸다.

그 모습에서는 예전과 같은 거만하기까지 한 패기나 야심은 느껴지지 않았고, 단숨에 몇 년은 늙은 듯이 보였다.

그리고 그런 숙적을 한번 흘겨본 오잉크가 우리에게 다가왔다.

"……끝날 때는 정말로 금방이네요. 허무해요."

"그래? 그럼 렌 군의 처분은 어떻게 돼?"

"글쎄요…… 그 애는 평소의 불량한 행실과 유언비어 유포, 게다가 솔트버그에서도 제 공무를 방해하면서까지 영주와 면회를 가졌으니 마냥 선처할 수는 없겠죠."

"물론 벌은 받아야겠지만, 어느 정도 만회할 기회는 남겨줘."

"……별일이네요, 적에게 아량을 베풀다니."

"아량이 아니야. 재도전 티켓 같은 거지."

그럼 이것으로 이번 사건은 끝났다고 봐도 될까?

결국 나에게 주어지는 작위나 죄인을 직접 처벌할 권리에 관해서는 흐지부지되어 버렸지만, 딱히 서두를 일도 아니었다.

모처럼 오잉크가 돌아왔으니까 이곳에 며칠 더 머물 생각이었다.

그러니까 오늘은 그만 쉬게 해줬으면 좋겠다.

익숙하지 않은 연기, 능력을 억누른 결투, 그리고 최근 며칠간의 소동들.

오늘은 이만 돌아가 봐도 되겠지?

나는 오잉크에게 뒷일을 맡기고 먼저 길드로 돌아가고자 발길을 돌렸다.

나도 참 어울리지 않는 일을 했다. 그래도 옛 동료, 그리고 지금도 나를 동료라고 불러주는 너를 위해서라면 이 정도 고생은 해야지―.

"……류에 씨, 얼음 좀 녹여줄래요?"

"지금 까맣게 잊고 나가려고 했지?! 후후, 카이 군도 못 말린다니까~."

마지막 순간 정도는 폼 잡게 해 달라고요!

에필로그

"잘 와주었다."

결투로부터 나흘 후. 길드에서 류에가 파견되기도 하여 레콘 공작 저택의 정원에 있던 동결 유지 마도구 해석이 무사히 끝났고, 길드와 왕국 기사단 양 진영에도 모든 흑막이 레콘이었다는 사실이 통보되었다.

"—이번 공적을 평가하여 모험가 카이본에게는 공작 작위와 동등한 힘을 가진 권리를 부여한다."

머지않아 이 대륙을 떠날 예정인 나에게 정식 작위를 수여하기는 역시 어려운 모양이었다.

"이 권리에는 왕국에 속한 자에 대한 단죄권도 포함된다. 이게 무슨 뜻인지는 알겠지?"

"……소원을 들어주셔서 황송합니다."

드디어 손에 넣은 강대한 권리. 하지만—.

"그것이 유효한 곳은 이 나라 안뿐이다. 옆 대륙에서는 그 효력도 사라진다. 반드시 유념하도록."

옆 대륙은 귀족제를 철폐하고 새로운 통치 체제를 확립했다.

그리고 이 엔드레시아 왕국이 우호 관계를 맺어 인원 원조 등도 이루어지고 있기에 나름대로 융통성이 있다고 했다.

오잉크로부터 이미 그쪽 영주와 같은 지위를 얻었으므로 그것과 합치면 제법 힘을 발휘할 수 있지 않을까?

"원래대로라면 귀공에게도 렌과 협력하여 이 나라의 칠성 탐색을 부탁하고 싶었지만—."

정말로 죄송하지만, 없는 것을 무슨 수로 찾겠습니까.

앞으로 몇 년 뒤, 이 대륙의 환경이 변화하기 시작하면 그 때는 설명하겠습니다.

"폐하. 그는 유사시에 단 한 번, 그 어떤 상대라도 물리쳐 보이겠노라 확약했습니다. 더 바라는 것은 과욕입니다."

그때 대기하던 우리 꿀돼지가 왕을 부드럽게 설득했다.

그녀의 말대로 이번에 이런 파격적인 은상(恩賞)을 받는 대신 단 한 번, 나는 모든 힘을 아낌없이 동원하여 조력할 것을 약속했다.

투기장 천장에 구멍을 뚫어 버린 그 일격이 사실 본래 힘의 절반에도 미치지 않는 것임을 은근슬쩍 오잉크가 왕에게 만 전한 것이었다.

"그렇군……. 지금 한 말은 잊어다오."

"정식 위임장은 다음에 건네겠습니다. 또 이번 사건의 피해자이자 공로자이기도 한 류에도 모험가 랭크 SS로 승급합니다. 위임장과 함께 새 카드도 수여하겠습니다."

"오! 그 파란 카드지?! 후후, 나도 그게 가지고 싶었어. 기뻐~!"

그렇게 액세서리라도 받는 양 기뻐하는 류에를 보고 오잉크와 왕도 쓴웃음을 지었다.

괜찮아. 너는 그대로만 있어 줘.

알현실을 나온 후 길드로 돌아갈지, 아니면 오잉크를 기다릴지 고민하던 사이, 옆에 있던 류에가 무언가를 발견한 모양이었다. 저 혼자 훌쩍 다른 길로 가 버렸다.

무슨 일인가 싶어 뒤를 쫓아가니 호위 임무를 함께 받았던 두 사람이 있었다.

"이야~, 오랜만이야. 로건 군, 소피라!"

"오! 오랜만에 뵙는군요, 류에 공!"

"오랜만이에요! 소식 들었어요. 큰 활약을 하셨다면서요!"

잘 보니 소피라 씨의 갑옷이 로건 씨와 같은 의장으로 바뀌어 있었다.

"무사히 전입했나 보네?"

"네! 저번 일로 공작의 특별 호위대는 해체됐어요. 어떻게 된 까닭인지 저만 이쪽에서 받아주셨지 뭐예요!"

그 작은 몸에 투박한 갑옷을 껴입고 기뻐하는 그녀의 모습에 훈훈한 웃음이 새어 나왔다.

나도 옆으로 가서 소피라 씨에게 말을 걸었다.

"그날 밤 유일하게 내 앞에 나선 그 용기에 경의를 표하지. 앞으로도 나라를 위해 노력을 게을리 하지 말도록."

"엄마야!"

장난기가 발동해서 말을 걸자 소피라 씨는 대번에 눈물을 머금고 로건 씨 뒤로 냉큼 숨어 버렸다.

이제 그만 나도 정체를 밝혀야겠다.

나는 마왕 세트를 해제하고 다시 그녀에게 말했다.

"하하, 죄송합니다. 전에 말했죠? 제가 이래 봬도 류에의 파트너라고."

"어…… 아?! 카이본 님이 그 카이 씨였어요?!"

"이럴 수가……! 설마 카이 공은 마족이셨습니까?"

아, 이 쾌감. 암행어사라도 된 기분이다.

두 사람과 헤어져 성 밖으로 나가자 뒤에서 누군가가 달려오는 소리가 들렸다.

"두 분 모두 기다려주세요!"

"아, 오잉크."

일을 끝낸 꿀돼지였다.

"무슨 일이야? 꿀돼지."

"잠깐 기다려줘도 되잖아요……."

"오늘 일은 다 끝났어?"

"네. 지금은 없어요. 잠깐 걸을까요?"

나에게는 시작의 대륙이자, 류에에게는 오랜 세월 갇혀 있어야만 했던 악연의 땅.

그 대륙의 수도인 이곳을 위해, 이 나라를 위해 힘써 온 옛 동료와 함께 걸었다.

류에는 자기가 모르는 것을 알고자 끊임없이 오잉크에게 말을 걸었다.

「저건 뭔가?」, 「이 도시는 어떻게 만들어졌는가?」 하는 말들을…….

그러자 오잉크도 어딘지 모르게 낯간지러운 듯, 그리고 기쁜 듯이 이야기를 들려줬다.

그런 모습을 보면서 나는 그녀들이 쌓아 온 세계와 세월을 상상했다.

나와는 달리 기댈 사람도 없는 이세계에 홀로 떨어진 오잉크.

서서히 같은 편을 늘리고 조금씩 세계를 바꾸어 가고자 노력한 위대한 선구자.

나라의 반석을 닦고 전란을 종결시킨 류에와 그 나라의 발전에 힘쓴 오잉크가 지금 이렇게 미래를 향해 함께 걷고 있었다.

"이 나라는 정말로 훌륭하게 변했어."

"옛날 모습을 아는 류에에게 그런 말을 들으니 큰 격려가 되네요."

"응. 다 함께 손을 잡고 이렇게 커지다니…… 정말로 대단해."

"류에?"

"……아니야, 아무것도."

……그런가. 역시 그렇겠지.

나는 문득 든 생각에 앞을 걷는 류에 옆에 나란히 서서 머리에 손을 톡 올렸다.

"류에, 옛날 일은 생각하지 마."

"……응."

지금처럼 사람들이 협력하여 커진 이 나라를 보고 문득 생각이 들었으리라.

자신이 희생하지 않아도 용신을 어떻게든 해결할 방법이 있었던 게 아닐까, 하고.

누군가 한 사람의 힘에 기대어 강압적으로 해결해 버린 자신들의 시대를 떠올린 거겠지.

"……류에. 네가 거기 없었다면 난 혼자였어."

"아……."

"그러니까 옛날 일은 생각하지 마. 앞으로의 일을 생각하자."

"……응! 맞아, 카이 군. 이번에는 어디로 갈까!"

"정말이지 부러울 만큼 사이가 좋네요."

앞으로의 일. 새롭게 재회한 동료. 이 세계에서 만난 소중한 파트너.

앞으로 기다리고 있을, 언젠가 만나게 될 동료.

이제부터 떠나게 될 여행, 기다리고 있을 온갖 모험에 나는 들뜬 마음으로 미래를 상상했다.

　그래, 나는 미래에만 눈을 돌린 탓에 잊고 있었다.

　……먼 과거에 놓고 와 버린, 또 하나의 나를—.

당신은 지금 어디에 있나요?

이 목소리는 당신에게 닿을 수 있을까요?

편지는 읽으셨나요?

저를 기억하고 계신가요?

저는, 당신을 기억하고 있는 건가요?

오늘도 저는 혼자 붓을 잡습니다.

그리고 언젠가 만나리라 믿으며, 오늘도 저는 편지를 씁니다—.

Raith : 어때? 내 세 번째 캐릭터.

Oink : 오훗! 제법 섹시한 누님이네? 그래도 기본 복장은 좀 아니지.

Raith : 그렇지? 그런 고로 Ryue로 접속할 테니까 이 애한테 입힐 옷을 모으러 가자.

Oink : 어쩔 수 없구냥…… 좋아.

아, 기억난다. 이때 나는 그의 취향을 알고 남몰래 우쭐해 있었다.

보아하니 연상의 누님 타입. 현실에서 만나본 적은 없지만, 그래도 신경 쓰이는 친구의 취향이 자신에게도 해당한다는 사실이 나도 모르게 기뻤다.

그때의 감정을 떠올리고 이것이 꿈이라고 자각한 나는 그 감미로운 환상을 뿌리치고자 정신을 집중했다.

그러자 다음으로 느낀 것은 몸에 전해지는 큰 진동이었다.

"총수님, 곧 마인즈밸리에 도착합니다."

"수고했어요."

그래, 마물 마차로 이동하다가 깜빡 잠들었구나.

3일 전에 이 대륙으로 돌아왔는데 또다시 바로 수도를 떠나게 됐다. 내가 생각해도 상당히 빠듯한 스케줄이었지만, 이번 일은 무엇보다도 우선해야 했다.

전부터 크롬웰 옹에게 들은 마물 범람의 사후 처리를 할 예정이었지만, 『창세기의 길드 카드가 사용되었다』면 이야기가 달라진다.

다른 무엇보다도 우선하기 위해 이전 마을에서 반환한 마물 마차까지 다시 빌렸다.

창세기의 카드…… 옛 시대부터 지금까지 살아온, 다른 사람들과는 일선을 긋는 존재라는 증거.

이때까지 몇 명인가 그런 강자, 아마 『본래 플레이어 캐릭터』라고 생각되는 사람들과 만나봤다.

그것 자체는 대단히 의미 있는 일이었지만, 내 목적은 아니었다.

나와 마찬가지로 한때 플레이어였던 사람을 찾는다. 그것이 내 진짜 목적이다.

그리고 현재, 이미 발견한 두 사람의 공통점을 생각하면 아마 이곳에 온 사람은—.

"후후, 그런 희망은 이미 옛날에 버렸지만……."

헛된 꿈은 더 이상 꾸지 않는 편이 좋을지도 모르겠다.

사사로운 일에 신경 쓸 시간도 이제 곧 없어질 테니까.

"연쇄 살인에, 해방자를 통한 공작 측의 훼방…… 신물 나."

이 『보물찾기』도, 이번을 마지막으로 해야 할까?

§ § §

"설마 정말로 당신일 줄은 몰랐어요."

나를 기다리던 이는 조금 작은 덩치에 희고 긴 머리를 묶은 엘프 여성이었다.

그것은 몇 번이나 모니터 너머로 보고, 몇 번이나 마음속에 그리고, 다시 만날 날을 꿈꿨던 상대였다.

왜 세컨드 캐릭터가 되었는지는 의문이었지만, 나는 만감이 교차하는 마음으로 그녀에게 말을 걸었다. 하지만— 그것은 조금 내 상상과 다른 상대였다.

그녀는 류에라는 한 명의 여성이며, 한 사람의 인간으로서 이 세계에 살고 있었다.

그것을 알려준 사람은 내가 **정말로 찾던 사람**이었다.

몇 번이고, 몇 번이고 몇 번이고 『혹시나』 하는 마음으로 찾아 헤맨 그 사람.

내가 특히나 마음에 들어한 친구, 카이본.

류에와 둘이서 여행했다— 그런 말을 들었을 때, 나는 스스로도 잘 알 수 없는 감정에 당황했다.

그래서 그만 나도 모르게 나중에 두 사람과 만날 수 없겠냐고 제안하고 말았다. 이 이상 이곳에 머무르면 이상한 말을 입 밖으로 낼 것만 같았다.

후후, 별일이네. 나 자신을 제어할 수 없다니.

§ § §

예약한 가게 안쪽에서 나는 혼자 그를 기다렸다.

뇌리에 떠오른 것은 지금까지 있었던 일과 앞으로 있을 일.

나와는 다른 것 같으면서도 어딘가 비슷한 사고방식을 지니고 조금 냉혹한 일면을 가진 사람.

그런 사람을 나는 내 생각대로 움직일 수 있을까? 함께 같은 길을 걸을 수 있을까?

그저 그것만 생각했다.

딱히 애틋한 이야기를 할 생각은 아니었다. 이것은 어디까지나 조직의 수장으로서 가진 마음이었다.

나조차 이 세계에서는 타의 추종을 불허할 정도의 무력을 가졌다.

그래서 게임 시절부터 이미 높은 전투 능력을 지닌 그를 우리 측으로 끌어들일 수 있다면—.

그런 생각을 하고 있던 그때, 방문을 노크하며 기다리던 사람이 찾아왔다.

그리고 성큼성큼 내 옆으로 다가와—.

"돼지는 출하한다, 이 자식아!"

"으앙~! ……하지 마세요."

아, 머리가 흐, 흔들린다…….

……정말로 이 사람을 내 옆에 둬도 될지 의문이 들기 시작했다.

그는 요리를 먹는 도중에도 자기가 아는 지식을 피력하면서 교묘한 화술로 내게서 이야기를 끌어내려고 했다.

이거다. 그는 대화의 흐름을 만들어 무의식중에 전체 분위기의 흐름을 자신에게 유리하게 끌고 가는 능력이 뛰어났다.

그리고 그것은 내가 사용하는 외교 수단과 많이 닮기도 했다.

후후, 나도 방심하지 못하겠는걸?

그렇게 즐겁기도 하면서 가슴 떨리는, 그리고 조금 가슴 설레는 시간을 보내며 나는 그에게 내가 지금까지 지내며 얻은 이 세계의 지식을 나눠줬다.

그런 식으로 대화를 즐기던 때였기에, **그 이야기**를 들었을 때는 뒤통수를 맞은 듯한 충격을 받았다.

류에가 걸어온 비참한 인생의 한 페이지……. 그것은 가혹하다는 말로는 차마 다 표현할 수 없는 이야기였다.

동시에 나도 되돌아봤다. 한때 이 세계에 온 지 얼마 지나지 않을 무렵의 나를…….

30여 년을 고독과 싸우면서도 나를 지탱해준 사람들과 함께한 내 투쟁의 역사.

그것을 열 배로 늘려도 한참 부족한, 너무나도 기나긴 고독의 역사.

……그를 내 옆에 끌어들이겠다니, 어림도 없다.

나는 어렴풋한 패배감을 맛보며 그와 함께 있던 그녀를 떠올렸다.

류에는 웃고 있었다. 즐겁게, 기쁘게, 마음속으로부터 나를 환영해주었다.

……아, 그렇구나. 나는 질투하고 있었구나.

그의 옆에 있던 그녀에게—.

그래…… 나에게도 아직 이런 감정이 남아 있었던가.

하염없이 이상을 추구하며 정신없이 달려온 오잉크라는 이름의 나.

더 좋은 세상을, 언젠가 찾아올지도 모를 동료들이 지내기 편한 세상을, 갖은 위협 속에서 마땅한 행복을 누리지 못한 이들이 구원받는 세상을 실현하려다가 언제부터인가 인간다운 마음이 사라져 간다고 자각하던 나에게도—.

그는 그 후 더욱 큰 폭탄을 떨어뜨렸지만, 아직 대처 방법을 생각할 여지가 있었다.

그렇지만 기어이 미뤄 오던 질문에 답할 때가 찾아오고야 말았다.

류에의 역사를 듣고 큰일로 번지지 않을까 우려하던 문제……

—그의 절친한 친구라고 할 수 있는 두 동료가 있는 곳.

아마 류에를 가둔 일족이 일으킨 나라에 그들이 소속해 있다는 사실을…….

그것을 안 그가 만약 두 사람과 갈라서게 된다면……. 그렇게 생각하자 솔직하게 말할 수 없었다.

그래도 『말하지 않는다』는 선택지는 없었다.

그래서 전혀 예상하지 못했다. 그는 충격을 받은 기색도 없이 태연자약하게 이렇게 말했다.

『나를 위해 자기 나라 정도는 배신해주겠지』라고—

그 절대적인 자신감에 또다시 질투가 솟아서, 나도 모르게 조금 심술궂게 말해 버렸다.

그것마저 그는 능청스럽게 흘려버렸지만…….

후후, 당신은 정말 성가신 사람이에요.

자기 자신을 제어하는 것은 사회적 지위가 있는 사람에게는 필수 능력—

당신은 그것을 쉽게 흐트러뜨리니까 정말로 성가셔요.

그 후, 그다지 로맨틱하다고는 할 수 없는, 하지만 무척 알찬 시간을 보낸 우리는 가게 앞에서 헤어지기로 했다.

그런데 돌아갈 때가 되어서 그는 처음으로 나에게 무리한 부탁을 했다. 정말로 거절하기 힘든 타이밍에……

그래서 나는 소원을 들어주는 대신 계획을 하나 짜기로 했다.

그것은 잘 되면 당분간 그를 내 곁에 둘 수 있을지도 모르는 계획—

후후, 말하지 않아도 당신이라면 알아주시겠죠?

누구보다도 저를 잘 이해하고, 제 의도를 이해해주는 당신이라면……

"참…… 당신은 하나도 안 변했네요……"

떠나가는 등을 바라보면서 나는 작게 중얼거렸다.

그것은 안도감에서 오는 것일까, 아니면 부러움에서 오는 것일까.

나는 변해 버렸으니까. 그러니까 당신은 변하지 않길 바라니까.

……아, 역시 그렇구나. 질투라는 감정이 들었을 때부터 그렇지 않을까 생각했다.

내가 당신에게 호감을 느끼고 있었다는 것을……

한없이 자유롭고, 그리고 방약무인하리만큼 자신의 길을 걷는 당신에게……

지금 이렇게 다시 만나 저는 당신에게 이 마음을 맡깁니다.

그것은 결코 남녀로서의 마음이 아닌, 말하자면 못다 이

룬 꿈.

　내 마음을, 그리고 그 궤적을 당신도 따라가 주길 바라며…….

　사실은 그 옆에 서고 싶기도 하지만…….

　"상대가 류에라면 너무 불리하지."

　웃음을 흩뿌리고 다니는 그녀에게서 그를 어떻게 이쪽으로 끌어들일 수 있으랴.

　있잖아요, 본본.

　당신이 세계를 돌아보겠다고 해서 구태여 말하지 않았지만, 당신은 그 세계의 끝에 도달할 수 있을까요?

　저는 도달하지 못한 시작의 대륙, 게임 시절의 무대가 된 장소 『퍼스트리아 대륙』에…….

　"……앞으로 바빠지겠네! 후후, 의욕이 생기겠어."

■작가 후기

(´･ω･`) 안녕하세요? 다시 돼지 가면을 쓰고 인사드립니다. 아이아츠시입니다.

무사히 2권도 발매돼 여러분에게 보내드리게 되어 기쁩니다.

실은 이 2권은 웹 버전을 가필한 것이 아니라 대략적인 내용을 바탕으로 처음부터 다시 쓴 것입니다. 솔직히 난산이었습니다.

하지만 무사히 책이라는 형태를 이루어 이렇게 여러분 손에 들어간 것은 전적으로 편집, 교정을 맡아주신 분들의 조력이 있었기 때문입니다. 트위터에 이런 말 저런 말을 올리고는 있으나, 역시 같은 작품에 힘쓰고 있는 동료니까요. 동료는 소중한 법입니다.

동료라는 화제가 나와서 하는 말이지만, 이 작품의 주인공이 어떤 인품의 소유자인지 여러분도 슬슬 이해하셨으리라 생각합니다. 『동료와 그렇지 않은 자』로 대응이 천양지차인, 전혀 주인공답지 않은 인격이죠.

하지만 그것이 바로 제가 바라는 이상적인 주인공이기도 합니다.

2권에서는 옛 동료인 『오잉크』도 등장했고, 또 마지막에는 뒷모습뿐이지만 새로운 인물의 등장도 예감케 합니다.

　괴팍한 성격의 주인공과 그것을 중화하는 천연덕스러운 히로인의 모험을 앞으로도 잘 부탁드리겠습니다.

(´·ω·`)총총 꿀.

2권을 읽어주셔서 감사합니다!
오잉크라는 등장인물도 늘어나
한층 넓어진 세계를
즐겁게 그렸습니다.
앞으로도 잘 부탁드립니다!

백수, 마왕의 모습으로 이세계에 2

1판 1쇄 발행 2017년 11월 10일
1판 5쇄 발행 2019년 8월 23일

지은이_ Aiatsushi
일러스트_ Yoshiaki Katsurai
옮긴이_ 김장준

발행인_ 신현호
편집장_ 김은주
편집진행_ 최은진 · 김기준 · 김승신 · 원현선 · 권세라
편집디자인_ 양우연
국제업무_ 정아라 · 전은지
관리 · 영업_ 김민원 · 조은결 · 조인희

펴낸곳_ (주)디앤씨미디어
등록_ 2002년 4월 25일 제20-260호
주소_ 서울시 구로구 디지털로 26길 111 JnK디지털타워 503호
전화_ 02-333-2513(대표)
팩시밀리_ 02-333-2514
이메일_ lnovelpiya@naver.com
L노벨 공식 카페_ http://cafe.naver.com/lnovel11

HIMAJIN, MAO NO SUGATA DE ISEKAI E TOKIDOKI CHEAT NA BURARI TABI Vol.2
©2016 Aiatsushi
All Rights Reserved.
First published in Japan in 2016 by KADOKAWA CORPORATION ENTERBRAIN
Korean translation rights arranged with KADOKAWA CORPORATION ENTERBRAIN
.

ISBN 979-11-278-4293-2 04830
ISBN 979-11-278-4210-9 (세트)

값 6,800원

*이 책의 한국어판 저작권은 KADOKAWA CORPORATION과의 독점 계약으로
(주)디앤씨미디어에 있습니다.
저작권법에 의해 한국 내에서 보호를 받는 저작물이므로 무단전재와 복제를 금합니다.

*잘못된 책은 구매처에 문의하십시오.

© Katsumi Misaki, mmu 2016
KADOKAWA CORPORATION

세븐캐스트의 히키코모리 마술왕 1권

미사키 카츠미 지음 | mmu 일러스트 | 송재희 옮김

마술이 개념화하여 물리 법칙을 능가한 신생 마법세계.
이곳 마도에는 마술 결사 「세븐캐스트」가 최강이라는 이름하에 군림하고 있었다—.
"그저 빈둥거리면서 살고 싶어……."
마술학원에 다니는 브란은 마술로 만든 분신에게
출석을 대행시키는 등교거부 학생.
다만 전학생인 왕녀 듀셀하고는 같은 히키코모리 기질 때문인지
묘하게 가까워지고?!
그러나 듀셀의 정체는 전투에 특화된 루브르 왕국의 국가마술사였다—.
"그럴 수가, 나보다 고위 마술사라니."
"상대가 안 좋았네— 내가 「세븐캐스트」의 위자드 로드야."
일곱 새도를 원격 조작으로 사역하여 세계 질서를 뒤엎어라?!

히키코모리야말로 최강—
문외불출 신세기 마술배틀 판타지!!

라이트노벨의 새로운 빛! L노벨의 신간은 매월 10일에 발매됩니다. http://cafe.naver.com/lnovel11

© Taro Hitsuji, Kurone Mishima 2017
KADOKAWA CORPORATION

변변찮은 마술강사와 금기교전 1~8권

히츠지 타로 지음 | 미시마 쿠로네 일러스트 | 최승원 옮김

알자노 제국 마술 학원의 계약직 강사인 글렌 레이더스는 수업 중
자습 → 취침 상습범.
그러다 웬일로 교단에 서나 싶으면 칠판에 교과서를 못으로 고정해놓는 둥,
그야말로 학생들도 기가 막혀 하는 변변찮은 강사다.
결국 그런 글렌에게 진심으로 화가 난 학생,
「교사 킬러」로 악명이 자자한 시스티나 피벨이 결투를 신청하지만—
이 해프닝은 글렌이 허무하게 패배하는 안타까운 결말로 막을 내린다.
하지만 학원에 닥친 미증유의 테러 사건에 학생들이 휘말리자,
"내 학생에게 손대지 마!"
비로소 글렌의 본성이 발휘된다!

TV애니메이션 방영 화제작!!

라이트노벨의 새로운 빛! ㄴ노벨의 신간은 매월 10일에 발매됩니다. http://cafe.naver.com/lnovel11

©2016 Tsuyoshi Yoshioka
Illustration:Seiji Kikuchi
KADOKAWA CORPORATION

현자의 손자 1~3권

요시오카 츠요시 지음 | 키쿠치 세이지 일러스트 | 최승원 옮김

사고로 죽었을 청년이 갓난아기의 모습으로 이세계에서 환생!
구국의 영웅 「현자」 멀린 월포드에게 거둬진 그는 신이라는 이름을 받는다.
손자로서 멀린의 기술을 흡수해가며 놀라운 힘을 얻게 된 신이었지만,
그가 열다섯 살이 되자 할아버지는 이렇게 말했다.
"상식을 가르치는 걸 깜빡했구만!"
이런 이유로 신은 상식과 친구를 얻기 위해
알스하이드 고등 마법학원에 입학하게 되는데―.

『규격 외』 소년의 파격적인 이세계 판타지 라이프, 여기서 개막!

© Yo Mitsuoka 2017
Illustration:Cosmic
KADOKAWA CORPORATION

용사님의 스승님 1~7권

미츠오카 요 지음 | 코즈믹 일러스트 | 김보미 옮김

저주받은 마법 실력에도 불구하고
기사를 꿈꾸며 하루하루 수련에 임하는【만년 기사 후보생】소년 윈.
어느 날, 그의 앞에 나타난 이는 마왕 토벌에서 승리하고 돌아온
소꿉친구【미소녀 용사】레티시아.
제국의 영웅인 그녀가 외친 한마디가,
만년 기사 후보생 윈의 인생을 송두리째 바꿔놓는다―.
"그가 바로 용사의 스승, 윈 버드다."

주고받은 약속, 이어지는 인연
두 개의 칼날이 겹치는 순간― 새로운 전설이 시작된다!